Petra Busch (Hg.)
Törtchen-Mördchen

Von Petra Busch bisher bei KBV erschienen:

Mördchen fürs Örtchen

Petra Busch (Hg.)

Törtchen-Mördchen

Köstliche Kurzkrimis

Originalausgabe
© 2015 KBV Verlags- und Mediengesellschaft mbH, Hillesheim
www.kbv-verlag.de
E-Mail: info@kbv-verlag.de
Telefon: 0 65 93 - 998 96-0
Fax: 0 65 93 - 998 96-20
Umschlaggestaltung: Ralf Kramp
unter Verwendung von:
© Doris Heinrichs, © Gizele – www.fotolia.de
Druck: CPI books, Ebner & Spiegel GmbH, Ulm
Printed in Germany
ISBN 978-3-95441-260-0

Inhalt

Vorwort

Liebe Leserinnen und Leser!

Überkommt Sie auch manchmal diese mörderische Lust auf einen zarten Schokotrüffel, ein fruchtiges Stück Blaubeerkuchen oder ein sahniges Stück Schwarzwälder Kirschtorte? Und das an den unmöglichsten Orten? Im Zug zur Schwiegermutter, beim Schlafwandeln auf dem Hochhausdach, beim Amen in der Kirche …?

Dann sind Sie hier genau richtig! Denn die »Törtchen-Mördchen« versammeln dreiundzwanzig süße Stückchen für Sie. Und darum dreht sich alles: Vermicelles-Törtchen im Schweizer See-Café, Luthers Brötchen im zollfreien Luxustresor, Muutzemandeln im Beichtstuhl, Bienenstich im Garten dreier eierlikörsüchtiger Kleinstadt-Omas, gebrannte Mandeln auf einem Park-and-ride-Parkplatz und viele mehr.

Die ausgesuchten »Morde mit Torten und Konsorten« sind so vielfältig wie der Geschmack der Krimileserinnen und -leser. Genießen Sie psychologisch gewiefte Geschichten, lachen Sie über schwarzhumorige Storys und schlucken Sie bei bitterbösen Beiträgen in diesem Sammelband.

Die Wahl der Themen lag bei den Autoren. Genauso wie das Kreieren der Rezepte, die das Sahnehäubchen jeder Geschichte bilden. Natürlich sind alle Zutaten giftfrei. Zumindest haben die Kollegen mir dies versichert – und ich konnte keine verdächtigen Ingredienzen entdecken.

Dennoch: Glauben Sie nie, was Krimiautoren Ihnen auftischen. Alles ist Fiktion – und die Wahrheit immer ein großes Stück Torte, von dem jeder nur einen kleinen Bissen abbekommt.

Viel Vergnügen bei den köstlichen Kurzkrimis wünscht Ihnen

Petra Busch
Im August 2015

Willi will's essen

PETER GODAZGAR

Es war einmal vor gar nicht allzu langer Zeit, da lebte in einem kleinen Städtchen ein noch kleinerer Mäuserich, und der hieß Willi. Willi war ein bisschen anders als seine Artgenossen, denn Willi machte sich nicht besonders viel aus Käse. Stattdessen liebte Willi Kuchen! Genauer: Kuchen und Torten. Noch genauer: Kuchen, Torten und, nun ja, eigentlich sämtliche anderen Backwaren.

Für einen angegammelten Rest Schwarzwälder Kirschtorte ließ Willi glatt ein feines Stück Vorarlberger Bergkäse links liegen, einem edlen Häppchen Roquefort zog er ohne Zögern eine vier Tage alte Zimtschnecke vor. Und hätte er sich zwischen einem Schweizer Gruyère aus der Kaltbachhöhle und einem Rest Buttercroissant entscheiden müssen – er hätte seine Wahl schnell getroffen.

Kein Wunder also, dass Willi sich am liebsten beim *Neubauer* herumtrieb. Der Neubauer war die beste Bäckerei und Konditorei, nicht nur im Städtchen, sondern in der ganzen Region. Sogar aus der großen Nachbarstadt kamen die Menschen, um Neubauers Köstlichkeiten zu erstehen. Nicht selten bildete sich eine Schlange, die bis vor die Tür reichte. Ja, man kann ohne Übertreibung sagen: Der Neubauer war eine regelrechte Berühmtheit. Sein Bienenstich war legendär, seine Schwarzwälder Kirschtorte zum Niederknien, die Wiener Fiakerkrapfen – eine raffinierte Eigenkreation, deren Rezept sogar ein Konditor aus Österreichs Hauptstadt frech abgekupfert hatte – waren quasi immer ausverkauft. Und mit seinem veganen Blaubeerkuchen hatte Neubauer frühzeitig den Trend erkannt, dass Genuss nicht zwangsläufig mit Tierquälerei zu tun haben muss.

Ach, wie viele Tage verbrachte Willi vor Neubauers Schaufenster! Sehnsüchtig blickte er in den Verkaufsraum, der Kundschaft warf er neidvolle Blicke hinterher. Wenn sich die Tür öffnete, dann reckte Willi sein Näschen aufgeregt empor, um die wunderbaren Düfte aufzunehmen, die aus dem Laden drangen. Noch nie hatte er es gewagt, den Augenblick zu nutzen, und zwischen den Beinen hindurch geradewegs ins Paradies zu laufen. So musste er sich mit den Krümeln begnügen, die manchmal herabfielen.

Unvergessen der Tag, als eine dicke Dame den Laden verließ, in der einen Hand eine riesige Tüte, in der anderen ein voluminöses, mit Papier umwickeltes Papptablett balancierend. Willi saß mitten auf dem Bürgersteig und starrte die Frau gedankenverloren an, die geradewegs auf ihn zuschritt, als sich ihrer beider Blicke trafen. Die Frau stieß einen spitzen Schrei aus – und ließ das Tablett fallen!

Willi konnte sein Glück kaum fassen. Das Papier war aufgerissen, und vor ihm lagen mehrere verführerische Stücke von Neubauers Schwedischer Prinsesstårta. Die weiteren Schreie der Frau hörte er kaum noch, so gierig stieß er sein Köpfchen mitten hinein in die Marmelade, die Vanillecreme und die Tortenbodenreste. Die Schreie waren nun deutlich dumpfer, aber Willi öffnete sein Schnäuzchen und – fraß. So musste es im Himmel sein!

Leider dauerte es nur wenige Sekunden, bis er aus den Höhen des Genusses wieder hinabgestoßen wurde. Der Mäuserich verspürte einen schmerzhaften Tritt, dann war er schwerelos, sah den Bürgersteig unter sich hinwegschießen und die Wand von Neubauers Konditorei näherkommen. Er flatschte gegen den Stein und rutschte zu Boden. Benommen sah er, wie eine von Neubauers Verkäuferinnen aus dem Geschäft eilte, in der Hand Besen und Kehrblech. Sie schob den zermanschten Kuchen aufs blaue Blech und verschwand samt der dicken Frau im Laden. Letztere kam wenig später wieder heraus – in der Hand einen neuen Pappteller, den Blick sorgenvoll auf den Boden gerichtet. Willi war wütend, kurz dachte er darüber nach, sich der Dicken erneut in den Weg zu stellen, doch da war sie schon davongestapft.

Was Willi blieb, waren ein paar klebrige Kuchenbodenreste, die nicht den Weg aufs Kehrblech gefunden hatten. Schon nach kurzer Zeit schloss Willi Frieden mit der Situation: Die Reste allein waren es wert. Er machte sich drüber her, stets darauf achtend, wieder in der Deckung des Rinnsteins zu verschwinden, wenn sich die Ladentür öffnete. Anschließend begab er sich auf den Weg zum Hinterhof der Konditorei, aber er machte sich wenig Hoffnung. Seine Nase nahm dort zwar stets ganz zweifelsfrei Tortengerüche in höchster Konzentration wahr, doch Willi wusste: All die Köstlichkeiten waren in großen Tonnen verschwunden. So war es immer.

Ein merkwürdiges Ritual: Willi hatte oft beobachtet, wie die Tonnen von Männern in orangefarbenen Anzügen und Autos abgeholt wurden, Autos, die ebenfalls orangefarben waren und ansonsten aussahen wie noch größere Tonnen. Günni, einer von Willis Kumpeln, faselte häufig was von riesigen, geradezu paradiesischen Plätzen, an denen all diese und viele, viele andere Köstlichkeiten abgekippt wurden. Willi jedoch war nicht religiös. Er glaubte nicht ans Paradies, wo doch die Lösung viel naheliegender war: Und so beschränkte er sich darauf, die Männer in den orangefarbenen Anzügen zu beneiden, weil sie all die Köstlichkeiten mit nach Hause nehmen durften.

Und dann kam jener denkwürdige Dienstag.

Willi hatte die meiste Zeit des Tages vor Neubauers Laden verbracht, aber viel war nicht abgefallen für ihn. Höhepunkt war der Moment, in dem eine Mutter mit ihrem Sohn aus dem Geschäft trat und dem Sohn eine komplette Krummhörner Teewaffel aus der Tüte rutschte, was der Sohn nicht einmal bemerkte!

So hockte Willi kurz vor Ladenschluss nur ein bisschen missmutig neben der Tür und achtete gar nicht groß darauf, wer hinein- und hinausging. Er hatte die

Augen die meiste Zeit geschlossen, nur wenn die Tür sich öffnete, verzog sich sein Mäulchen zu einem Lächeln. Irgendwann merkte er: Der Duft, der aus dem Laden zog, dieser Duft blieb. Willi öffnete die Augen.

Neben ihm standen die Bäckersfrau und eine Kundin, vertieft in eine Plauderei. Die Bäckersfrau hielt die Tür fest, damit sie nicht zufiel.

Willi starrte auf die offene Tür.

Er starrte auf die Frauen.

Er starrte wieder auf die offene Tür.

Und wieder auf die Frauen, die gerade gemeinsam ein schnatterndes Gelächter anstimmten.

Wie in Trance setzte er sich in Bewegung, trippelte immer näher an die Tür heran, aber keine der Frauen senkte den Blick zu Boden. Er ging weiter. Und weiter. Noch ein Schritt. Und noch einer.

Der Duft wurde intensiver und intensiver und bekam etwas fast schon Betäubendes.

Und dann stand Willi im Laden!

Intuitiv drückte er sich an die Wand und hastete in eine Ecke. Endlose Sekunden hockte er dort, beobachtete, wie die Bäckersfrau wieder in den Laden kam, wie sie die Tür verriegelte, wie sie noch eine Weile hinter der Verkaufstheke herumfuhrwerkte, wie sie räumte und wischte. Und dann …

… verließ die Bäckersfrau den Laden durch eine Seitentür!

Und es herrschte Stille.

Und Willi?

Er fiel in Ohnmacht.

Er erwachte aus unruhigen Träumen. Völlig verrücktes Zeug war durch seinen Schädel gewalzt. Er hatte geträumt, er wäre in Neubauers Konditorei eingeschlossen worden.

Willi rieb sich die Äuglein und versuchte sich zu orientieren. Dann traf es ihn wie ein Schlag. Das alles war kein Traum! Er war tatsächlich beim Neubauer! Allein!

Er flitzte quer durch den Raum, hangelte sich an einem Regal hoch und sprang auf das kleine Brettchen vor der Scheibe der Auslage, auf dem die Kunden ihre Einkaufstaschen abstellen konnten.

Klar, das Angebot war dezimiert – aber für Willi sah es trotzdem aus, wie … wie … das Paradies!

Eine Weile stand er nur da und betrachtete andächtig Neubauers selbst gemachte Mozartkugeln, Schokotoffees und Marzipanpralinen, jede einzelne von ihnen ein Kunstwerk. Er wollte gerade lossprinten, das Brett entlang und um den Tresen herum, da fiel sein Blick auf die Vermicelles-Törtchen.

Neubauers Vermicelles-Törtchen! Willi hatte vor ewiger Zeit ein Eckchen dieser Köstlichkeit in die Pfötchen bekommen, seither nie wieder. Doch den Geschmack, den hatte er nie vergessen: Diese Zartheit des Maronenpürees, diese Wohlausgewogenheit, dieses süße Knacken im Mund. Willi rannte weiter, erreichte die Verkaufsseite des Tresens und stand nun direkt vor den Köstlichkeiten. Der Duft wurde noch intensiver.

Vor Freude drehte Willi eine Pirouette. Dabei streifte sein Blick auch die Regale und Körbe mit dem Brot und den Brötchen und rechts daneben das Brett mit den

Teilchen. Oh, da lagen ja noch zwei! Zwei Reformationsbrötchen, diese perfekte irgendwie viereckige Symbiose aus Hefe, Mehl, Zucker, einer Prise Salz, Rosinen, Zitronat und gehackten süßen Mandeln mit einem Klecks Erdbeermarmelade in der Mitte.

»Ich kooomme, ihr Brötchen!«, rief er ausgelassen und musste über sich selbst lachen. »Nicht weglaufen!« Er hastete nach rechts und von dort über ein Regal zur Hinterwand. Doch bevor er sie erreicht hatte, drang ein neuer Duft an sein Näschen. Er kam aus einer offenen Tür, aus jener Tür, durch die die Bäckersfrau verschwunden war.

Aber ja, da musste es in die Backstube gehen! Was da wohl noch auf ihn warten würde?

Nichts wie hin, dachte sich Willi.

Er hatte einige Mühe, die Treppenstufen zu erklimmen, aber dann hatte er es geschafft. Er rannte durch einen dunklen Flur – und stand in Neubauers Backstube.

Da hinten! Das musste der Ofen sein.

Und was stand da auf einem Tisch neben dem Ofen? Vom Fußboden aus sah das aus, wie … wie Windbeutel!

Willi rannte zum Tischbein und starrte in die Höhe. Wie komme ich da bloß rauf, dachte er.

Über den Ofen! Na klar!

Er kletterte an dem Gerät hoch. Rauf bis ganz nach oben. Auch dort: Düfte, Düfte, Düfte. Willi blickte hinab auf den Tisch. Da lagen sie: sechs puderzuckerbestäubte Windbeutel!

Willi nahm Maß. Mit genügend Anlauf sollte das zu schaffen sein. Er rannte los, sprang ab und: landete auf dem Tisch.

Der aber viel glatter war, als Willi vorausgesehen hatte. Willi geriet ins Rutschen, er sah Windbeutel für Windbeutel an sich vorbeiziehen, streckte eines seiner Pfötchen noch verzweifelt danach aus, dann sah er das Ende des Tischs näherkommen. Er ruderte wild, doch es half nichts. Er schlitterte unaufhaltsam bis zum Rand des Tischs und darüber hinweg und – stürzte in die Tiefe.

Als er diesmal erwachte, musste er nicht überlegen, wo er war. Sein Schädel dröhnte zwar, aber er wusste: Er war in Neubauers Backstube. Das nächste, was Willi registrierte, war sein knurrender Magen. Er verfluchte sich selbst. Wie bekloppt war er eigentlich? Befand sich seit Stunden im Paradies, hatte aber noch keinen einzigen Happen zu sich genommen, weil er sich nicht entscheiden konnte. Und mindestens die Hälfte der Zeit hatte er nun verpennt.

Ein entsetzlicher Gedanke kam Willi. Wie lange war er ohnmächtig gewesen? Der Neubauer musste doch bald wiederkommen!

Und dann erblindete Willi. Ein greller Blitz hatte ihm in die Augen gestochen, sodass er sie fest zukneifen musste. Willi blinzelte vorsichtig, nur langsam gewöhnten sich seine Augen an das Licht. Als nächstes hörte er: Schritte!

Nein!, dachte er. Und immer wieder. Nein, nein, nein. Er huschte unter den Ofen und sah: Schuhe. Und die dazugehörenden Beine.

Nein!

Der Neubauer!

Willi stutzte. Da waren noch mehr Schuhe. Und noch mehr Beine.

Verdammt, verdammt, verdammt. Willi kamen Tränen. Tränen der Wut. Wut worauf? Na, auf sich selbst.

»Idiot, blöder Idiot, dämlicher«, zischte Willi und beobachtete die Schuhe, wie sie durch die Backstube gingen, hörte Stimmen, die er nicht verstand.

Und er sah die Tür zum Hof, die einen Spalt offenstand.

Es half nichts, er musste hier raus. Wenn der Neubauer ihn fand …

Die Tränen liefen nun ohne Unterbrechung, er wartete noch einen Moment, bis die Schuhe und die dazugehörigen Beine im Bäckerladen verschwunden waren. Dann hastete er zur Hintertür und … war draußen.

Es war noch dunkel. Klar, der Neubauer fing um zwei Uhr in der Früh an zu arbeiten.

Willis Blick fiel auf die großen Tonnen in der Ecke des Hinterhofs. Er dachte an die Köstlichkeiten, die darin lagerten. Er dachte an die Männer, die sie bald abholen und mit nach Hause nehmen würden. Und er dachte an sich selbst. An seine eigene, vollkommene, geradezu überirdische Blödheit.

Er musste hier weg. Weg vom Ort der Schmach. Vom Ort der Niederlage. Einer Niederlage, die er sich selbst zugefügt hatte. Gestatten: Willi, Hornochse ersten Ranges! Volldepp und Superschwachmat!

Mit, so weit das bei einer Maus möglich ist, hängenden Schultern trottete er aus dem Hof hinaus auf die Straße.

Weg, dachte Willi. Nur weg.

Willi öffnete die Augen. Vor ihm stand Günni: »Hier bist du! Ich hab dich schon seit zwei Tagen überall gesucht! Wo bist du gewesen?«

»Lass mich.«

»Was 'n los?«

»Günni, kannst du mir bitte eine Mausefalle über den Kopf schlagen?«

»Spinnst du?«

Und Willi erzählte Günni die ganze Geschichte. Und Günni reagierte wie ein Freund, er hörte zu und schüttelte den Kopf und tröstete und sagte Sachen wie »Schöner Mist« oder »Gibt's doch gar nicht« und natürlich »Au weia«.

Ohne es zu merken, waren sie in die Straße gekommen, in der der Neubauer sein Geschäft hatte. Die Ladentür war geschlossen. Gedankenverloren starrte Willi auf die Bäckerei, als Günni sagte: »Was 'n das?«

»Was?«

»Das Band vor der Tür. Oder was ist das?«

Gemeinsam liefen sie auf die Bäckerei zu, vor der zwei Frauen standen, die sich aufgeregt unterhielten.

Willi und Günni waren nur noch ein paar Meter von der Bäckerei entfernt, da packte Günni seinen Freund. Sie blieben stehen. Günni zeigte auf eine Zeitungsseite, die vor ihnen auf dem Gehweg lag.

Gemeinsam starrten sie auf die Schlagzeile: IRRER BÄCKER VERGIFTET EINE GANZE STADT!

Willis Augen flogen über die wenigen Textzeilen. Der N., einer der beliebtesten Bäcker des Städtchens und der ganzen Region, hatte an einem Tag offenbar sein komplettes Angebot vergiftet. Die Krankenhäuser der Umgebung seien überfüllt, viele Menschen schwebten in Lebensgefahr. Was das Motiv angehe, so tappe man noch völlig im Dunkeln. Alle Einzelheiten auf Seite 5.

Aber Seite 5 lag leider nicht auf dem Gehweg.

Es war auch egal. Willi dachte an die Schuhe und die dazugehörigen Beine, die er in der Nacht gesehen hatte. Ihm wurde klar: Das war nicht der Neubauer gewesen! Deshalb waren es auch mehrere Personen. Das musste die Polizei gewesen sein!

Willis Gedanken rasten. Alles vergiftet? Dutzende Menschen mit schwerer Lebensmittelvergiftung? Er dachte an die vermaledeite Nacht, an die vielen Momente, in denen er so kurz davor gewesen war, seine Zähnchen in eine von Neubauers Köstlichkeiten zu schlagen.

Neubauers Köstlichkeiten!

Willi bemerkte, dass Günni ihn von der Seite musterte.

Sie schwiegen eine Weile. Günni fand als erster die Worte: »Ähm, ja … Was meinst du: Wollen wir runter zum Pinocchio?«

»Die Pizzeria?«

»Nein, zu Pinocchio, dem Inder! Natürlich die Pizzeria! Da gibt es doch immer was Feines am Küchenausgang. Neulich hab ich eine halbe Quattro formaggi gefunden!«

»Pizza? Ich weiß nicht.«

»Oder Lasagne. Da fällt doch immer was ab.«

»Nudeln? Ach …«

»Dann eben Salat. Oder Pommes!«

»Pommes? Pommes sind doch total ungesund.«

»Willi!«

»Ja, ja, ich komm ja schon.«

Bunte Leckereien

Bienenstich, Blaubeerkuchen, Vermicelles-Törtchen,
Reformationsbrötchen … Klingt das nicht alles
unglaublich lecker? Zum Reinsetzen, quasi?
Und weil jede dieser Köstlichkeiten so lecker klingt, spielt
auch jede in den folgenden Geschichten eine Hauptrolle.
Und weil Sie, liebe Leserin, lieber Leser, dabei ganz
bestimmt auf den Geschmack kommen, finden sich die
Rezepte zu den Köstlichkeiten dann stets am Ende einer
jeden Geschichte.

Wir wünschen schon jetzt besten Appetit.

Muutzekopp

REGINA SCHLEHECK

Sie haben gesagt, es täte gut zu reden, Herr Pfarrer. Weil ich doch jetzt ganz allein bin. Ohne Beichtstuhl, haben Sie gesagt. Auf Augenhöhe. Dass es mir leichter fällt. Die Kirche bemüht sich um verlorene Schäfchen. Ich erzähle Ihnen mal eine Geschichte. Aber nur unter einer Bedingung: Sie müssen zuhören. Einfach nur zuhören. Ich will nichts davon hören, dass man sich fügen müsse oder Gottes Wege rätselhaft seien oder was Ihnen sonst so einfallen mag. Ich erzähle. Sie hören zu. Das ist Bedingung!

Einen Teil kennen Sie. Meinen.

Kai war nach der Kommunion ja nicht mehr da. Aber Andi ist weiter brav zur Kirche gegangen und hat wohl auch gebeichtet. Wie ich. Selten, aber es gehört ja dazu. Was gab es schon zu beichten nach dem großen Sündenfall? Dass einem manches schwerfällt? Dass man Sorgen hat? Verstößt das gegen Gottes Gebot?

Dass ich am Ende nicht mehr gekommen bin, hatte mit Kai zu tun. Sie haben immer gesagt: *Jede Jeck is anders. Muutzekopp* und *Sonnesching*, wie es in Köln heißt. Dabei waren sie Zwillinge, der Kai und der Andi. Mich hat das immer beschäftigt, wieso der eine so mies drauf sein kann und der andere der reine Sonnenschein. Und sind doch aus dem gleichen Schoß gekrochen! Ihnen kann ich solche Ausdrücke sagen, Herr Pfarrer. Ihnen ist nichts Menschliches fremd.

Als Kinder waren die ein Herz und eine Seele. Erst in der Pubertät ging das auseinander. Man fragt sich immer. Als Mutter zumindest. Als der Kai so komisch wurde. Ich hab mir immer Vorwürfe gemacht, weil da kein Mann im Haus war. Ich denke, Jungs brauchen einen Vater. Wer sagt denen Bescheid? Ich hatte die doch überhaupt nicht im Griff. Und mit wem hätten die reden können? Beichte, na ja. Wer weiß. Im Nachhinein denke ich, ich hätte was merken müssen. Aber das kommt alles so schleichend, und man versteht es nicht. Im Nachhinein möchte man zum Messer greifen. Dann ist es zu spät.

Wie der Andi sich gemacht hat, haben Sie verfolgen können. Bei jedem Gemeindefest war der dabei. Und eins hat der von mir mitgenommen: die Freude am Backen. Was war der stolz auf seinen ersten Marmorkuchen! Zum Muttertag. Bis dahin hat er ja immer nur mitmischen dürfen. Aber der Andi hat sich alles gemerkt. Käsekuchen, Donauwelle, Linzer Torte, selbst Frankfurter Kranz hat der als Kind schon gemacht. Da war der gerade neun. Ich hätte heulen können damals. Wer das nicht kennt, wie das ist, wenn man zehn Jahre lang gucken muss, wie man die Kinder durchbringt, der kann das nicht begreifen. Wer hat mir denn schon mal was geschenkt? Ich hab doch nichts außer den beiden gehabt. Aber ich hab die Tränen runtergeschluckt.

Wegen dem Kai.

Dieser verkniffene Gesichtsausdruck! Daneben der Andi mit seinem Marmorkuchen.

»Und du?«, hab ich gesagt – und hätte mich ohrfeigen können. Der Kai ist aufgesprungen und aufs Zimmer. Wollte nicht mehr rauskommen.

Als der Andi nach der Hauptschule in die Lehre ist, da hat der Kai angefangen sich rumzutreiben. Hätte ich nicht fragen sollen, wo er war? War ja klar, dass er's mir nicht sagen wollte. Sonst hätt er's ja getan. Aber man macht sich doch Sorgen.

»Anschaffen«, hat er gesagt. Mein Gott, was sollte das heißen? Hab halt gedacht, er hätte eine Anstellung gefunden und schämte sich, weil es nur Gelegenheitsarbeiten waren, auf dem Lager oder so, das ging ja bis spätnachts. Keine Lehre wie sein Bruder. Der Andi ist früh um vier in die Backstube gleich gegenüber, da war der Kai oft noch gar nicht zurück. Tagsüber war ich selbst unterwegs. Putzen. Hier und da.

Man hat sich gar nicht mehr richtig gesehen. Aber Kai hat dann immer was zu essen eingekauft, da war ich froh. Der Andi brachte Brot vom Vortag mit, manchmal auch Torte, die hatte dann meist schon einen Stich. Aber hätten wir uns sonst gar nicht leisten können.

Von dem Lehrgeld gab's dann eine Überraschung zum Muttertag. Ich kam von der Arbeit und musste im Treppenhaus schon schnuppern. Erst hab ich gedacht, da hätte jemand die Pfanne angelassen. Aber es roch gar nicht angebrannt, das war halt nur das heiße Öl. Da stand der

Andi mit der Schürze in der Küche und hat mit der Kelle die Muutzemandeln in der Fritteuse gewendet. Die hab ich ja geliebt! So wunderbare kleine Happen Fettgebackenes in Mandelform. Mit Marzipan, Mandeln und Rum und einem Hauch Puderzucker drüber. Zu Hause kriegte ich die nie richtig hin, weil das Fett im Topf nicht so heiß wird. Das war sein Geschenk. Die Fritteuse. Eigentlich gibt's Muutzemandeln ja nur zu Karneval. Bei uns gab es die dann eine Zeit lang fast täglich. Zum Reinsetzen!

Der Kai hat wieder ein Gesicht gemacht, als er dazukam. Wenn man von einer *mutzigen Miene* spricht hier in Köln – kommt das dann eigentlich von *missmutig*? Schon komisch, was ein Name alles bedeuten kann. Vielleicht war der Kai einfach nur müde. Eine Flasche Eierlikör hat er mir hingestellt. Ein bisschen hab ich mich geschämt, weil ich so was immer nur heimlich schnabuliert hab. Aber da hatte der Kai einen Blick für. Ich dachte immer, der ist irgendwie für sich. Der wollte mir nie in die Augen gucken. In Wirklichkeit hat er aufgepasst wie ein Schießhund. Der wusste genau, was ich mag und was nicht. Beide eigentlich. Jeder auf seine Art.

Der Andi hat dann, als er mit der Lehre fertig war, in der Bäckerei weitergemacht. Das war seins. Dauernd neue Rezepte erfunden. Dafür gesorgt, dass es Stehtische gab, weil die Kunden seine Kuchen so gerne gegessen haben, die mochten gar nicht bis zu Hause damit warten. Morgens kamen die schon auf einen Kaffee vorbei, und abends wollten die nicht gehen.

Ich hab mich auch immer bemüht, dass es bei uns zu Hause gemütlich ist. Der Kai, der hing doch auch an mir. Das glaub ich schon.

Dann hat er sogar seinen Meister gemacht. Der Andi. Der Chef wollte aufhören und hat ihn gefragt. Da hab ich gedacht, einmal wird doch alles gut. Am gleichen Tag hat der Kai gesagt, er zieht aus. Zufall? Ich glaub's nicht. Sie, Herr Pfarrer, haben damals gesagt, das ist normal.

Ja. Aber für eine Mutter doch schwer.

Er ist gar nicht weit gezogen, gleich um die Ecke, praktisch hinter der Bäckerei. Einmal über den Hof in das Haus mit den vielen Appartements. Da waren die ganzen Frauen. Ich meine, das war ja schon immer ein Viertel hier, wo man lieber nicht wohnen mochte. Die meisten haben doch keine Wahl. Ich hab das lang nicht glauben wollen, dass der Kai damit zu tun hatte. Aber zum Muttertag gab es jetzt Champagner und im nächsten Jahr einen Goldring mit einem kleinen Brillanten. Das muss man sich mal vorstellen! Meine abgenutzten, ganz und gar abgeputzten Hände und ein Brillant!

»Du musst den doch auch mal tragen!«, hat der Kai gesagt. Aber ich hab mich geschämt. Nicht nur wegen meiner Hände. Das wusste der Kai ganz genau. Deshalb war er ja auch so böse.

Der Andi hat eine dreistöckige Sahne-Eierlikör-Torte aufgefahren. Die konnten wir gar nicht aufessen, so viel war das. Den Rest hab ich damals noch zur Nachbarin gebracht, der Frau Schmitz.

Dann ging das zwischen den beiden los. Bei mir nicht. Ich meine, die haben ja nie viel miteinander gesprochen. Seit damals schon, seit der Pubertät. Und auf jeden Fall nicht, wenn ich dabei war. Die Frau Schmitz hat es mir im Treppenhaus erzählt. Ich kann mir auch nicht vorstellen, dass der Andi mit Ihnen darüber gesprochen hat, Herr Pfarrer. Der war immer brav, ist immer zur Kirche gegangen. Aber dass der seinen Bruder angeschwärzt hätte, das hätte der nicht getan. Bestimmt nicht. Da wird es ganz andere geben, die Ihnen vielleicht was erzählt haben.

Das war im Sommer. Da möchte natürlich jeder mit offenem Fenster schlafen. Na, und da war halt der Fettgeruch von der Bäckerei. Der Andi war ja in ganz Köln berühmt für seine Berliner. Krapfen und Muutzemandeln gab es bei dem das ganze Jahr. Sonst nirgends. Überall gab es die sonst nur zu Karneval. Ich glaub ja, das hat der Andi meinetwegen gemacht. Ich hatte zwar jetzt die Fritteuse. Aber das dauerte. Der Andi hat immer geguckt, dass er mir eine Freude machte.

Die Frauen hätten sich beschwert. Die Kunden wollten das nicht riechen. Und sie müssten doch auch lüften. Das wär geschäftsschädigend.

Sollten doch wegbleiben!

Aber der Kai hing mit drin. Er wär sogar der Chef, hat die Schmitz gesagt. Mein Sohn! Chef! Wie der Andi. Aber eben ganz anders.

Jede Jeck is anders, sagen Sie. Ich frage Sie: Warum? Warum ist der eine so, der andere so? Wer sollte die Antwort kennen, wenn nicht Sie, Hochwürden? Was hat der liebe Gott sich dabei gedacht?

Der Andi hat natürlich nichts davon wissen wollen. Wo kämen wir hin, wenn die Sünde den braven Bürgern vorschreibt, was sie zu tun und zu lassen haben? Hat der nicht ältere Vorrechte, der für unser täglich Brot sorgt? Gehört das Fettgebackene da nicht auch zu?

Der Kai hat dann diese Plakatwand an dem Appartementhaus aufstellen lassen. Ich hab sie selbst gesehen. So was ist keine Werbung. Das ist widerlich! Wer denkt eigentlich bei all den nackten Frauen, die heute öffentlich aufgehängt werden, an die Kinder? Gespreizte Schenkel, hoch gerutschter Rock, der keine Wünsche offen lässt. Aber das Schlimmste: die Muutzemandel! Genau da, wo man nicht sehen sollte, was man nun wirklich nicht zeigen darf. Ausgerechnet! Und um die Ecke Andis Bäckerei! Wer konnte da noch reingehen, ohne sich zu ekeln? Das war kein Zufall!

Ich hab den Kai zur Rede gestellt. Mein Leben lang hatte ich kein Wort über all das verloren. Dabei hab ich mich oft gefragt, ob das richtig war. Als Frau sieht man vieles anders. Aber wen interessiert das? Man kriegt gesagt, man solle sich nicht anstellen. Nicht anstellen! Ich hatte den Jungs nie erzählt, wer ihr Vater ist. Das hatte ich auf die Bibel geschworen, und daran hab ich mich auch gehalten. Nein, ich hab mich nicht angestellt. Nie. Hab's immer genommen, wie es war. Alles.

Ich hab dem Kai gesagt, dass das weg muss.

»Hat der Andi dich geschickt?«, hat er gefragt.

»Traust du deinem Bruder so was zu?«, hab ich gesagt.

Er hat ein bisschen um den heißen Brei geredet. Behauptet, das hätte mit seinem Bruder überhaupt nichts zu tun. Die Marketing-Leute hätten nur nach etwas gesucht, was da hinpasste, um das zu bedecken, so von der Form, etwas, das auch als Bild stimmig gewesen wär, und da wär man auf die Muutzemandel gekommen, weil das weibliche Geschlechtsteil im

Mittelalter *Mutze* geheißen hätte, weswegen man heute auch *Möse* sagte.

Ich bin so böse geworden! »Dummes Geschwätz!«, hab ich gesagt. »Eine Muutzemandel, das ist etwas Gutes, Köstliches, und wovon du da redest, das ist etwas Schmutziges, Verderbtes! Das ist ja, wie wenn du die schwangere Jungfrau Maria mit einer Hure vergleichst, die ein uneheliches Kind empfangen hat!«

In genau dem Moment hat sich in mir ein Schalter umgelegt. Ich hab mich rumgedreht und bin gegangen.

Der Kai ist in der gleichen Nacht zu seinem Bruder in die Backstube. Es muss ein entsetzliches Geschrei gegeben haben. Das haben die Nachbarn später ausgesagt. Ich hab hier auf der anderen Straßenseite nichts davon mitgekriegt. Die Backstube liegt ja zum Hof hin. Erst als der Kai am nächsten Morgen an meinem Bett stand, hab ich alles erfahren.

Alles, Herr Pfarrer. Und seitdem geht das mit mir um und um. Der Kai hat mir haarklein alles erzählt. Haarklein! Die Bilder verfolgen mich seitdem Tag und Nacht. Ich will sie loswerden. Deshalb bin ich hier.

Die Polizei hat gesagt, vom Ablauf müsste es sich wohl tatsächlich so zugetragen haben. Das mit der Backstube. Von dem anderen hatte ich nichts gesagt. Das tat ja nichts zur Sache.

Der Kai muss dem Andi das mit seiner Mösen-Mutze gesagt haben und dass das mit seinem Fettgebackenen doch gar nichts zu tun hätte und daher genau so wenig geschäftsschädigend sein könne wie Fettschwaden bei geöffneten Fenstern. Aber der Andi hat nur gelacht.

Der kannte das ja schon, weil ich es ihm brühwarm erzählt hatte.

Ich war so außer mir! Man versteht oft erst im Nachhinein, was man anrichtet. Man kann mit Worten so viel anrichten. Mit dem, was man tut, erst recht.

Der Andi hat dem Kai dann gesagt, dass *Mutz* in Wirklichkeit etwas ganz anderes bedeute. Das käme nämlich von *mutten*, was so viel hieße wie *stutzen*. Tiere mit gestutzten Schwänzen würden heute auch *Mutz* genannt. Und manchen gehörte nun mal einfach der Schwanz gestutzt. Sie hatten, während sie sich zankten, neben der Frittiermaschine gestanden. Und dann muss der Andi in die Wanne gelangt haben und hat dem Kai mit der großen Kelle brodelndes Fett in den Schritt gekippt.

Ich hab's ja gesehen, wie der Kai zurecht war. Auch wenn ich kein Arzt bin, Herr Pfarrer, ich glaub nicht, dass der Kai jemals wieder da irgendwas hätte empfinden können. Ich weiß gar nicht, wie der damit überhaupt noch laufen konnte. Er musste vollkommen außer sich gewesen sein.

Ich hab alles, was wir im Tiefkühlfach hatten, rausgeholt und ihm in den Schoß gelegt. Ich konnte doch gar nicht anders. Er ist doch mein Sohn! Natürlich war es entsetzlich, was er getan hat. Noch viel entsetzlicher als das, was der Andi ihm angetan hatte. Aber so ist das nun mal im Leben. Eins entsteht aus dem anderen. Und man fragt sich immer, wo all das Böse seinen Ursprung genommen hat. Der Satan lauert doch immer und überall.

Der Kai war jedenfalls so außer sich, dass er den Kopf von dem Andi in das brodelnde Fett gedrückt hat. Er hat mit einer Hand den Deckel runtergeklappt und sich mit dem ganzen Körpergewicht draufgeworfen. Der Andi kann nicht lang gezappelt haben, der war wohl gleich schockfrittiert. Der Rechtsmediziner hat gesagt, da wär fast kein Öl in der Lunge gewesen. Der Herzkasper war schneller. Fast schon ein gnädiger Tod, wenn man sich's überlegt.

Ein Brudermord, wie er in der Bibel steht. Die Wahrheit ist aber doch: Der Kai war nicht böse. Er war immer ein Muutzekopp. Aber in der Nacht hat er sich alles von der Seele geweint. Dann hat er ein Taxi gerufen. Ich hab gesagt, er muss ins Krankenhaus. Aber er hat gemeint, er brauche eine Abkühlung. Hat mich geküsst und ist gegangen. Auf der Deutzer Brücke hat er sich absetzen lassen und ist gesprungen. Kurz vor Düsseldorf haben sie ihn gefunden. Drei Tage später. Aber das wissen Sie ja schon. Ich hab keinen der beiden aussegnen lassen. Der Vater im Himmel wird sie auch so gnädig aufnehmen. Wenn nicht, ist er's nicht wert.

Ihren Vater auf Erden wollte ich nicht mehr an sie ranlassen. Ich hatte lang genug stillgehalten. Nein, ich hab es keinem erzählt. Es macht keinen mehr lebendig. Aber Ihnen musste ich es sagen. Ich will, dass Sie damit leben müssen. Nicht lang. Nur so lang, bis Sie sich entschieden haben. Ich hab am Anfang gesagt, ich hätte zum Messer greifen mögen. Ich hätte am liebsten jemanden einen Schwanz kürzer gemacht, um mein Kind zu rächen. Dafür ist es nun zu spät. Die Genugtuung kann ich ihm nicht mehr geben.

Ein Vater, der im Namen der Jungfrau Maria die eigenen Kinder verleugnet, ist schlimm. Einer, der den

Kommunionsunterricht nutzt, um einen unschuldigen Jungen zu missbrauchen, ist der ungleich größere Sünder. Einer, der dies seinem eigenen Sohn antut, ist der Satan höchstselbst.

Ich geb Ihnen die Wahl, was Sie damit machen, Herr Pfarrer. Lassen Sie andere richten oder richten Sie selbst.

Sie hatten ein Gespräch auf Augenhöhe angeboten. Wir beide sind nicht auf Augenhöhe, sind es nie gewesen. Sie sind weit darunter. Daher nehmen Sie meine Bitte ernst: Kommen Sie mir nie wieder unter die Augen.

Amen.

Muutzemandeln

Muutzemandeln sind ein traditionelles Kölner Gebäck, das zur Karnevalszeit angeboten wird, aber auch zu Silvester. Fettgebackenes Fingerfood, mit dem die Jecken der Kälte und dem Alkohol ein kleines Nahrungsbömbchen entgegensetzen.

Grundzutaten für den Teig:
120–150 g Butter
250 g Zucker
3–4 Eier

Während man die Grundzutaten zu einer cremigen Masse schlägt, kann man je nach Geschmack und zur besseren Konsistenz weitere Zutaten – auch alternativ – hinzufügen:

1 Prise Salz
2 Teelöffel Backpulver
100 g Mandeln – alternativ 180 g Marzipan
abgeriebene Schale einer Zitrone oder Zitronenaroma
bzw. 1 Gläschen Rum oder Rumaroma
ggf. 1–2 Teelöffel Zimt

Die cremige Masse mit 500 g Mehl gut mischen und kneten,
dann den Teig zudecken und gut zwei Stunden kalt stellen.
Anschließend mandelförmige Teigklumpen in ca. 4 x 4 cm
Größe ausstechen oder formen, die in Fett ausgebacken werden. Fertige Muutzemandeln mit Puderzucker bestäuben.

Mit den tropfenförmigen dicken Muutzemandeln nicht zu
verwechseln sind die Muutzen, die ebenfalls zur Karnevalszeit im Rheinland angeboten und genauso in Fett ausgebacken werden. Der Muutzen-Teig wird aber flach ausgerollt
und in Rautenform geschnitten. In den Teig gehören auch
keine Mandeln, dafür wird gerne Vanille und Anis dazuge-
geben.

Summsummsesumm!

TATJANA KRUSE

Ich bring nur ganz selten einen um.
Echt jetzt. Voll die Ausnahme.
Aber – um mal in der Sprache meines Pitbulls Desi zu
bleiben – wenn dir einer nicht nur immer wieder ans
Bein pinkelt, sondern quasi auch kleine Fleischhappen
aus deiner Wade beißt, dann musst du ein Zeichen setzen. Sonst spricht sich das rum, und eh du dich ver-
siehst, bist du nur noch Geschichte.

Wer will schon Schnee von gestern sein?

Sorry, wenn ich jetzt kichere.

Schnee! Wortspiel, Leute. Ich bin nämlich Drogen-
boss. Die Nummer eins der Szene. Auch wenn es sich
nur um die Drogenszene von Nordostwürttemberg
handelt. Mit den Hauptabsatzzentren Heilbronn und
Schwäbisch Hall. Letzteres ist jetzt mehr so die Klein-
stadt, darum halten sich die Umsätze dort auch in
Grenzen. Fällt dann aber auch umso mehr auf, wenn
sich einer davon ungefragt eine Scheibe abschneiden
will.

Anfangs habe ich das ja noch belächelt. Als mir gesteckt wurde, dass da neben meinen Vertragshändlern noch einer namens Tom alles verkauft, was in Pulverform zu haben ist: Koks, Meth, Steroide, Badesalz.

Wichser, habe ich gedacht.

Aber mit der Zeit war doch ein deutlicher Umsatzrückgang zu spüren. Das geht natürlich nicht. Also denke ich, man muss mit dem einfach mal Klartext reden. Vielleicht kapiert er's ja. Wenn nicht: *Zong!*

Ich bin jetzt kein kolumbianischer Drogenlord oder so. Ich kann keinen Mannschaftswagen voller Schläger in die Provinz schicken, um für Ordnung zu sorgen. Früher hat mein Cousin sich ums Grobe gekümmert, aber der sitzt gerade achtzehn Monate wegen schwerer Körperverletzung ab. Ich muss also selber ran.

Der Typ, der mir das mit dem Konkurrenten gesteckt hat, hat mir auch gleich eine Adresse genannt.

Ich schieb mir also meine SIG Sauer in den hinteren Hosenbund, mein Klappmesser in den Springerstiefelschaft und meinen Totschläger in meine Kapuzenshirttasche und mach mich in meinem Geländewagen auf den Road Trip nach Schwäbisch Hall.

Das Haus von dem Spacko liegt innenstadtnah. Das GPS lässt mich hinter einer Brücke rechts abbiegen, dann bin ich nach fünfhundert Metern auch schon da. Rechts der Fluss, links ein Hang mit einer Wiese und ein paar Bäumen. Und davor ein Zweifamilienhaus. Das ist jetzt blöd. Mein Spitzel hat nichts von 14a und 14b erwähnt, nur die Hausnummer 14.

An der Pforte zu 14a hängt ein gelbes Schild. *Honig vom Imker*. Daneben ein Holzkasten mit gläserner

Schiebetür, darin diverse Imkerhoniggläser und eine Schale, in die man pro Glas zehn Euro legen soll. Vielleicht klebt unter den Honigglasdeckeln ein Tütchen mit Stoff? Keine schlechte Tarnung!

Ich schieb das Glas auf und nehme die fünfzig Euro, die in der Schale liegen. Das steht mir zu!

Ich dann die Treppe zum Haus hoch und klingele.

Nichts.

Ich klingele noch mal.

»Hier hinten. Im Garten«, ruft es da.

Ich nehme Desi den Maulkorb und die Leine ab und mach rasch ein paar Lockerungsübungen. Ich prüfe noch mal den Sitz der SIG, des Totschlägers und des Klappmessers. Deren Einsatz wird wohl nicht nötig sein. Ist ja nur ein Freundschaftsbesuch mit Klartextansage. Denk ich da noch.

Dann marschiere ich hinters Haus. Körpersprache ist alles. Gleich zeigen, wer hier der Alpha ist.

Ich bieg also im lässig-bedrohlichen Dwayne-›The Rock‹-Johnson-Schlenkerschritt um die Ecke und …

… seh mich drei alten Omas gegenüber. Wie alte Omas heutzutage so aussehen: Tanktop, Capri-Jeans, knallrot gefärbte Haare. Nur an den Truthahnhälsen und den Altersflecken an den Krallenhänden als Omas zu erkennen.

Und die sind verdammt gut drauf, diese Omas!

Vermutlich hat der Wichser, der mir hier das Marktrecht streitig macht, den alten Damen irgendwelches Aufputschzeug verkauft.

Die drei sehen meinen Pitbull und rufen: »Oh, süßes Hundi, dutzi, dutzi, dutzi!«

Desi, der Depp, läuft schwanzwedelnd los. Der ist da voll schräg drauf. Wenn man den so begrüßt, als sei er noch ein Welpe, dann legt sich in ihm ein Schalter um, und er mutiert tatsächlich wieder zum Welpen. Dabei kann der erwachsenen Männern die Unterarmknochen durchbeißen. Echt jetzt. Schon zwei Mal passiert. Aber bei den drei Alten hechelt er und fiept und lässt sich von den Krallenhänden durchkraulen.

Es riecht nach Blumen, in der Luft liegt ein Summen.

»Wo is'n der Tom?«, frag ich.

Ich bin fast zwei Meter groß und gebaut wie ein Grizzly und schädelrasiert und ganzkörpertätowiert und meine Stimme klingt wie voll aufgedreht aus'm Subwoofer. Gestandene Schläger haben Angst vor mir. Egal, wie viel Bullen mich hochnehmen wollen, sie rufen immer erst Verstärkung. Aber die drei Omas glucksen nur. Mein Gott, was haben die bloß eingeworfen?

»Hallo erst mal«, flötet eine der Omas. »Setz dich doch. Kaffee?«

Ich rühr mich keinen Millimeter. Frauen muss man die Peitsche zeigen. »Tom!«, wiederhole ich.

»Oder ein Stück Bienenstich?«, fragt die zweite Oma.

»Wir haben auch Eierlikör«, ergänzt die dritte Oma juchzend, und alle drei prusten los. Unterm Tisch seh ich zwei leere Flaschen, auf dem Tisch eine halb volle. Ob die gar nicht auf Droge sind, sondern auf Eierlikör?

»Kommt der Tom gleich wieder oder was?«, brumme ich ungnädig.

Desi wirft sich auf den Rücken und streckt den Alten seinen Bauch entgegen. Eine Schande für die Zunft der Kampfhunde.

Die Alten geben ekstatische Laute von sich und kraulen ihm die Wampe.

»Wie heißt er denn?«, will eine wissen.

»Destroyer!«, brumm ich.

»Das ist doch kein Name für so einen süßen Schnuffelhund!«

Desi schnurrt. In Momenten größter Ekstase wird er zur Katze. Gut, dass das jetzt keiner vom Kampfhundeverein mitbekommt.

Eine der Omas lupft eine Tortenhaube, und darunter kommt ein Bienenstich zum Vorschein. »Nicht doch ein Stück?«

Was soll's, denk ich, kleine Stärkung zwischendurch.

Ich setze mich, und sie tischt mir auf. Der Bienenstich schmeckt voll lecker. Findet offenbar auch eine Biene. Ich wedele sie zur Seite. Sie fliegt einen Bogen und kommt summend zurück. Ich mach sie mit dem Löffel platt, wisch ihn an meinem Hosenbein ab und häufe noch ein Stück Bienenstich darauf.

»Was is'n jetzt mit Tom?«, frage ich mit vollem Mund.

Die Servieroma gießt mir auch noch Kaffee ein. »Was soll mit ihm sein?«

Sofort werd ich misstrauisch. Gegenfragen sind quasi immer ein Schuldeingeständnis!

Ich mustere die drei. Ist eine von denen die Großmutter von diesem Tom? Weiß sie, was ihr Enkel so treibt? Steckt sie mit ihm unter einer Decke? Den Riesenklunker an ihrem Ringfinger hat sie doch nicht mit ihrer Rente bezahlt!

Ich wedele die nächste Biene beiseite, die sich hartnäckig an meinem Stich vergehen will.

»Ich muss mit Tom sprechen!«, verlange ich.

Die drei schauen sich an und kichern. Blöde Weiber!

Da kommt mir ein Gedanke: Ist eine von denen vielleicht der ominöse Tom? Heutzutage weiß man doch nie. Vielleicht ist Tom die Kurzform von Thomasina? Ist die Alte, die mir den Bienenstich angedreht hat, meine Konkurrentin, und die anderen beiden sind ihre Bodyguard-Greisinnen?

Sie gießen sich reihum Eierlikör ein und trinken glucksend auf ex. Besonders professionell wirken die ja nicht.

Aber – noch ein Gedanke – vielleicht steht ›TOM‹ ja für Thekla-Ortrud-Margret und die drei sind ehemalige Chemielehrerinnen, die unter einer Decke stecken und sich mit selbst gepanschtem Crystal Meth ein Alters-Zubrot verdienen? Wissen die drei, wer ich bin? Ist der Bienenstich womöglich vergiftet?

Ich spuck den Bissen, den ich gerade im Mund hab, aus. Viel nützen wird mir das nicht mehr, ich hab das Kuchenstück ja schon zu drei Vierteln verspachtelt.

»Schmeckt er nicht?«, jodelt die Erste.

»Er ist gestochen worden«, jodelt die Zweite.

»Ich hole eine Zwiebel«, jodelt die Dritte und steht auf.

Besoffen, alle drei.

Desi guckt enttäuscht, weil seine Wampe plötzlich ungekrault bleibt.

»Quark, da muss eine Quarkkompresse drauf«, bitcht die Zweite der Dritten hinterher.

»Eiswürfel«, verkündet die Erste. »Mit Eiswürfeln kühlen ist das A und O.«

Ich schau auf meinen Unterarm und seh einen roten Fleck.

Aufspringen und die SIG ziehen passiert gleichzeitig. »Das habt ihr doch absichtlich getan!«, donnere ich.

Die Eierlikörtanten erstarren.

Normalerweise würde Desi in einer solchen Situation die Zähne fletschen und schon mal dem einen oder anderen meiner Feinde einen Gebissabdruck in einer Weichteilzone verpassen, aber hier und jetzt bleibt er auf dem Rücken liegen und gähnt ausgiebig. Wenn das hier vorbei ist, schick ich ihn in Rente. Der taugt höchstens noch zur Zucht.

»Ich will jetzt sofort wissen, wo Tom ist!«, brülle ich. Also …

… eigentlich wollte ich gar nicht schießen, aber in exakt diesem Moment spür ich einen stechenden Schmerz am Hals, und während ich die Biene – klar, schon wieder eine Biene, Scheiß-Imkerei! – totklatsche, krümmt sich unwillkürlich mein Schussfinger, und es ploppt.

Natürlich hab ich einen Schalldämpfer aufgeschraubt. Deswegen hört man keinen Schuss.

Dafür hört man das Scheppern des guten Kaffeegeschirrs umso mehr, als die erste Oma blutend auf dem Tisch zusammenbricht. Der Bienenstich und die dritte Eierlikörflasche werden in hohem Bogen ins Gras katapultiert.

»Hoppla.« Etwas bestürzt schau ich auf die Scherben und die tote Oma und dann zu den zwei noch lebenden Omas, die wie Lots Weib zu Salzsäulen erstarrt sind.

Sie erwidern meinen Blick.

Das ist jetzt so ein Zeitlupenmoment, in dem alles verlangsamt abläuft, nur das Denken nicht.

Ich denke, dass ich keine Zeuginnen gebrauchen kann.

Die beiden Alten denken sichtlich, dass sie zwar alt sind, aber noch nicht alt genug, um zu sterben.

An meinem Ohr summt etwas. Vermutlich der Kumpel der Biene, deren zermanschte Reste an meiner Hand kleben. Der sucht seinen Freund. Da kann er lang suchen.

Die beiden Alten lösen ihren Blick von mir, schauen sich an, drehen sich um und laufen los.

Wenn die Omas einen Dutt gehabt hätten und eine gemusterte Kittelschürze und braune Stützstrümpfe, so wie meine Oma damals, dann hätt ich vielleicht gezögert. Aber diese hippen, durchtrainierten Seniorinnen, denen man von hinten ihr Alter nicht ansieht, lösen in mir keine Schusshemmung aus.

Folglich schieße ich. Zwei Mal.

Eine sackt sofort zusammen, die andere schafft es noch zur Hintertür, bevor sie nach einem weiteren Schuss umfällt.

Desi schleckt derweil genüsslich den Bienenstich vom Rasen auf.

Ich will ihn davon abhalten, weil der Bienenstich doch vielleicht vergiftet ist, da spüre ich noch einen Stich am Hals. Mann, sind die Viecher hartnäckig. Ist das jetzt Rache für ihre verstorbenen Kameraden oder was?

Ich schlag wieder zu.

Okay, so weit, so gut. Jetzt sollte ich im Haus nachsehen, ob ich im Keller ein Meth-Labor entdecke oder ob ich mich einfach in der Hausnummer vertan hab und gerade drei unschuldigen, gastfreundlichen Seniorinnen das letzte Arrivederci bereitet hab.

Ich leg Desi die Leine an und gehe in Richtung Haus und da …

… wird mir plötzlich schwindelig. Was womöglich daher kommt, dass sich mir irgendwie der Hals abschnürt und ich kaum Luft bekomm.

Bin ich etwa … allergisch?

Ich seh zu meinem Unterarm, der rot leuchtet und angeschwollen ist wie eine Wurst, die aus ihrer Pelle platzen will.

Ja, ich bin definitiv gegen Bienenstiche allergisch. Hab ich bis jetzt nicht gewusst, weil ich noch nie gestochen worden bin.

Keine Panik, denk ich, auf dem Weg hierher bin ich an einem Krankenhaus vorbeigekommen, bis dahin schaff ich es doch lässig.

Stellt sich heraus: Ich schaff das nicht.

Auf dem schmalen Weg neben dem Einfamilienhaus, der hinunter zu meinem Geländewagen führt, knicken mir die Beine weg. Ich verharre noch kurz auf den Knien, dann kipp ich nach vorn auf die Fresse.

Desi schleckt mir das Gesicht. Ich will um Hilfe rufen, aber das, was mal mein Hals war, gibt keinen Ton mehr von sich.

Ich schließ mit meinem Leben ab. Wer wird sich um Desi kümmern, wenn ich nicht mehr bin? Die schläfern den doch ein! Das hat er nicht verdient! Ich hätt ein Testament machen sollen, verdammt.

Plötzlich kommt von 14b ein Junge angelaufen. So ein Pickelgesicht mit ein bisschen Flaum am Kinn.

»Keine Sorge«, sagt er, »mein Papa ist Arzt. Sie sind nicht der erste Allergikerbesucher bei Frau Braun, dem er wieder auf die Beine hilft.« Er lächelt.

Ein guter Junge, denk ich.

Der gute Junge ruft »Papa! Papa, schnell! Luftröhrenschnitt! Und bring ein Antihistaminikum mit!«

Ein sehr guter Junge, denk ich.

Der sehr gute Junge nickt mir aufmunternd zu, geht an mir vorbei in den Garten, zieht – wie ich aus den Augenwinkeln mitbekomme – den drei Alten die Ringe von den Fingern, kommt zu mir zurück und schiebt mir den Schmuck in die Hosentasche. Dann holt er ein Päckchen mit weißem Pulver – ganz sicher kein Zucker – aus seiner Hosentasche und steckt es zum Schmuck.

Dabei grinst er. Wie dieses besessene Teufelskind in *Das Omen*. Die werden immer jünger, echt jetzt. Aber ich muss zugeben: exzellent inszeniert. Die Bullen werden es für einen Raubüberfall von einem Drogenjunkie halten, der schief gegangen ist, weil drei suizidale Bienen ihren Stachel in ihn versenkten.

Ich röchele.

Da kommt ein Mann mit Arzttasche angelaufen.

»Ruf den Krankenwagen, Tom«, sagt er zu dem Jungen und kniet sich neben mich. »Alles wird gut, Sie stehen das durch«, sagt er noch zu mir, aber da werde ich schon ohnmächtig.

Das Letzte, was ich noch mitbekomme, ist, wie Desi diesem Tom die Hand schleckt.

Bienenstich

Zutaten für den Teig:
250 ml Milch
125 g Butter
500 g Mehl
1 Päckchen Hefe
100 g Zucker
Eine Prise Salz
1 Ei

Zutaten für die Füllung:
2 Päckchen Vanillezucker
125 g Butter
250 ml süße Sahne

Zutaten für den Belag
100 g Mandelblättchen
100 g Butter
100 g Zucker
5 Esslöffel Milch

Mehl, Hefe, Zucker und Salz in einer Schüssel durchmischen. Milch lauwarm erhitzen und die Butter darin zum Schmelzen bringen. Mit dem Ei zu den trockenen Zutaten in die Schüssel geben und alles zu einem glatten Teig kneten. Die Schüssel mit einem feuchten Tuch abdecken und den Teig eine halbe Stunde gehen lassen.

Währenddessen die zimmerwarme Butter für die Füllung mit der Hälfte der Sahne zu einer glatten Masse rühren. Dann den Vanillezucker und die restliche Sahne hinzugeben und steif schlagen. Die Creme bis zur Verwendung in den Kühlschrank stellen.

Für den Belag Milch und Butter erwärmen, Zucker und Mandelblättchen hinzugeben und verrühren. So lange köcheln lassen, bis die Masse glasig aussieht. Vom Herd nehmen und abkühlen lassen.

Den Backofen auf 200 Grad vorheizen. Den Hefeteig auf das mit Backpapier ausgelegte Backblech ausrollen. Den Mandelbelag darauf verteilen. Ungefähr eine halbe Stunde backen.

Den Bienenstich abkühlen lassen und einmal durchschneiden. Nun die Creme auf der unteren Hälfte verteilen und die obere Hälfte anschließend auf die Creme setzen. Vor dem Servieren in Stücke schneiden. Fertig.

Tortenschlacht

UTA-MARIA HEIM

Die schlapp machenden Herren Kolonisten ziehen also mit leeren Taschen, mit zerrissenen Hosen und Röcken und mit gebrochener Lebenskraft nach den Kulturzentren.

Dort werden sie mit offenen Armen und mit tränenfeuchten Augen empfangen.

Aber.
O weh!
Die guten Mitmenschen, die ihnen liebevoll Beistand anbieten, sind Heuchler, gerissene Gauner, in teuflischer List ausgekochte Halsabschneider.

Albert Heim: Amerika. Das Paradies der Gegenwart, Sulgau O/A. Oberndorf (Wttbg.) 1926.

Elfriede und ich, wir sitzen beide am Fenster. Sie mit dem Rücken in Fahrtrichtung. So hat sie es ein Lebtag lang gehalten, sie hat das Vergangene vorbeiziehen lassen, um nicht zu sehen, was vor ihr noch kommt. Die Lokomotive, es ist eine Güterzuglok aus der Baureihe 52, Baujahr 1944, kreischt in cis-Moll und speit Dampf in den frühlingsblauen Himmel. Es ist am Osterfest und eine einzige selig machende Auferstehung. Ich bin wieder gefühlte fünfzehn und Gustav, der Obermnistrant. Der Krieg ist aus, und die Baumwipfel hängen voll mit gekreuzigten Nazis.

»Lumen Christi«, singt Elfriede.

»Genau«, sage ich. Seit sie nicht mehr alle Tassen im Schrank hat, trifft sie den Nagel auf den Kopf. Sie wird langsam verkalkt. Dabei sieht sie immer noch gut aus. Ich habe ihr, statt Kirche, diese Erlebnisfahrt geschenkt, um ihr eine irdische Freude zu machen. Jetzt habe ich selber eine. Und Elfriede strahlt.

Dann geht es los. Der Scheinschaffner pfeift auf seiner Trillerpfeife und hebt das Signal. Punkt 10.06 Uhr verlässt der Sonderzug den Bahnhof Rottweil. Wir sitzen in einem Großtraumabteil, das mich an die Ermordung Kennedys erinnert. Ich habe das damals im Schwarzwälder Boten gelesen, auf einer Zugfahrt gen Trossingen, wo Elfriedes rüstige Oma an den Augen operiert wurde. Sie war eine Jüngerin von Albert Heim, dessen boshaftes Traktat von Amerika den letzten württembergischen Zipfel des Schwarzwalds bezwungen hatte. Es nötigte zum Daheimbleiben. Die Oma gab uns das Büchlein, ehe sie erblindete. Es hat auch uns vor der Auswanderung bewahrt, die wir erwogen hatten, wo die Kriegsverbrecher, als Mitläufer getarnt und mit Persilschaum entlaust, wieder an die Macht gekommen waren. In Amerika, lehrte uns Heim, hatte es schon vor dem Krieg kein

Entrinnen gegeben. Nirgendwo lockte Rettung. Das kann ich bis heute bestätigen. Arschgeigen regieren überall, und zur Unzeit werden sie wiedergeboren. Das hat Albert Heim glaubhaft aus eigener Anschauung dargelegt. Aus diesem unscheinbaren Büchlein trage ich Elfriede vor, während die Frühjahrssonne hereinlugt und Bäume mit todbringenden Pollen an uns vorüberziehen. Sie tun uns nichts mehr. Wir haben alle Allergien überlebt. Und auch das Asthma, das Elfriede überkam, wenn sie nicht ganz bei sich war und sich beim Tanzen verlor. Heute passiert ihr das nicht mehr.

Neben ihr sitzt ein junger Mann mit den feinsten Manieren. Er telefoniert nicht mit dem Handy, hat keine Stöpsel in den Ohren, trinkt kein Bier und legt seine Füße nicht auf den gegenüberliegenden Sitz. Vielmehr hält er den Mund und hört zu. Er erinnert mich an einen, den ich mal gekannt habe, aber ich weiß nicht, an wen. Auf seinem Schoß ruht, in eine durchsichtige Tupperware geschweißt, eine Schwarzwälder Kirschtorte. Sie hat Schokoladenstreusel, Sahnekringel und zündrote Glubschaugen und ist so mächtig wie die Kirschtorten meiner Patentante Hilde. Es ist Unfug, dass die Schwarzwälder Kirschtorte der Tübinger Konditormeister Erwin Hildenbrand erfunden hat. Es hat sie immer schon gegeben. Zumindest vor 1930. Das ist mein Geburtsjahr. Ich wäre, wenn das wahr wäre mit Hildenbrand und dem Café Walz, mitsamt der Torte auf die Welt gekommen. Nun ist es aber so, dass es schon bei meiner Taufe Schwarzwälder Kirschtorte gab. Das ist verbürgt. Wie hätte die Torte es binnen weniger Tage von Tübingen bis auf den Sulgen schaffen sollen? Ich bin im Januar dort geboren und wurde ein paar Tage drauf in der Alten Kirche getauft. Also.

»Sie können die Torte ruhig auf den leeren Sitz stellen.« Ich unterbreche meine Lektüre, um das Wohlverhalten des jungen Mannes mit einer großzügigen Geste zu belohnen. »Oder Sie können in Fahrtrichtung fahren und die Torte da lassen.«

Der junge Mann stiert vor sich hin und antwortet nicht. Er ist taubstumm. Oder Ausländer. Er versteht mich nicht. Mein Hochdeutsch ist zwar nicht einwandfrei, aber vorhanden. Als ich noch Schulmeister war, wurde ich idiotischerweise gelobt deswegen. Die Lust am Vorlesen ist mir vergangen. Ich rechne es den greisenhaften Launen zu, die mich immer öfter anfallen. Elfriede merkt hoffentlich nichts davon.

Das Fahrgeräusch ist zuverlässig. Gebremst wird wieder in cis-Moll. Das ist viel besser als das G-Dur der Regionalbahnen. Sie bremsen alle in G-Dur. In Schwenningen wird gehalten. Der junge Mann verschwindet. Wahrscheinlich muss er aufs Klo. Zwei Zollfahnder steigen ein. Ich frage mich, ob sie auch zum Verein der Eisenbahnfreunde gehören, doch sie wirken echt. Sie haben einen halbhohen Spürhund dabei. Der trägt einen Maulkorb. Er knurrt. Zerrt. Schlägt an. Und stürzt sich fast augenblicklich auf das Gehäuse der Schwarzwälder Kirschtorte.

»Ruhig, Pako!«, ruft der eine Fahnder. Er reißt den Hund zurück. Der feiste Kerl trägt Partisanenklamotten. Bestimmt ist's der Toni aus Tirol. Und wie man einen Spürhund Pako heißen kann. Pako, pack! Das Vieh muss drauskommen.

»Ich sag dir doch, der taugt nix«, sagt der korrekt ein-
gekleidete Kollege und tritt nach dem Hund. Der Kollege ist weiblich. Es ist die Blondine mit Pferdeschwanz,
die schon immer anständig dabei war. Typ BDM. Ich
konnte diese Überuniformierten noch nie leiden.

»Heil Hitler!«, bellt Elfriede. Sie bellt es tonlos. Ich
lese es von ihren Lippen ab.

»Gehört die Kirschtorte Ihnen?«, fragt der Bergsteiger
Toni.

»Wohl«, schmettere ich für Elfriede. »Die bringen wir
unserer Großnichte Berta mit.«

Wieder mal weiß ich nicht, ob sie genial ist oder
dement. Aber so hätte es die Elfriede gesagt. Und das
ist ein Schlag gegen die Staatsmacht. Die steigt in Villingen schon wieder aus. Mitsamt ihrem Pako hat sie
sich von Württemberg gen Baden katapultiert. Und
kapituliert. Herzlichen Glückwunsch. Wer nicht mehr
auftaucht, ist unser junger Freund.

Die Schwarzwälder Kirschtorte liegt neben Elfriede auf
dem Sitz. Tübingen hin oder her, die Torte ist eine
zutiefst württembergische Erfindung. Darauf lege ich
Wert. Weil, der Sulgen liegt am hintersten Zipfel von
Württemberg, am Saum der schwarzen Wälder, vom
König verlacht und von den badischen Revoluzzern
verspottet. Dabei glotzen wir vom Sulgen auf den
Schwarzwald und auf die Alb, das schafft sonst nie-
mand, und es hat dort all die Weil Renitente gegeben.
Der Schwarzwald ist der Hort der Renitenz. Wer meint,
Tübingen habe nichts mit dem Schwarzwald zu tun,
der irrt sich, weil diese Geisterstadt von 1818 bis 1924

zum Schwarzwaldkreis gehört hat, wenn ich es recht weiß. Aber mal angenommen, Hildenbrand hat die Torte nur geklaut, so bleibt sie trotzdem württembergisch, denn in ihrer tiefsten Seele kommt sie aus Gutach, und das war bis vor gut zweihundert Jahren württembergisch. Ha! Diese tauben Badener, die das Badener-Hohelied singen, sind eine halbe Ewigkeit lang Württemberger gewesen! Das will heutzutage keiner mehr wissen. Aber damit stammt auch die schwarze Gutacher Tracht mitsamt dem sahnesteifen Blüsle und dem roten Bollenhut aus Württemberg. Dieser jungfräulichen Erscheinung ist die Schwarzwälder Kirschtorte nachempfunden, und ihre Geschichte ist älter als die Vogtsbauernhöfe. Freilich hat man die Torte im Mittelalter beispielsweise ganz anders geheißen. Und anders hergestellt. Schwerer war sie. Voll mit Haselnuss und Walnuss der Teig. Eine Konsistenz, kompakt wie Linzer Torte. Man musste das Gebäck ja haltbar machen. Ohne den Eisschrank. Dafür Kirschwasser. Den Rahm und die Kirschen hat man hinterher draufgeklatscht. Oder so gegessen. Rahm, eingemachte Kirschen, Schnaps und Nüsse waren stets vorrätig. Schon zuzeiten, wo man in Hütten hauste.

Ich verzähl das alles Elfriede, damit ihr Geist sich beweglich erhält. Elfriede nickt und lächelt inwendig. Das hat sie ihr Lebtag lang getan. Dazu musste sie nicht wisslos werden. Doch noch so wortleer ist sie gutwillig. Und träufelt ihren Frohsinn in sich hinein. Trotz schleichender Verblödung wird sie nie gewalttätig. Und sie folgt mir noch. Sie tut, was ich sage. Sie läuft mir nicht davon. Aber ewig währt so viel Willfährigkeit nicht.

Bald wird der Tag kommen, an dem ich sie nicht mehr verzwingen mag. Das ahn ich, und es ist meinen Launen Befehl. Ich muss mich zusammenreißen, weil Elfriede das noch fertig bringt. Sie haut ab, sie reißt aus, sie befreit sich von allem Ungemach. Sie wird überzwerch. Sie wird mich bezwingen. Das wird kommen, zuletzt. Das wird sie noch lernen. Den Widerstand. Noch tut sie mir nichts. Sie beherrscht sich. Sonst kann sie schier gar nichts mehr, was sie früher konnte. Sie kann sich nicht allein anziehen, nicht kämmen, sie kann auch ihr Wasser nicht halten. Das macht mir nichts aus, ich wickle sie. Und sie weiß noch, wie sie heißt, sie kennt mich.

Die Strecke von Villingen nach St. Georgen ist noch einfach zu verstehen, wenn man den Schienengesetzen folgt, auf der höchsten Stufe der Schwarzwaldbahn, dann kommt der ewig lange Sommerautunnel, knapp 1.700 Meter, und wir steigen hinab. Das Loch hinunter, gen Triberg, dann, über die Kehrtunnel, weiter gen Hornberg. Erbaut wurde die Bahn um 1870, während irgendwelche wichtigen Kriege stattfanden, und das ist wohl auch die Geburtsstunde der ewig gültigen Gutach-Tracht und des Namens: Schwarzwälder Kirschtorte. Ich nehme an, dass alles drei irgendwie zusammenhängt.

In den Tunneln windet der Rauch. Er qualmt zum offenen Abteilfenster rein. Das ist Kindsein. Es stinkt nach Kohle und Dampf. Auch sehen wir nichts mehr. Doch in Elfriedes Kopf rührt sich etwas. Vielleicht will sie was sagen.

Die Landschaft steigt auf und ist gigantisch. Das Licht. Es kommt mal von da, mal von dort. Man weiß ja nicht, in welcher Himmelsrichtung man sich befindet. Sobald man aus dem nächsten Tunnel herauskippt. Weil man selber sich entgegenfährt, auf der künstlich gelängten Strecke, Schluchten um sich, Baumhaine, irrwitzige Senken, Täler und Höhen. Verwunschene Höfe und Häuser, vereinzelt. In Wahrheit ist alles zersiedelt und industrialisiert, Strom wird gewonnen aus den Sturzbächen, der Tourismus kommt später, gen Gutach. Wo es dann flach wird und bezwingbar. Die Höfe sind stolz. Man hat alles dem ältesten Sohn vererbt und die andern in die Fremde verschickt, in die Knechtschaft und Fron. Das zahlt sich aus bis ins Heute, es wirkt malerisch, und statt Ziegeln das Stroh: entflammbar. So geht Geschichte, und ich, ich war ihr Büttel. Der bleibe ich. Womöglich bis zuletzt. Ich war nie kein Revoluzzer.

Elfriede und ich, wir sind noch gut zu Fuß. Und wir schaffen es von der Endstation Hausach beschwingt bis zu den Vogtsbauernhöfen. Das Freilichtmuseum beseelt Elfriede, weil sie glaubt, sie sei auf einem der Höfe aufgewachsen. Auf dem uralten Gehöft ganz hinten rechts, dem Lorenzhof, erbaut in Oberwolfach anno 1608. Das kann nicht sein. Doch der Geruch nach Räucherspeck in der Stube ist's, der nie mehr vergeht und sie einfängt. Elfriede ist ein Bauernkind. Ihr Vater wurde am Kriegsende an einem Baum aufgehängt, von Krüppeln, die aus der letzten Schlacht heimkamen, weil er kein Nazi war. Sondern ein Vaterlandsverräter. So rum ging das. Soviel dazu.

Die Schwarzwälder Kirschtorte habe ich vorne drin in meinem Kärrele. Berta erwartet uns am Eingang. Sie trägt ihre Gutach-Tracht mit dem Bollenhut. Ihre kasta-nienbraunen Haare hat sie zusammengeflochten. Unter der Woche studiert Berta Jura in Freiburg. Am Wochenende führt sie hier die Touristen. Sie spricht fünf Sprachen und zwei Dialekte. Da Elfriede und ich keine Kinder haben, das war uns trotz Übung nicht vergönnt, segnen wir Berta ob ihrer Gaben und geben ihr Geld. Sie müsste diesen Job nicht machen, aber sie macht ihn für uns. Wir kommen an schier gar jedem Sonntag, auch ohne die Dampfbahn. Und dann geht Elfriede in ihren Hof. Dort nimmt sie das Sacktuch und staubt ab. Es stört sie nicht, dass Besuch da ist.

»Was habt ihr denn dabei?«, fragt Berta nun, herzt und küsst uns und zeigt auf die Kirschtorte. »Ja, das ist jetzt ein Ding.«

Das ist es wirklich. Finde ich auch. »Hat Elfriede selbst gebacken«, sage ich. Und deute auf die Kirschen, die mich durch das matte Plastik hindurch blutrot anglotzen. Hört, hört! Der Tattergreis fängt an zu lügen! Launen sind nichts gegen die Freude, vorsätzlich die Unwahrheit herzubeten. Zumal, wenn sie einem nützt.

Elfriede lächelt. Grashalmfein.

Berta sagt, sie mache nun ihre Pause, und wir sollten bei dem schönen Wetter doch draußen bleiben. Zumal das Vespern in der Stube untersagt sei. Dabei zaubert sie eine Thermoskanne mit Kaffee aus ihrem Korb, dazu geblümte Tassen und Teller. Sie hat sogar Milch und Zucker dabei, gutes Besteck und gestärkte Servietten. Keine Ahnung, wo der Biertisch herkommt, an dem wir auf einmal sitzen. Elfriede schafft alles ganz allein. Sie hockt sich hin und greift zur silbernen

Kuchengabel. Berta schraubt die Tupperware auf, setzt das Messer an, um die Torte aufzuschneiden. Die sahnig glänzt im Lichte des Osterfests. Fast gar in den Farben vom Königreich Württemberg. Und denen vom Sulgemer Wappen.

Da betet Elfriede den Satz her, der erwartbar war. Unausweichlich deshalb, weil das jetzt so ein herrlicher Moment ist. Der prächtigste Augenblick seit Menschengedenken. Besser wird es nicht mehr. Es kann nur noch schlechter kommen. Elfriede spürt das. Sie hat ihr Lebtag lang auf diese Szene gelauert. Um mir eins auszuwischen, um mir zu zeigen, wo der Hammer hängt. Gelegenheiten dazu gibt es nicht mehr viele, eine wie diese nimmermehr. Elfriede hat all die Weil ein feines Gespür für Chancen besessen. Und die Gunst der Stunde genutzt. Sie hat ihr Leben drangegeben, mir das, was ich getan habe, heimzuzahlen. Nur deshalb hat sie mich erhört und genommen. Um mir zuletzt den Stein vor die Grabkammer zu rollen. Elfriede sagt: »Du hast den Vater verschossen, mit einer Kirschkernschleuder. Mitten ins Herz. Am Karfreitag anno fünfundvierzig. Dann erst haben sie ihn an der Schlinge den Baum hinaufgezogen. Du warst fuffzehn. Ein strammer Depp. Und der bist du geblieben.«

Sie sagt es nicht laut, ich höre sie trotzdem. Und ich weiß, dass auch die Berta sie hört. Elfriedes Vater, das war Bertas Großvater. Die blutunterlaufenen Augen der Kirschtorte, das waren seine Augen. Er hatte sechzehn Augen, und er war fleckig und bleich wie die Torte. Ich war dabei, als man ihn erschossen hat. Ich trug Uniform.

Mit einer Kirschkernschleuder. Elfriede hat das nie gewusst. Aber jetzt weiß sie es.

Und Berta weiß es auch. Jetzt, wo sich das Messer in die Sahne senkt. Schreit sie: »Scheiße! Scheiße! Scheiße!«

Mit spitzen Fingern klaubt sie ein Plastiktütchen aus dem Kakaomatsch heraus. Und noch eins. Und noch eins. Die Tütchen sind gefüllt mit einem weißen Pulver. Es perlt wie Persilstaub. Wahrscheinlich hat der Bäcker den Fertigteig darin vergessen. Hätte ich mir gleich denken können, dass die Schwarzwälder Kirschtorte aus einer Backmischung stammt. Heutzutage bäckt doch keiner mehr selber.

»Wo habt ihr das her?«, kreischt Berta.

»Lumen Christi«, singt Elfriede.

»Vom Baumarkt«, erwidere ich. »Zusammen mit den Nägeln, dem Kreuz, der Schleuder und der Schlinge.«

Es ist nicht mein bester Tag. Neben mir parkt das Kärrele. Jetzt könnte ich das Weite suchen, es wäre noch Zeit. Und es ist, als ginge ein Wind. Ich bin wieder fuffzehn Jahre alt. Ich trage wieder Uniform. Und plötzlich steht der Bub neben mir. Es ist der junge Mann aus dem Zug. Er ist noch genauso taubstumm, aber er wirkt seltsam geschrumpft. Er ist so, wie ich damals war. Als sie Elfriedes Vater, in dem das Fahrtenmesser stak, am Strick den Baum hinaufließen. Eine Kirschkernschleuder brauchte es dafür nicht. Der da, der hat auch keine. Ich erkenne mich wieder in dem kleinen Freund. Er schielt nach Bertas Messer.

»Tu das Dings weg, vermaledeit!«, schreie ich. »Sonst passiert noch ein Unglück!«

Berta lässt das Messer fallen.

Jetzt muss ich gegen mich selber aufstehen und Flagge zeigen. Aber richtig. Der Bub greift nach der Backmischung. Ich lange nach der Torte. Und hiebe die dem Nazi ins Gesicht. Denn es muss ein Nazi sein, wie ich einer gewesen bin beizeiten, sonst wäre er nicht ich. Der Nazi sinkt blind zu Boden. Berta greint und Elfriede singt, Lumen Christi, es ist ein ganzer Engelschor, und ich sinke mit. Wie ich damals darniederfiel, in meine eigene Kotze hinein. Ich habe Elfriedes Vater und Bertas Opa nicht erschossen, nicht erstochen und auch nicht aufgeknöpft, ich war bloß dabei mit meiner Kirschkernschleuder. Sie haben mich nicht davonlaufen lassen, ich musste Zeuge sein. Dabei war ich doch bloß ein Bub, ein windelweicher Seicher, und was hätte ich denn tun sollen?

Das Blaulicht höre ich schon kaum mehr. Das Bellen schon.

»Pako, pack!« Das war Berta, die sich im Nachhinein aus den Schlagzeilen nehmen wird.

Hinterher steht in der Zeitung, dass zwei betagte Bürger, ein beherztes Ehepaar, mittels einer Tortenschlacht einen Kleindealer häben auffliegen lassen. Das häbe zu der Festnahme eines Netzes von Großdealern geführt, bei der ein Hund namens Pako eine entscheidende Rolle gespielt häbe. Man äuge nach einem Bundesverdienstkreuz.

Das wird Pako annehmen. Ich nicht. Im Leben nicht. Rauschgift! Mir reicht´s.

Und Elfriede tue ich endlich ins Pflegeheim. Sie hat es gut da. Berta, die dann am End halt weniger erbt, sagt es selber. Ich muss mir nichts mehr beweisen. Angst habe ich auch keine mehr. Elfriede hat mir vergeben. Wir gehen in Frieden. Und das allein zählt.

Tante Hildes
Schwarzwälder Kirschtorte

Vorbemerkung:
»Die in Deutschland übliche Verkehrsauffassung zur Schwarzwälder Kirschtorte ist in den Leitsätzen für feine Backwaren *staatlich geregelt. Hier wird die Torte folgendermaßen beschrieben: ›Schwarzwälder Kirschtorten sind Kirschwasser-Sahnetorten oder Kirschwasser-Butterkremtorten, auch deren Kombination. Als Füllung dienen Buttercreme und/oder Sahne, teilweise Canache sowie Kirschen, auch als Stücke in gebundener Zubereitung. Der zugesetzte Anteil an Kirschwasser ist geschmacklich deutlich wahrnehmbar.‹*

Für die Krume werden dunkle und/oder helle Wiener- oder Biskuitböden verwendet. Die Masse für die dunklen Böden enthält mindestens drei Prozent Kakaopulver oder stark entölten Kakao. Für den Unterboden wird auch Mürbeteig verwendet. Die Torte wird mit Butterkrem oder Sahne eingestrichen, mit Schokoladenspänen garniert.«

(Quelle: Wikipedia)

Zutaten und Zubereitung Mürbteig:
150 g Mehl, 1 Eigelb, 70 g Butter, 70 g Zucker,
10 g Kakaopulver, 1 Prise Salz, etwas Backpulver

und 1 Päckle Vanillezucker. Zu einem Teig kneten,
ausrollen und in einer durchschnittlich großen Springform
bei 175 Grad 20 Minuten backen.

Zutaten und Zubereitung 2 Biskuitböden:
6 Eiweiß zu Eischnee, das Eigelb mit Zucker zu Schaum
rühren. 100 g Mehl, 1 Päckle Vanillezucker,
25 g Kakaopulver, 25 g Speisestärke, 1 Prise Zimt,
etwas Backpulver und 1 Prise Salz. Zu Teig vermischt
in die Springform füllen. Dann bei 175 Grad 30 Minuten
backen. Den dicken Boden durchschneiden, damit daraus
zwei dünne Böden werden.

1 großes Glas eingemachte Kirschen:
Kirschsaft in eine Tasse geben, Speisestärke einrühren
und die Kirschen mitsamt dem Saft in einem Topf erhitzen.
Alles aufkochen und mit Kirschwasser abschmecken.

Für die Sahnecreme Gelatine einweichen.
1 kg Sahne steif schlagen. 1 Päckle Vanillezucker und
50 g Puderzucker hinzugeben. Die beiden Biskuitböden
mit Kirschwasser benetzen, pro Boden etwa ½ bis
1 Schnapsglas voll.
Kirschmasse auf Mürbteig verstreichen. Mit dem ersten
Biskuitboden abdecken und diesen mit Sahne bestreichen.
Den zweiten Biskuitboden oben drauflegen. Mit dem Rest
der Sahne die Böden rundherum bestreichen.
Die Torte mit Schokoraspeln bestreuen, mit 16 Sahne-
rosetten bespritzen und mit 16 Kirschen garnieren.

Luthers Brötchen

Bremerhaven, 10 Uhr am Morgen. Es ist ruhig. Kalt bläst der Wind von der See herein. Balke steht ruhig, schaut nach links zur Werft, wirft dann einen Blick nach rechts zum Kühlhaus des Kreuzfahrt-Caterers. Direkt vor ihm: der Freeport. Er registriert den Sicherheitsabstand zur Straße, die Zäune. Geht zügig zum Eingang des futuristisch anmutenden Gebäudes. Ein Anblick, naja, wie … Gartenmauern – mehrere Stockwerke aufeinandergestapelte Gabione –, vermischt mit modernster Bau- und Sicherheitstechnik. Ein Gebäude versteckt in einem Gebäude. Vier Stockwerke hoch. Wie tief, wissen nur die Erbauer und Besitzer. Eine russische Puppe mit sechzig Zentimeter dicken Betonmauern.

Balke trägt, was man gemeinhin »Business Casual« nennt: dunkelbraune, glänzende, italienische Schuhe, eine dunkelblaue Khakihose, hellblaues Glencheck-Hemd mit passendem Sakko, ohne Krawatte. Kurze Stoppelhaare, militärisch, gut rasiert.

Der erste Wachmann wird auf ihn aufmerksam, folgt mit dem Blick jedem seiner Schritte. Bis Balke am ersten Tor steht. Seinen Ausweis zeigt.

Fälschungssicher. Kunde Nummer 114. Safe Nummer C325-K.

»C« für die dritte Reihe. »K« für klein.

Das Tor öffnet sich. Er passiert. Kommt zu einer mächtigen Flügeltür aus Panzerglas.

Kameras. Bewegungsmelder. Suchscheinwerfer. Wachpersonal.

Der nächste Zerberus. Wieder der Ausweis. Die Schleuse geht auf. Und schließt schmatzend hinter ihm.

Vor der nächsten Tür: biometrische Kontrolle.

Fingerscanner. Irisscanner.

Keine Chance für Unbefugte, hier hineinzugelangen.

Keine Chance für Cargo Crime oder organisiertes Verbrechen.

Der Wächter nickt. Drückt einen Knopf.

Jetzt steht Balke in einer beeindruckenden Lobby. Mehr ein Luxushotel als der Luxustresor – was dieses Gebäude in Wahrheit ist. Nur wenige Möbel. Zwei Sitzgruppen, mehr nicht. Keine Bilder an den Wänden, eine Wand besteht dafür zur Gänze aus einem sündhaft teuren Stuckrelief. Die dekorative Überhöhung vermittelt ein Gefühl der Sicherheit. Gewollt. Der Boden ist aus poliertem, glattem Jura-Kalkstein. Gelblich-ockerfarben. Einige farbige Paneele zur Auflockerung. Ein paar Palmen. Wahrscheinlich künstlich. Zu wenig Tageslicht.

Hier halten die oberen Zehntausend mittlerweile ihre privaten Vernissagen ab. Zeigen sich ihre neuen alten Luxusautos, ihre Picassos, verstecken ihre Juwelen, lagern ihre überteuerten Weine, auf Vibrationsdämpfern. Und auch Daten werden hier abgelegt. Festplattenweise, in zertifizierten Datenräumen.

Er grinst bei der Vorstellung, dass hier größere Werte lagern als in den meisten Museen oder Banken dieser Welt.

Temperaturbeständig, mit konstant geregelter Luftfeuchtigkeit, erdbeben-, bomben- und tsunamisicher.

Zielstrebig geht er durch die Gänge, alle fünfzig Meter eine weitere Schleuse. Erneut ein Fingerscanner.

Die Tore werden massiver, stahl- und betonhaltiger. An der Decke lange Schlangen roter Rohre. Durch die im unwahrscheinlichen Fall eines Feuers eisiger Stickstoff gepumpt wird. Wasserschäden möchte man hier nicht.

Reihe A: Große Safes, für große Kunstwerke. Im wahrsten Sinne des Wortes. Monumental. Kunstgalerie-Größe. Jeff Koons, Damien Hirst, Anselm Kiefer. Oder für eine kleine Flotte alter Bugattis.

Reihe B: kleinere Räume, wie ein hübsches Stadtappartement. Private Weinkeller, Gemäldesammlungen, Antiquitäten aus aller Welt.

Balke nähert sich der Reihe C. Keine Räume, nur mehr Fächer. Ähnlich denen einer Bank. Nur viel sicherer. Für die wahrhaft kostbaren Dinge. Juwelen. Edle Metalle.

Nicht so banales Zeug wie Gold. Sondern Platin, Iridium, Palladium.

Und für ganz besondere Dinge; so wie das, was *er* besitzt.

Balke lächelt erneut, wahrscheinlich hat seine Einlage in diesem Freeport das geringste Gewicht von allen hier. Und kaum einer würde es auf Anhieb als wertvoll genug erachten, hier gelagert zu werden. Zollfrei. Steuerfrei.

Balke ist allein im Gang. So muss das sein. Hier sind nie zwei oder mehr Menschen zusammen. Einlagen aus den Reihen A und B werden gelegentlich von ihren Besitzern in der Lobby ausgestellt. Sehr exklusiv natürlich.

Von superreichen Angebern für superreiche Angeber.

Reihe C ist für die einsamen Genießer.

Jetzt steht er vor seinem Fach. Drückt den Daumen auf das Schloss. Weiß, dass er dabei von mehreren Kameras beobachtet wird. Das ist okay, hier fragt niemand nach Herkunft oder Legalität der Einlagen. Es geht nur um die Sicherheit. Wie ein Stück Schweiz in Norddeutschland.

Ein Summen, der Riegel gleitet beiseite, das kleine Fach öffnet sich wie von Geisterhand. Balke entnimmt eine kleine Schatulle. Die nicht verschlossen ist. Wäre auch zu lächerlich. Sie ist sowieso leer.

Balke zieht ein kleines Lederetui aus seiner Jacken-Innentasche.

Drin liegt ein Stück Papier.

Altes Papier. Sehr altes Papier. Ein Rezept. Mehr nicht.

Luthers Brötchen, denkt er und lacht ein-, zweimal heiser, bellend. Macht ein Foto mit seinem Smartphone. Schaut verliebt auf den kleinen Papierbogen, nicht größer als ein DIN-A6-Blatt. Legt ihn in die Schatulle. Schließt das Fach sorgfältig ab. Ein Summen, der Riegel gleitet wieder nach vorne.

Er weiß nicht einmal, ob die Schrift auf dem alten Fetzen echt ist. Ob es wirklich Martin Luthers Original-Handschrift ist. Oder eine Fälschung. Es ist ihm aber auch egal. Niemand kann derzeit das Gegenteil beweisen. Dem Verkäufer ist kurz nach der Transaktion ein bedauerlicher Unfall zugestoßen. So ein Pech.

Solange Balke jetzt so tut, als sei sie echt, ist sie echt. Für alle anderen. Für seine Zwecke reicht das.

Als sie ihn fanden, roch er schon schlecht. Mit gebrochenem Hals lag er am Fuß der Kellertreppe. Die Gliedmaßen unnatürlich verrenkt. Niemand hatte ihn vermisst, aber nachdem der Postkasten bei *Haase, Kunsthandel, Im- & Export* überquoll, hatte der Hausmeister geklopft und dann mal, der guten Ordnung halber, nachgeschaut. Die Polizei kam vorbei. Routine. Keine Spuren eines Kampfes, sah ganz nach einem Unfall aus. »Also, erst einmal ab in die Rechtsmedizin«, war die Devise. »Den schauen wir uns später noch genauer an.« Doch dann entdeckten sie am Ende des Ganges im Keller eine fein eingerichtete Fälscherwerkstatt. Und ein zweiter Blick auf die Leiche offenbarte ein Hämatom am Hinterkopf. Gut verborgen unter den dunklen Haaren.

»Kommando zurück; ruft Schneider an. Er soll sofort herkommen und sich die Leiche vornehmen. Und am Besten gleich mitnehmen.«

Nächsten Monat findet die große Eröffnung des historischen *Lutherkellers* in Hamburg statt. Die Planungen dazu sind in vollem Gange. Der Keller ist genau so wenig historisch belegt wie die angebliche Tatsache, dass sich Luther dort einmal aufgehalten hat, aber das stört Balke wenig. Fast 1400 Sitzplätze würden reichlich Geld in seine ohnehin schon gut gefüllte Kasse spülen.

Weitere Filialen würden folgen. Noch ist es ruhig, medial gesehen.

Der große Knall würde noch kommen.

Die Ergebnisse der Obduktion Haases waren eindeutig. »Ein heftiger Schlag auf den Hinterkopf. Dadurch Verlust des Bewusstseins und Sturz die Treppe hinunter. Genickbruch.«

Eine Durchsuchung der Werkstatt und der angrenzenden Räume förderte Erstaunliches zutage. Die Werkstatt bestand aus drei hintereinanderliegenden Räumen, thematisch geordnet, wie Schneider feststellte: einer für Malerei – immer hart am Original –, einer für Dokumentenfälschung, ein dritter für Skulpturen und ethnologische Kunstimitate.

»Gegen diesen Haase war der Kujau ein talentloser Amateur und totaler Stümper«, so der allgemeine Tenor bei der Kriminalpolizei. Und den hinzugezogenen Fachkräften von diversen Museen mit der Expertise *Kunstfälschung*. Ölbilder, Aquarelle, Collagen, Pop Art, Dokumente, alte afrikanische und chinesische Volkskunst; die Palette der Fundstücke war breit. Auf alt getrimmte Weinetiketten ließen darauf schließen, dass einige Luxusweine, die zuletzt öffentlich auktioniert wurden, nicht das waren, was sie vorgaben.

Schneider war verwundert, dass Haase ihnen noch nie vorher aufgefallen war. »Der hat ja wirklich unglaublich diskret gearbeitet. Das wird Jahre dauern, bis wir alles hier gesichtet haben.«

Also fingen sie am besten gleich damit an.

Balkes Bombe explodiert, medial gesehen, knapp drei Wochen, nachdem der Haase tot aufgefunden worden war:

»Originalrezept der berühmten Reformationsbrötchen gefunden, von Martin Luther eigenhändig aufgeschrieben!«

Die Boulevardzeitungen schnappen buchstäblich nach Luft. Reagieren hysterisch. Und widmen dem *Lutherkeller*, Balke und dem Rezept ihre geballte Aufmerksamkeit. Balke ist für ein paar Tage der gefragteste Interviewpartner des ganzen Landes. Er erzählt ein hübsches Märchen von einer jahrelangen, scheinbar vergeblichen Suche eines Selfmade-Millionärs und Edelgourmets nach einem der begehrtesten Rezepte der Welt. Wie er dann der Sache nähergekommen war. Er präsentiert Fotos eines uralten Dachbodens, auf dem er in einer noch älteren Kiste das Rezept gefunden hatte. Weist drei Experten über die Echtheit der Schrift vor.

Dann noch einen Hinweis auf den aktuellen Lagerort des historischen Papiers. Balke ist in Hochform. Ein brillanter Verkäufer.

»In einer Woche werden wir das Rezept vom Freeport Bremerhaven nach Hamburg überführen. Mit einem Hochsicherheitstransport. Seien Sie live dabei! Später wird das Rezept hinter Panzerglas im *Lutherkeller* ausgestellt!

Kommen Sie, schauen Sie, kosten Sie Luthers Brötchen!«

RTL, *SAT1* und *Servus TV* balgen sich um die Senderechte.

Balke lässt sie zappeln, öffentlich.

Schneider und seine Leute suchten, sichteten, werteten aus. Zufällig hatten sie mit der Dokumentenfälschung begonnen. Um alles gleichzeitig anzugehen, fehlte das Personal. Als Schneider am Abend Balke in den Nachrichten sah, wie der grinsend eine Glaubwürdigkeits-Expertise in die Kamera hielt, erkannte er Haases Unterschrift. Glaubte sie zumindest zu erkennen. Trieb sein Team darauf hin umso härter an.

Der große Tag ist da. In feinsten Zwirn gehüllt, steht Balke vor dem Zaun, der den Freeport umschließt. Umringt von Kameras. Dirigiert den Fahrer des Panzerwagens in seine Richtung. Sowie dessen Eskorte. Sehr teuer und aufwendig das alles. Läuft für Balke aber unter Repräsentation. Reine Show. Die einen Aufwand und Kosten suggeriert, die den zukünftigen, irrwitzig hohen Preis für die kleinen Lutherbrötchen zu rechtfertigen helfen.

Mit einer Sondererlaubnis dürfen fünf ausgesuchte Reporter, jeweils mit Kameramann, in den Freeport mit hinein.

Wobei die Fernsehteams sowohl Balke als auch dem Betreiber des Freeports stattliche Summen für dieses Privileg bezahlt haben. Leider nichts exklusiv. Balke ist bei der Berichterstattung lupenreiner Demokrat. Alle sollen seinen Geniestreich live erleben.

Für Balke und die Reporter die gleiche Prozedur wie für Balke einige Wochen zuvor.

Nur dieses Mal hoch zehn.

Erstes Tor: Ausweis herzeigen. Kunde Nummer 114. Safe Nummer C325-K. Die Presse hat keine Ausweise, dafür Security-Begleitung.

Dann die Flügeltür aus Panzerglas.

Wieder der Ausweis. Die Schleuse bleibt länger offen. Bis alle durch sind.

Nächsten Tür: biometrische Kontrolle. Fingerscanner. Irisscanner.

Aber heute nur für ihn. Ansonsten ist heute Ausnahmezustand. Balke hatte diskret darauf bestanden, dass bei ihm alle Kontrollen durchgeführt werden müssen. Um die Journaille zu beeindrucken.

Der Wächter drückt seinen Knopf.

Die Lobby. Die Fernsehleute machen große Augen.

Gespannte Erwartung. Unsicherheit. Nervöses Lachen.

Neue Schleusen. Fingerscanner – wieder nur für ihn. Sie nähern sich Reihe C.

Stehen vor seinem Fach. Balke drückt den Daumen auf das Schloss. Es öffnet sich.

Er hält einen Moment lang den Atem an. Was wäre, wenn das Rezept jetzt nicht mehr da wäre? Gestohlen?

Aber in der Schatulle liegt das Stück Papier. Er grinst die Meute an. Insgeheim erleichtert. Als hätte er dem ganzen Zirkus des Freeports nicht getraut. Er lädt die Kameraleute ein, einen Blick auf das Prachtstück zu werfen.

Applaus. Begeisterung. Schulterklopfen ob der Sensation, hier dabei sein zu dürfen.

Der gleiche Weg zurück. Nur entspannter. Die aufgeregte Neugierde des Hinwegs ist fröhlicher Gelassenheit gewichen. Wie auf einem Schulausflug.

Nur Balke ist hoch konzentriert. Noch ist er nicht am Ziel. Erst wenn das Rezept in Hamburg angekommen ist und im *Lutherkeller* hinter Panzerglas liegt, darf auch er durchatmen.

Der *Lutherkeller* ist für die nächsten sechs Wochen bereits komplett ausgebucht. Die Kampagne war insofern sehr erfolgreich. Nun muss er noch abliefern, was die Meute sehen will.

Am Ausgang des Freeports trennen sich ihre Wege. Die Reporter steigen in die Ü-Wagen und Hubschrauber, um weiter live zu berichten. Balke wird von einer Truppe von acht groß gewachsenen, schwarz gekleideten und bewaffneten Muskelmännern in Empfang genommen und zum Panzerwagen eskortiert. Mitarbeiter einer Spezialspedition. Erfahren im Kunsttransport, weltweit.

Ein letzter, strahlender Blick Balkes in Richtung der am Zaun versammelten Menge. Die Tür schließt, der Panzerwagen und die Begleitfahrzeuge setzen sich in Bewegung.

Die Route wurde nicht bekannt gegeben. Aus Sicherheitsgründen. Dennoch wird gefilmt und live übertragen. Weil die Fernsehteams sich auf allen möglichen Fahrstrecken auf die Lauer gelegt haben.

Nach gut zwei Stunden erreicht der Konvoi die Stadtgrenze zu Hamburg. Drosselt auf Balkes Geheiß das Tempo.

Der will diese Fahrt genießen. Die teuerste seines Lebens. Und die profitabelste. Er lehnt sich zurück. Freut sich auf eine dicke Zigarre hinterher. Und einen zwanzig Jahre alten Calvados.

Gleich sind sie da. Noch zwei Straßen, links, rechts.

Ausrollen vor dem *Lutherkeller*. Menschenmassen warten.

Das Wetter spielt mit.

Der rote Teppich ist trocken.

Wer nicht mitspielt, ist Schneider. Der steht mit zwei Kollegen vor dem Eingang des *Lutherkellers*. Winkt Balke grinsend mit den Handschellen zu, während er den letzten Bissen eines klebrig-süßen Donuts in sich hineinstopft.

Lutherbrötchen

Zutaten für 6–7 Stück:
500 g Weizenmehl
300 g süße Rosinen
170 g Butter
200 ml warme Milch
60 g Zucker
100 g süße Mandeln, gehackt
60 g Zitronat
10 g Trockenhefe
1 Prise Salz
Je eine winzige Prise Muskatnuss, Kardamom und
Vanillezucker (alternativ: 3 g Stollengewürz)
1 Eigelb

Zubereitung:
Das Mehl in eine Knetschüssel geben und mit der Hefe und etwa 2/3 der Milch ein Teigstück kneten; 30 Minuten aufgehen lassen. Danach weiterkneten unter Zugabe von Butter, der restlichen Milch, dem Zucker

und den Gewürzen (oder dem Stollengewürz). Teig
eine Stunde ruhen lassen. Dann Rosinen, Zitronat und
das meiste der süßen Mandeln schonend unterkneten.
Den Teig in brötchengroße Stücke aufteilen, auf ein
Backblech setzen, mit einem scharfen Messer kreuzweise etwa 2 cm tief einschneiden und bei ca. 180
Grad etwa 15 Minuten backen.
Dann in die Mitte der Brötchen etwas Marmelade
(vorzugsweise Erdbeere) füllen, alles mit Eigelb
glasieren und den Rest der Mandeln darüberstreuen.
Noch weitere 5 Minuten fertigbacken.

Nachtangst

MISCHA BACH

Alles vibriert. Es dröhnt, schlägt, hämmert mit ungeheurer Gewalt. Überall ist Vibration und Dröhnen, nirgends Luft. Keine Luft, mein Gott, rein gar keine Luft, dafür tonnenschwerer Druck auf der Brust. Okay – auf der Brust, das bedeutet, ich bin's, ich bin noch da – aber was ist das? Was dröhnt, was drängt da, was vibriert und schlägt und pulsiert überall im Körper – ja ich bin im Körper, in meinem Körper, nur der ist, ich weiß nicht was. Gefangen in ihm bin ich, wie in einer Trommel, auf die ein Riese einschlägt. Luft, wieso krieg ich keine Luft? Was hält mich, was drückt mich nieder, nimmt mir den Atem? »Oh mein Gott« – endlich, ein Schrei, mein Schrei. »Mutter!« Noch ein Schrei, und ich bin wach. Mutter? Das kann nicht sein. Sie ist tot, schon lange tot. Ich aber lebe. Denke ich, denn ich fühle, dass ich senkrecht im Bett sitze, zitternd wie Espenlaub, kein Wunder, ich bin nass geschwitzt, und es ist kalt hier.

Der Gedanke hallt durch mein von der Nachtangst leer gefegtes Hirn. Schlagartig begreife ich: Wenn ich wach bin, wenn ich lediglich mit den Wechseljahren, mit nächtlichen Schweißausbrüchen und Angstattacken gerungen habe, wo ist mein Bett? Wo ist – woher kommt das Geräusch, atmet da wer? Mein Ex-Ehemann ist vor Jahren aus- und mein späterer Lebensgefährte nie eingezogen. Meine Tochter lebt schon ewig mit ihrem Freund zusammen. Und mein Sohn … ist tot. Ich will nicht an ihn denken. Schon gar nicht in dieser undurchdringlichen, feindlichen Schwärze der Nacht. Schon gar nicht, wo ich immer noch nicht weiß, was ist passiert, wo bin ich. Immerhin, der Atem ist meiner – jetzt, wo ich ihn angehalten habe, ist die Stille nicht zu überhören.

Ich nehme mich zusammen, atme aus und wieder ein; öffne und schließe und öffne meine Augen. Es bleibt dunkel, also ist dies ein dunkler Ort. Vorsichtig taste ich mit meinen Fingern den Bereich um mich herum ab. Einen Augenblick lang meine ich kalten Kaffee zu riechen und Buchweizenmehl unter meinen Fingerspitzen zu fühlen, dann reißt der Schleier der Illusion, und ich begreife, was ich ertaste, ist nur Beton, eiskalt, staubig und schmutzig. Ich bin nicht verletzt, hier ist nirgends Blut. Wie sich Blut vermischt mit Staub auf Beton anfühlt, weiß ich, seit ich den Fehler machte, die Begeisterung meines Ex für den ersten großen Rohbau, den er in der Stadt als Architekt errichtet hatte, nicht spontan genug zu teilen. Hinter mir ist eine Wand, das spüre ich mit dem Rücken, genau wie vor mir eine sein muss. Das signalisieren meine Fußspitzen – ah, ich habe Schuhe an, nicht nur Socken, das ist gut, nicht nur, weil mich die steinerne Kälte des Betons an meinen Zehen erschrecken würde. Aber – auf meiner linken

Seite ist gar nichts! Wieder beginnt mein Herz zu rasen, bricht mir der Schweiß aus. Ich versuche, ruhig und tief zu atmen. Ich zwinge mich, mit meiner rechten Hand Halt zu suchen. Als ich nur Zentimeter neben meinem Oberschenkel ein Stück senkrechten Beton spüre, vielleicht zwei Handbreit hoch, dann wieder ein Stückchen waagrechten Boden, begreife ich, ich kauere auf einer Treppe und nicht etwa am Rand eines Abgrundes. Erleichtert will ich mich aufrichten, doch noch bevor ich meine Knie durchstrecken kann, stoße ich mit dem Kopf gegen etwas – ist das hier doch keine Treppe? Wieder überwinde ich meine Angst, verbanne ich alle Bilder möglicher und unmöglicher Schrecken, die in der tiefen Schwärze der Nacht lauern könnten, und taste. Holz, mehr Holz, dann Metall – eine Art Falltür, aber über mir, und sie ist nicht verschlossen, ich muss also überhaupt nicht panisch werden.

Ich öffne die Tür und strecke mich der Nachtluft und dem Sternenhimmel entgegen. Wie hell der Nachthimmel ist … Begierig atme ich und dehne mich so in die Weite über der dunklen, aber keineswegs stockdunklen Stadt. Ich meine, den nahen Rhein zu spüren und die Ebene dahinter auch, die sich bis in die Niederlande, bis hinter den Horizont erstreckt. Frei, ich bin frei, denke ich. Noch während sich mein Körper entspannt, entkrampft, ja fast so etwas wie Freude, geradezu Euphorie mich durchströmt, erfasst mich erneut Panik: Hier bin ich also, hier auf dem Dach des heruntergekommenen Hochhauses in Hochheide! Damit weiß ich, welcher Teufel mich geritten hat und ich verfluche den Tag, an dem ich meinen Sohn gebar.

Vier Jahrzehnte ist das her, und er hat nicht mal die Hälfte davon überlebt. Dabei war er ein gesundes und so kräftiges Kind, dass es mich fast zerriss, ihn auf die Welt zu bringen. Doch Stolz und Freude meines Mannes schienen es wert; als er diesen seinen Erstgeborenen hochhob, dachte ich, jetzt beginnt mein, unser gemeinsames Glück. Dabei hätte mich die blutige Rohbaubesichtigung eines Besseren belehren können. Von wegen … Ich kannte ja auch meine Mutter, und bin dennoch die ersten Male verwundet und verängstigt zu ihr in das Dorf am Niederrhein geflüchtet. Ohne ein Wort zu mir, rief sie stets ihren Schwiegersohn an: Der war ja nun für mich verantwortlich. Was sollten die Leute denken … darauf hat sie schon immer viel gegeben. Das hatte sie mir schließlich auch eingebläut.

Allein mein Sohn wollte das nicht verstehen. Vielleicht ist es ganz normal bei einem Kind, dass es schreit, dass es Lärm macht, dass Dinge zu Bruch gehen. Ich hab weiß Gott versucht, andere Wege als meine Mutter zu finden, um damit umzugehen. Manchmal gelang es mit guten Worten oder wenigstens drohenden Sätzen, den Jungen zur Ordnung zu rufen. Aber manchmal dachte ich, er wollte nicht begreifen, mit Absicht nicht. Er war doch nicht dumm, er musste wissen, dass er sich so etwas nicht erlauben konnte, wenn sein Vater in der Nähe war. Selbst seine kleine Schwester hatte das begriffen, noch bevor sie sprechen lernte. Nur mein Sohn machte ständig Ärger. Was konnte ich dafür, dass sein Vater ihm regelmäßig die Quittung präsentierte? Wie hätte ich das verhindern sollen?

Prügel, Schläge, mehr oder weniger unverhohlene Verachtung, gepaart mit Wut, all das kannte ich mein Leben lang. Und was immer meinen Sohn ritt, wenn er mal wieder seinen Vater provozierte, damit hätten wir alle leben können. Sicher, es tat seiner Schwester nicht gut, wenn sie Zeugin dieser Ausbrüche wurde. Mich verstörte es ja auch, und ich war froh, wenn mein Ex in seinem echauffierten Zustand mich nicht danach in meinem Schlafzimmer aufsuchte, sondern in seinem blieb oder erschöpft auf dem Sofa schlief. Ich weiß nicht, ob ich ihn noch liebte, als mir das Ausmaß seines Betruges klar wurde. Schwer zu sagen, ob ich ihn je um seiner selbst willen geliebt oder nur als Ausweg aus meinem Eltern-, meinem Mutterhaus gewollt hatte. Raus aus dem Kaff am Niederrhein, raus aus der Enge unter den Argusaugen meiner Mutter, hinein in die große Stadt, kopfüber ins Gewimmel – Duisburg war vielleicht nicht Düsseldorf, dennoch … Wir hatten es zusammen weit gebracht. Es hätte ein gutes Leben sein können, vielleicht hätte er seinen Jähzorn eines Tages in den Griff bekommen …? Vielleicht hätte mein Sohn eines Tages begriffen, vielleicht wäre es gelungen, den Herrn des Hauses nie wieder zu provozieren …? Manchmal ging es doch wochenlang und länger gut. Ruhige Phasen gab es immer wieder.

Dennoch beunruhigte es mich, als mir in einer solchen klar wurde: Mein Mann war seit Wochen nicht mehr in meinem Bett gewesen, hatte mich bereits Monate auch nicht im Auto oder einem Rohbau rangenommen, beackert, wie er es zu nennen pflegte. Erst fürchtete ich, er könnte eine Geliebte haben, aber ich fand keinen Hinweis. Vielmehr hofierte er unsere kleine Tochter mehr und mehr wie eine Prinzessin – was hatte das zu bedeuten, fragte ich mich schaudernd. Ich erklärte meinem Mann, unser Sohn sei zu alt, um mit seiner Schwester ein Zimmer zu teilen, also werde sie in meinem Zimmer schlafen, bis wir im nächsten Jahr in ein größeres Haus ziehen wollten. Wenn ihn, meinen Herrn und Architekten, nach mir verlangte, würde ich zu ihm kommen. Falls ihm das Arrangement recht sei, natürlich nur dann. Es war ihm sogar sehr recht, und ich konnte nichts mehr sagen. Bis zu der Nacht, die alles änderte, zumindest für unsere Familie.

Mein Sohn, damals mit seinen vierzehn Jahren mitten in der Pubertät, hatte sich unmöglich benommen, und das, obwohl sein Vater völlig überarbeitet nach einem langen Tag nach Hause gekommen war. Es war jedem klar, was passieren würde – gut, er hätte seinen blau und grün geschlagenen Sohn nicht dazu zwingen müssen, im Wohnzimmer, auf einem Holzscheit kniend, auf väterliche Vergebung zu warten. Das war für mich wie für meine Tochter unerträglich. Wir beide zogen uns in unser Schlafzimmer zurück und schauten unsere Lieblingssendung eben auf dem kleinen, tragbaren Fernsehgerät, während ich lauschte, wann die beiden Männer des Hauses nach oben kommen würden. Er musste wohl noch arbeiten, und mein Sohn … An den wollte ich nicht denken, schon gar nicht so kurz vor dem Einschlafen.

So hatte ich das unschöne Ereignis bereits vergessen, als ich mitten in der Nacht aufwachte und unbedingt runter in die Küche musste. Unter keinen Umständen durfte ich vergessen, für die Pokerrunde meines Mannes Steaks zu besorgen – und wenn ich so etwas nicht sofort auf dem Einkaufszettel notierte, vergaß ich es am Ende und musste selbst die Konsequenzen tragen.

Schon auf der Treppe sah ich den Lichtschein unter der nur angelehnten Wohnzimmertür, also schlich ich mit angehaltenem Atem, so leise ich nur konnte, hinunter. Jedoch, mein Mann, mein Ex, war überhaupt nicht leise, im Gegenteil – sein keuchender Atem steigerte sich zu unterdrückt-ekstatischem Stöhnen. Wut erfasste mich, trug mich wie eine Welle ins Wohnzimmer. Dort erstarrte ich: Mit geschlossenen Augen und verzückt-verzerrtem Gesichtsausdruck saß mein Mann auf dem Sessel beim Kamin. Und mein Sohn kniete immer noch, nur eben nicht mehr auf dem Holzscheit, sondern vor seinem Vater, den Kopf zwischen dessen Schenkeln.

Mein Mann betrog mich mit meinem eigenen Sohn!

Ich sah rot, mein Film riss ... Erst, als die Haustür hinter meinem Sohn zufiel und ich hörte, wie sein Vater den Wagen in der Garage startete, lichtete sich der Nebel meiner Wut, und ich sah, ich hatte das Erdgeschoss des Hauses in ein Schlachtfeld verwandelt. Die Bilder waren von der Wand gerissen, die Lieblingsstücke meines Mannes zerschlagen und zerfetzt, Stühle umgeworfen, und nur die Gardinen hingen noch an ihrem Platz. Die Vergangenheit ist vernichtet, dachte ich befriedigt, und ging in die Küche. Eigentlich wollte ich mir nur ein Glas Wasser holen und dann hoch zu meiner Tochter gehen, aber da roch ich den kalten Kaffee und sah die Schüssel mit dem Teig für die Buchweizenpfannkuchen zum Dessert auf der Anrichte. Plötzlich wurde mir bewusst, wie hungrig ich war ... und fragte mich, ob es dem Teig geschadet haben könnte, dass er überlang gezogen hatte. Ganz im Gegenteil – nie wieder hatten Pfannkuchen so gut geschmeckt wie in dieser Nacht, wo ich mich damit quer durch den Obstkorb und noch dazu durch das Marmeladenregal futterte. Zutiefst befriedigt stieg ich danach die Treppe hinauf zum Schlafzimmer, zog meine kleine Tochter aus dem Schrank, in den sie sich verkrochen hatte, und brachte sie in das Bett, das bisher das meines Sohnes gewesen war. Dann legte ich mich in mein eigenes und schlief wie ein Stein.

Das war der Beginn meines neuen, meines eigentlichen Lebens, und zu meiner großen Überraschung war diesmal sogar meine Mutter auf meiner Seite. Das währte nur kurz, doch mein Ex zahlt bis heute alles, schließlich war und ist es in niemands Interesse, den Nachbarn Futter für ihre Klatschmäuler zu geben. Mein Sohn kam erst ins Internat, später in ein Institut für verhaltensgestörte Jugendliche. Nichts half, er war wohl durch und durch verdorben – immer wieder verschwand er, und ich will nicht wissen, wessen Ehemänner er auf dem Strich mit welchen Schweinereien verführte, um sich anschließend mit Gott weiß was zu betäuben. Natürlich versuchte ich, ihm dennoch Hilfe zukommen zu lassen. Alle können das bestätigen. Ich habe es wirklich versucht. Ich bin schließlich seine Mutter, trotz allem. Und das sollte auch jeder sehen.

Nur ... genau das, das mit dem Sehen, das sei am Ende das Problem gewesen, sagte seine letzte Sozialarbeiterin. Er hatte die x-te Entgiftung hinter sich gebracht und befand sich hier in der Stadt in ambulanter Therapie. Er hatte sogar begonnen, seinen Schulabschluss nachzuholen. Alles schien gut, alles schien klar – aber genau diese Klarheit hat er nicht ertragen. Ich weiß nicht, was ihn dazu brachte, ausgerechnet auf dieses Hochhaus zu steigen, auf dem ich jetzt stehe, nicht wissend, wie ich hierher kam. Wo das Haus herkam, das weiß ich sehr wohl. Es war der letzte Großauftrag der Stadt, den mein Mann, damals schon mein Ex-Mann, bekam. Man wollte die Gegend aufwerten, dem sogenannten »Weißen Riesen« einen Farbtupfer, ein architektonisches Juwel entgegensetzen. Es ging damals um viel Prestige und um nicht wenig Geld, aber mein Ex war zu gierig. Schlechtes Baumaterial soll er verwendet haben, Asbestabfälle und anderes Giftzeug gibt es hier überall. Wenn sie rausgefunden haben, wie man das Haus abreißen kann, ohne das Gift dadurch in die Welt zu blasen, wird das Hochhaus endlich aus der Stadt und aus meinem Leben verschwinden. Vielleicht werde ich dann Ruhe haben. Vielleicht wird mich dann kein Albtraum mehr hierher entführen. Vorsichtig steige ich die Treppen hinunter. Das dauert, schließlich sind es zwölf Stockwerke.

Mein Sohn hat es sich damals leicht gemacht, egal was die Sozialarbeiterin gesagt hat. Er war zu weich. Zuerst, meinte sie am Tag seiner Beerdigung, habe er versucht, es mit den Drogen auszuhalten und sich auf die Straße, den Strich, in die Szene der Nachbarstadt geflüchtet. Doch das sei nur ein weiterer Abgrund für ihn gewesen. Als er den endlich hinter sich gelassen hatte, war es der Blick in den anderen, den inneren

Abgrund, den er nicht ertragen konnte: zu wissen, was gewesen war, zu fühlen, was passiert war, und weiterzuleben in der ganz normalen Welt der ganz normalen Menschen. Die nichts wissen von Gewalt und von Angst jenseits der wohlbekannten Fernsehthriller. Die nichts ahnen von den Abgründen der anderen, der Menschen wie uns. Ja ich weiß, ich hätte versuchen können, vielleicht versuchen müssen, ihn zu schützen. Aber wenn ich es jetzt meinem Sohn nachtue, seine Feigheit zwanzig Jahre später wiederhole und springe, statt mich im Dunkel hinunterzutasten und hinaus aus diesem Betonmonster zu finden, was nützt das? Wem nützt es?

Irgendwann bin ich unten. Ich schiebe die losen Bretter im Bau- oder wohl eher Abrisszaun beiseite und trete auf die Straße. Unter der ersten Laterne riskiere ich einen Blick an mir hinunter – gestern Abend bin ich wohl im Jogginganzug und mit Turnschuhen schlafen gegangen. Aber selbst in Puschen und Nachthemd würde ich mich auf den Heimweg machen. Was denn sonst? Es sind ja nur noch anderthalb Kilometer durch die verschlafene, nächtliche Stadt. Als ob der Geruch des Rheins mich leitet, laufe ich durch die kleineren Straßen. Nicht mal am Kombibad auf der Schillerstraße treffe ich andere Menschen. Es muss noch mitten in der Nacht sein, viel zu früh für Hundebesitzer und auch für Frühsportler aller Art. Alle außer mir schlafen, und ich kenne den Weg nach Hause quasi im Traum. Ein Gedanke, der mich kichern lässt. Und das Kichern lässt die Nachtangst und das Erwachen auf dem Dach des

Hochhauses mehr und mehr verblassen. Als ich durch die angelehnte Tür in mein Haus trete, wissend, dass mich niemand gesehen hat, weiß ich, es war lediglich einer dieser bewegten Albträume einer nach zwei Jahrzehnten immer noch besorgten Mutter. Vielleicht war es nicht mal das. Vielleicht habe ich mir nur den Kopf angeschlagen, als ich Saft aus dem Kühlschrank holen wollte. Wie gut, dass ich den Kaffee vom Vorabend nicht weggeschüttet habe. So kann ich ihn mit Eiern und Buchweizenmehl zum flüssigen Pfannkuchenteig zusammenrühren. Während er zieht, muss ich mich um Staub und Dreck an meiner Kleidung kümmern. Davon darf nichts mehr da sein, sollte morgen früh meine Tochter anrufen oder meine Nachbarin sich Milch borgen wollen. Die Kleidung kommt in die Waschmaschine, jetzt gleich, und ich gehe unter die Dusche, wasche mit heißem Wasser und feinster Seife die Ereignisse der Nacht weg. Gehüllt in ein frisches Nachthemd lege ich mich wieder hin, wissend, dass mich in wenigen Stunden der süße Duft der Pfannkuchen mit mir versöhnen wird. Und ich werde mich an nichts erinnern, an gar nichts. Schließlich kann man überall nachlesen, dass Schlafwandler durchaus zu komplexen Handlungen fähig sind. Und dass sie alles vergessen, dass ihre Wanderungen in Amnesien enden. Damit kenne ich mich aus. Nicht erst seit dem Moment, als die Baumängel an dem Hochhaus meines Ex zum Leerzug desselben führten und mich zur nunmehr erwachsenen Schlafwandlerin machten, weiß ich, wie man vergisst. Wie man nur gerade so viel sieht, wie man sehen muss, um sicher die andere Seite zu erreichen.

Buchweizenpfannkuchen

Zutaten für 4 Portionen:
150 g Buchweizenmehl
½ Teelöffel Salz 250 ml kalter Kaffee
125 ml Milch
2 Eier
Pflanzenöl zum Braten (nach Bedarf)
optional: 150 g Schinkenspeck in Scheiben

Zubereitung:
1. Mehl und Salz in eine Schüssel geben. Kaffee, Milch und Eier unterrühren, bis eine geschmeidige Masse entsteht. Anschließend (ganz wichtig): abdecken und bei Zimmertemperatur 4-6 Stunden stehen lassen.
2. Teig gründlich umrühren. Eine große Pfanne auf mittlere bis starke Hitze vorheizen. Etwas Fett dazugeben, dann den Teig für drei kleine Pfannkuchen hineingießen und diese von beiden Seiten backen. Pfannkuchen herausnehmen und warm halten, bis man den ganzen Teig in verbraucht hat.
3. Mit Ahornsirup und je nach Gusto mit Puderzucker oder anderen Leckereien servieren, zum Beispiel mit Marmelade oder Obst.

Tipp: Wer's herzhaft (oder herzhaft und süß zugleich) mag, lässt vor dem Backen der Pfannkuchen Frühstücksspeck in der Pfanne bei mittlerer Hitze aus. Den Speck auf Küchenkrepp abtropfen lassen, in kleine Stücke zerbröseln und mit diesen den Pfannkuchenteig beim Ausbacken nach Belieben »würzen«. Das ausgelassene Fett kann man statt des Pflanzenöls beim Backen verwenden.

Der Kuchenräuber von Radebeul

BRITT REIßMANN

Wer wie ich hinter dem sozialistischen Schutzwall im Tal der Ahnungslosen geboren wurde, wie die Gegend um Dresden in Ossikreisen hieß, kann meine Sehnsucht nach der großen weiten Welt vielleicht verstehen. Seit ich als kleines Mädchen bei meiner Cousine in Leipzig – wo man Westfernsehen empfangen und damit Pippi Langstrumpf sehen konnte – einen Blick auf das Taka-Tuka-Land werfen durfte, verzehre ich mich nach der Karibik. Doch mussten weitere fünfundzwanzig Jahre verstreichen, bis mein Traum in Erfüllung gehen durfte. Obwohl wir seit dem Mauerfall Reisefreiheit genießen, mangelte es immer am nötigen Kleingeld, denn der Aufschwung Ost lässt in unseren Breiten noch immer auf sich warten. Inzwischen bin ich stolze dreißig Jahre alt, und mein Karibiktraum liegt nach wie vor auf Eis.

Die Geschichte, die ich Ihnen erzählen will, beginnt am Morgen meines dreißigsten Geburtstages. Es war ein wunderschöner Samstag im Mai. Ich hatte mir von allen Familienmitgliedern nichts als Geld gewünscht, für eine Karibikreise, versteht sich. Hoffnungsvoll öffnete ich den Umschlag, den meine Mutter mir mit geheimnisvollem Lächeln in die Hand drückte. Doch fand ich darin keine bunten Euro-Scheinchen, sondern einen handgemalten Zettel: *Gutschein für eine Reise mit der ganzen Familie im Santa-Fé-Express zum Lößnitzgrund.* Ich stockte beim Lesen. Verdammt aber auch, dass mein Geburtstag ausgerechnet mit dem Karl-May-Fest zusammenfallen musste!

Meine Geburtsstadt Radebeul beheimatete eine der wenigen historischen Schmalspurbahnen Sachsens, die Lößnitzgrundbahn, im Volksmund auch liebevoll »Lößnitzdackel« genannt. Seit 1884 zuckelt er gemütlich zwischen Radebeul und Radeburg hin und her, durchquert dabei das Moritzburger Teichgebiet und den Lößnitzgrund, wo alljährlich das berühmte Fest zum Ruhme des Radebeuler Ehrenbürgers Karl May stattfindet.

»Du weißt doch, dass wir das Geld für deine Fernreise nicht aufbringen können«, versuchte Mutter mich aufzumuntern. »Aber so kommst du wenigstens überhaupt mal raus.«

Natürlich, ein paar Kilometer auf einer roh gezimmerten Holzbank im »Lößnitzdackel« – der anlässlich des alljährlichen Karl-May-Festes zum »Santa-Fé-Express« umfunktioniert wurde – waren in der Tat ein prima Ersatz für eine Karibikreise.

»Die freut sich ja gar nicht«, nörgelte mein elfjähriger Bruder Justus – der letzte Ausrutscher meiner Eltern, die die Mysterien der Familienplanung nie durchschaut hatten.

»Wo bleiben die denn alle?« Mein Vater schaute hektisch auf seine Taschenuhr. »In einer Stunde geht die Bahn. Zieht euch doch schon mal um.«

»Wir müssen für den Traditionszug alle mit historischen Kostümen kommen«, erklärte Mutter und kredenzte mir ein Kleid, mit dem ich in jedem Saloon als leichtes Mädchen durchgegangen wäre. »War gar nicht so einfach, einen Kostümverleih zu finden, der solche Klamotten führt.«

Mein Bruder Jochen hatte als ewig armer Student natürlich kein Geld für den Kostümverleih gehabt und erschien in Jeans, kariertem Hemd und einem Nickituch, das er sich in Wild-West-Manier mit dem Zipfel nach vorn um den Hals geknotet hatte. Nein, von ihm konnte ich keinen roten Heller erwarten. So überreichte er mir dann auch einen Strauß Wiesenblumen – selbst gepflückt – und einen Ring, der auf den ersten Blick vermuten ließ, Jochen habe das Grüne Gewölbe ausgeraubt, sich bei genauerem Hinsehen aber als Beute aus einem Kaugummiautomaten erwies. »Das mit der Karibik klappt schon noch mal«, tröstete er mich, als er meine traurigen Augen sah.

Meine ganze Hoffnung lag nun auf Tante Änne, von der ich wusste, dass sie kürzlich eine erkleckliche Summe im Lotto gewonnen hatte. Sie walzte heran, als Papa gerade zum dritten Mal auf die Uhr sah. Ihren massigen Körper hatte sie in ein Kleid der Jahrhundertwende gequetscht, und ihren Kopf zierte ein wagenradgroßer Federhut. Beinahe wäre sie damit in der Türfüllung hängen geblieben. An ihren stattlichen Busen, den sie so hochgeschnürt hatte, dass er an die – schon etwas schrumpligen – Auslagen eines Gemüsegeschäfts erinnerte, hielt sie einen Korb gepresst. In ihm lag die größte Bäbe, die mir je unter die Augen gekommen war. Beim bloßen Anblick dieses Monstrums schnellte mein Cholesterinspiegel in die Höhe wie »Hau-den-Lukas« auf dem Jahrmarkt.

»Dein Geburtsdaachsgeschenk, meine Gleene!« Freudestrahlend hielt sie mir den Rührkuchen hin.

»Ist das alles?«, entfuhr es mir. Offenbar hatte ich vor Enttäuschung meine gute Kinderstube vergessen.

»I wo, ich hawwe ooch noch änne Ganne Muggefugg midd!« Meine Tante strahlte über ihr ganzes, rosiges Ferkelgesicht. »Da gönn mr im Leeßnidzgrund ä scheenes Piggnigg machen. Was glotzde denn so miesebehdrich?« Sie streifte die Bäbe mit einem stolzen Blick. »Da sin säggs Eier drinne! Un ä gandses Schdiggchn guhde Budder.«

Natürlich, Tante Änne würde die Entbehrungen der Nachkriegszeit nie ad acta legen können. Und der alte DDR-Slogan »Nimm ein Ei mehr« schlummerte ein Vierteljahrhundert nach Grenzöffnung noch immer jederzeit abrufbar in ihren Gehirnwindungen.

»Wo zum Teufel bleibt Herbert?«, durchbrach mein Vater meine Sprachlosigkeit und lockerte fahrig die schwarze Samtschleife um seinen Kragen, mit der er entfernt an Doc Adams aus der Fernsehserie *Rauchende Colts* erinnerte.

»Där sollde eichendlich lang hier sin. Wahrscheinlich isser widder beim Friehschobben in dr Schdammgneibe häng gebliem.«

Onkel Herbert war der versoffene Ehemann meiner Tante Änne, der bei jeder sich bietenden Gelegenheit gern dem Alkohol zusprach. Als er endlich leicht schwankend in der Tür stand, war das Gesicht meines Vaters vor Wut bereits dunkelrot. Der Anblick seines Schwagers vertiefte den Farbton noch um einige Nuancen. Onkel Herbert sah nicht nur aus wie ein alter versoffener Goldgräber, er roch auch so.

Jochen musterte Herberts Staffage kritisch von oben bis unten.

»Karl May wäre stolz auf dich«, sagte er schließlich diplomatisch.

»Gloobich nich«, gab Onkel Herbert zurück. »Ich bin gee Gommuniste!«

»Kommunist?« Wir wechselten verwirrte Blicke.

»Na, das is doch där, där's Mannifäst geschriehm hadd, noárr?«

Onkel Herbert schien jetzt doch nicht mehr so ganz sicher zu sein.

»Das war Karl Marx!«, prahlte Justus mit seinem Hauptschulwissen.

»Jädenfalls wars ooch ä Schrifdschdäller«, winkte Onkel Herbert ab. »Simmer nu endlich gombledd? Sons gehd dä Bahn noch ohne uns.«

Ich fügte mich seufzend in mein Schicksal und beschloss, das Beste aus diesem Tag zu machen.

Gemächlich schnaufte der »Lößnitzdackel« am Schloss Hoflößnitz und dem Weingut vorüber, wobei er konsequent das Schritttempo einer gehbehinderten Oma am Rollator beibehielt. Von den harten Holzbänken tat mir der Hintern weh, und das Mieder schnürte mir fast die Luft ab.

Onkel Herbert nahm von Zeit zu Zeit einen Schluck aus seinem Flachmann. Ich haderte mit meiner finanziellen Lage und überlegte, ob ich wenigstens im Lößnitzriver ein paar Goldnuggets waschen könnte, um meine Urlaubskasse aufzufüllen, als der Zug plötzlich auf freier Strecke hielt. Gewehrschüsse knallten, gefolgt von Hufgetrappel. Neugierig beugte ich mich aus dem Fenster. Ein paar Meter vor der Lokomotive stand ein Cowboy auf den Gleisen und schwenkte eine Fahne. Weitere Reiter, die mehr oder weniger sicher im Sattel saßen, hielten sich mit einer Hand an den Zügeln fest, in der anderen hatten sie ein Gewehr, mit dem sie wild in der Luft herumruderten – wohl um das Gleichgewicht zu halten. Es roch nach Pulver und Pferdeäpfeln.

Falls ich es auch nur eine Sekunde lang verdrängt hatte, jetzt wusste ich es wieder: Wir waren auf einer Karl-May-Fahrt.

»Um Himmels Willn, mr währn ausgeraubd!«, kreischte Tante Änne und drückte die Bäbe noch fester an sich.

»Keine Sorge, der Überfall ist gestellt, das gehört zum Programm«, versuchte ich sie zu beruhigen.

»Das gennder midd mir nich machen«, jammerte Änne. »Mei Härze machd so was nich mehr midd!«

»Das sind doch nur die Jungs vom Meißner Schützenverein«, versuchte nun auch Jochen die Situation zu entspannen. Doch Tante Änne war nicht zu beruhigen. Auch meine Mutter wurde weiß um die Nase.

Die Fahrgäste stürmten aus dem Abteil und drängten sich auf den Plattformen außerhalb der Waggons, um keine Sekunde des Schauspiels zu verpassen, als die Banditen auch schon zum Angriff übergingen. Ein paar brave Familienväter wurden gekidnappt und unter lautem Gekreische ihrer Frauen durchsucht. Als sie offenbar nicht fündig wurden, durchkämmten sie die Abteile, wo sie tatsächlich einiges an Süßigkeiten und Kleingeld erbeuteten. Eine dicke Matrone verteilte sogar einen ganzen Korb voll Kartoffelplätzchen an die Strolche.

Bis auf Tante Änne schienen sich alle köstlich zu amüsieren. Die jedoch presste sich in die Ecke und hielt sich an ihrem Korb fest, während ihre kleinen, in Fettpolster gebetteten Augen ängstlich hin und her huschten.

Bald hatte sich der Pulverdampf verzogen, und die Bahnräuber traten den Rückzug an. Tante Ännes Gesicht gewann seine natürliche rosige Farbe zurück, und ich schob das Fenster zu.

Als der Zug sich wieder in Bewegung gesetzt hatte und ich mich schon entspannt zurücklehnen wollte, fiel mir auf, dass wir einer zu viel im Kupee waren: Vor uns stand eine bewaffnete Jesse-James-Kopie. Ein Dreieckstuch bedeckte seine untere Gesichtshälfte und zwei wasserblaue Augen fixierten begehrlich den Kuchen in Tante Ännes Schoß.

»Huch, da iss ja noch eener!«, nuschelte Onkel Herbert zwischen zwei Schlucken Wodka.

»Der Letzte der Mohikaner«, feixte mein kleiner Bruder Justus, der den Unterschied zwischen Karl May und Karl Marx zwar kannte, aber offenbar einen Cowboy von einem Indianer unterscheiden konnte. Der Jesse-James-Verschnitt zeigte sich allerdings völlig unbeeindruckt und eröffnete sogleich einen Disput:

»Was ham Se denn da Läggeres im Korb – enne Bäbe? Lassen Se die mah riewerwaggsen, dann wärd geem was bassiehrn.«

Tante Änne drückte den Korb noch enger an ihren Busen und schüttelte so heftig den Kopf, dass ihre Hutfeder wippte. Ihre Äuglein waren wie eine doppelläufige Flinte auf den Räuber gerichtet.

»Der arme Kerl wärd Hunger hamm«, grunzte Onkel Herbert nach einem weiteren Schluck aus dem Flachmann. »Nu gibb dähm doch schon ä Stück Bäbe!«

»Um nischd in dr Weld!«, fauchte Tante Änne. »Nich meine guhde Bäbe. Da sin säggs Eier drinne!«

»Hald de Gusche!« Der Kuchenräuber hielt ihr eine Knarre unter die Nase, die beunruhigend echt aussah. »Bäbe her, oder ich schieße!«

»Machense geene Fissemaddenzchen!« Tante Änne pumpte wie ein Maikäfer. »De Bäbe griechen Se nur iewer meine Leiche.« Sie drückte den Kuchen an ihre Brust, als wäre er ein gigantischer Goldbarren.

»Her mit der Bäbe!« Der Angreifer griff beherzt nach dem Kuchenkorb.

Tante Änne schien einer Ohnmacht nahe. Schaum stand vor ihrem Mund und funkelte im Licht der Maisonne, sodass sie aussah wie ein Schwein mit Lipgloss. »Hier, fang uff!«, schrie sie unvermittelt und warf mir den Korb mit der Bäbe zu, den ich nur mit Mühe zu fassen bekam. Über den Korbrand hinweg beobachtete ich fassungslos, wie meine Tante sich auf den Mann stürzte und ihm das Tuch vom Gesicht riss. Mit ihrer monströsen Handtasche prügelte sie ihn durch den Mittelgang, unter Standing Ovations und Anfeuerungsrufen der Fahrgäste, die zweifellos glaubten, das gehöre alles noch zur Show.

Der »Lößnitzdackel« hatte inzwischen die Schefflermühle erreicht und verlangsamte das Tempo, bis er mit quietschenden Bremsen zum Stehen kam. Der Bösewicht war unterdessen bis zur letzten Ausstiegsplattform geflohen. Tante Änne rollte wie eine Dampfwalze auf ihn zu, während der Rest der Familie im Schlepptau hinterherrannte.

»Dir wärd ichs zeichen, mir de guhde Bäbe zu glaun!«, keuchte sie und drängte ihn bis an den Rand der Plattform, wo er gefährlich ins Straucheln kam. »Säggs! Eier! Sin! Drinne!« Bei jedem Wort schlug sie ihm die Tasche um die Ohren und rammte ihm zu guter Letzt ihren Schnürschuh in den Bauch, bevor er das Gleichgewicht verlor, die Böschung hinunterhagelte und am Fuß des Bahndamms mit dem Kopf auf einem großen Stein aufschlug. Ein dünner Blutfaden rann aus seinem Ohr. Einige bange Sekunden verstrichen, in denen wir alle auf den reglosen Räuber starrten.

Onkel Herbert fand als Erster wieder Worte: »Där is fuddsch«, stellte er lakonisch fest.

»Das war Noodwähr!« Schnaufend rückte Tante Änne sich den Hut zurecht. »Is ja nu wärglich nich meine Schuld!«

»Das sehe ich aber anders!« Überrascht fuhren wir herum und standen Auge in Auge mit dem Schaffner, der ungeachtet des Stilbruchs ein Handy aus der Brusttasche seines Wildwestkostüms zog.

»Sie haben den Mann aus dem Zug geworfen, weil er Ihren Kuchen haben wollte?«, fragte der Kommissar vom Polizeipräsidium Dresden ungläubig. »Haben Sie da nicht ein bisschen überreagiert?«

»Immerhin sind sechs Eier drin«, wagte Jochen Tante Änne zu verteidigen.

»Da sin nich nur säggs Eier drinne«, quäkte Tante Änne. »In dän Kuchen hawwe ich das Geburdsdaachsgeschenk für meine Nichte neigebaggen. Es sollde enne Iewerraschung wärn.«

Schwer zu sagen, wer verdatterter guckte, der Polizeibeamte oder ich. »Dann schneiden Sie ihn doch mal auf«, blaffte er.

»Sie ham nich zufällich ä Mässer? Meins hadd mir Ihr Kolleeche weggenommen. Där dachte wohl, ich willn damidd abmurgsn.«

Auf einen Wink des Polizisten hin verließ die Angestellte das Zimmer und kam bald darauf mit einem gigantischen Küchenmesser zurück. »Dann wollen wir mal.« Der Polizist reichte mir das Corpus delicti. »Schließlich ist es Ihr Kuchen.«

Vorsichtig zog ich das Messer durch den goldgelben Laib und stieß sofort auf etwas Hartes. Nachdem ich die Bäbe behutsam in Scheiben heruntergeschnitten und an meine Familie verteilt hatte, kam ein länglicher Gegenstand zum Vorschein. Es war –

»Ein Brillenetui?«, fragte ich verwirrt.

»Mach's uff!«, befahl Tante Änne mit unverhohlenem Stolz.

Mit angehaltenem Atem öffnete ich den Verschluss. Ganz vorsichtig, um die Spannung noch etwas zu erhö-

hen, klappte schließlich den Deckel auf und sah –
nichts! Das Etui war leer.

»Was hat das zu bedeuten?«, fuhr ich meine Tante an,
während ich spürte, wie mir das Blut in den Kopf
schoss. War das ein böser Scherz?

»Ei verbibbsch!« Tante Änne schlug erschrocken die
Hand vor den Mund. »Ich wärd doch die Geldscheine
nich aus Versähn zwischen de Seidn vom Schbahrbuch
liechen lassn ham!«

»Geld?« Schlagartig war ich mit meinem Schicksal
versöhnt.

»Dreitausend Eiro. Du wolldst doch immer so gärne
in de Garibig fliechen. Und ich hawwe doch nu im
Loddo gewonnen. Was soll ich in meim Alder noch
midd so viel Binunnsen? Ich gäwe doch liewer mit der
warmen Hand als mit dr galden.«

»Mei Daschengeld hälsde awwer mächdch gnabb«,
rülpste Onkel Herbert.

»Tschuldchense, dr Babba is ä Häbbchen beduhdelt«,
lenkte Tante Änne ein. »Där forschärblt ja ooch immer
alles gleich in dr Gneibe!«

»Bleiben Sie doch bei der Sache!« Der Polizist vergrub
entnervt sein Gesicht in den Händen. »Sie haben einen
Menschen umgebracht. Wegen eines Kuchens! Was
haben Sie denn zu Ihrer Verteidigung zu sagen?«

»Ich hawwe den Halungen gleich widderergannd.
Där hadd hindrm Bankschalder gesessen un wollde
wissen, was ich midd so viel Zasdorr will. Nu, da
hawwe ichs ähmd erzähld. Wie gonnde ich nur so blee-
de sin!«

»Sind Sie wirklich sicher, dass es der Mann von der

Sparkasse war?«, fragte der Polizist, während die Angestellte alles eifrig mitschrieb.

»Das gennse gloom, die Fisaaschä vrgäss ich nich so
schnell. So ä ausgegnaubeldes Gärrschguuchngesichde
gibds doch geen zweedes Mal!«, war Tante Ännes
überzeugende Antwort.

Das geplante Picknick fand nun im Polizeipräsidium
Dresden statt. Die nette Angestellte brachte uns Tassen
für Tante Ännes Muckefuck. Onkel Herbert zog seinen
Flachmann aus der Tasche und gab einen kräftigen
Schuss in seinen Kaffee.

»Babba, du sollst hier nich saufen!«, rügte ihn Änne.

»Rudsch ma doch dän Buggel runnda!«, entgegnete
Onkel Herbert ungerührt, worauf ihm Tante Änne,
ungeachtet ihrer prekären Lage, eine schallende Ohr-
feige gab.

Ich schloss die Augen und hoffte, dass alles nur ein
böser Traum wäre.

Tante Änne sitzt vorerst in Untersuchungshaft. Der
Anwalt ist zuversichtlich. Er will auf Notwehr plädie-
ren. Ob er allerdings bei einem Kuchendiebstahl damit
durchkommt, ist fraglich. Wir wollen uns lieber nicht
darauf verlassen.

Onkel Herbert hat mir die dreitausend Euro inzwischen gegeben, die Tante Änne tatsächlich zwischen
den Seiten ihres Sparbuchs vergessen hatte. Die Reise
habe ich schon gebucht, gemeinsam mit Onkel Herbert,
der seinerseits auch zwei Flugtickets gekauft hat. Allerdings nur für den Hinflug. Ich schätze, er träumt schon
von karibischem Rum und Piña Colada.

Morgen darf ich Tante Änne im Gefängnis besuchen. Ich werde heute noch eine Bäbe für sie backen. Und außer den sechs Eiern werde ich auch ein Brillenetui hineintun.

Mit einer kurzen, aber kräftigen Feile drin.

Tante Ännes Bäbe

Zutaten:
250 g Butter
6 Eier
700 g Weizenmehl
300 g Zucker
200 ml Milch
4 Esslöffel Backpulver
abgeriebene Schale einer unbehandelten Zitrone
etwas Puderzucker zum Bestreuen

Zubereitung:
Schlagen Sie die Butter zu Schaum und fügen Sie die Zitronenschale, Zucker und Eier dazu. Nun das mit Backpulver vermischte Mehl und die Milch hinzugeben. Mit dem Handrührgerät etwa drei Minuten gut durchrühren. Die Masse in eine große, gefettete und mit Mehl ausgestäubte Kastenform füllen.
Bei 180 Grad etwa 60 Minuten backen (Garprobe mit Holzstab machen), aus der Form stürzen und mit Puderzucker bestreuen.

Nach Belieben können Sie einige Esslöffel in (karibischem!)
Rum getränkter Rosinen und ein paar Tropfen Rum unter-
mischen, was Tante Änne allerdings tunlichst vermeidet –
Onkel Herberts wegen.

Tipp von Tante Änne:
Wenn Se ooch änne Iewerraschung in äm Brillneddwieh
neiduhn wolln, dann bassen Se off, dass Se eens aus Bläch
nähm – um Goddes Willn geens aus Blasdigg – das zerleeft
im Oofn!

Sybille

ELKE PISTOR

Sybille«, sagt Onkel Gustav. Er macht eine Pause und dann, als wären Stunden vergangen: »Wie spät ist es?« Er blinzelt mich an. »Ich warte jetzt nicht mehr länger auf den Besuch.« Er sieht schlecht ohne Brille. »Sybille«, wiederholt er und deutet auf den Kuchen. »Gib mir bitte ein Stück.« Er richtet sich in seinem Rollstuhl auf, tastet unsicher nach der Serviette und stopft ein Ende mühsam in seinen Hemdkragen. Sein Kopf wackelt. Seine Hände zittern stark. Er hat Parkinson. Und er ist dement. Erkennt die Leute nicht mehr. Vergisst die Dinge. Vertauscht die Zeiten. Niemand wird kommen. Alle, die er kannte, sind tot oder schaffen es nicht mehr aus ihren Häusern und Heimen und Zimmern und Betten heraus.

Vor uns die hastig gedeckte Tafel. Die weiße Tischdecke ist nicht groß genug. Am Ende bleibt ein Rest des stumpfen Furniers sichtbar. Angeschlagene Kanten zieren die Tassen und Teller. Alles ist alt und abgegriffen. Aber das ist nicht von Belang. Ich brumme zustimmend, erhebe mich von meinem Stuhl und greife nach dem Brotmesser. Die gewellte Klinge gleitet durch den lockeren Teig. Eine rote Spur bleibt am Messer kleben, als ich es wieder herausziehe. Ich stelle den Teller mit dem Kuchen vor ihm ab, setze mich dicht neben ihn und lege ihm die Hand auf die Schulter.

»Ich füttere dich, Onkel Gustav.« Ich schiebe seinen Rollstuhl dichter an den Tisch, achte darauf, dass er geradesteht und trete auf die Feststellbremse, damit er sich nicht abstoßen kann. So ist er näher am Tisch und am Kuchen. Ich nehme die Gabel und teile einen kleinen Bissen von dem Tortenstück ab, muss mich räuspern.

»Bist du erkältet, Sybille? Deine Stimme klingt so anders«, fragt er und runzelt besorgt seine Stirn. Ich huste wieder.

»Nein, nein. Alles ist in Ordnung. Ich habe mich nie besser gefühlt.«

»Nimm dir ein Stück und iss mit mir«, fordert er mich auf und zeigt wieder auf die Torte. »Sie schmeckt wunderbar. Süß und saftig. Der Vanillepudding ist genau so, wie er sein muss und das Marzipan außen rum – ein Gedicht.« Er schließt genießerisch die Augen und schmatzt mit den Lippen. »Prinsesstårta«. Bei diesem Wort kommt sein Akzent durch, das leicht lispelnd Skandinavische. »Sie erinnert mich an meine Kindheit.«

»Ich weiß.«

»In Schweden.«

»Ja.« Unzählige Male habe ich das bereits gehört. Ich spreche seine Worte leise mit. Ich kann sie auswendig. Sie haben sich in mein Gedächtnis gebrannt. Unauslöschlich.

Prinsesstårta, die traditionelle schwedische Geburtstagstorte. Innen wechselt sich saftiger Biskuitteig mit roter Marmelade und goldgelbem Vanillepudding ab. Außen verbirgt der grasgrüne Marzipanmantel eine dünne Sahneschicht. Kleine Marzipan-Röschen hocken wie Spatzen auf einem Ast dicht gedrängt in der Mitte der Torte.

Onkel Gustav hat diese Torte selbst oft gebacken. Opa Gustav war nicht nur Bäckermeister, sondern auch Konditor, und neben dem Brot und den Brötchen schuf er auch Kuchen. Zauberhafte Gebilde aus Buttercreme und Fondant, Schokolade und Kokos und exotische Obsttorten, die zu dieser Zeit niemand kannte. In seinem Geschäft roch es für mich wie im Paradies. Als ich ein Kind war, schaffte ich es kaum, an seiner Ladentür vorbeizugehen, ohne dass der Duft mir das Wasser im Mund zusammenlaufen ließ und mein Magen lauter knurrte als der Hund an der nächsten Ecke.

Manchmal steckte mir Onkel Gustav einen seiner Lutscher zu. So einen kleinen roten, der aussah wie eine Kirsche, strich mir über den Kopf und schickte mich dann wieder auf die Straße zum Spielen.

Onkel Gustav war immer nett zu allen Kindern. Er lachte und freute sich an unserer Freude.

Heute, zu seinem Geburtstag, hat er sie sich wieder verdient. Diese eine Torte. Seine Lieblingstorte. Prinsesstårta. Ich habe sie gebacken, weil ich sie ihm bringen wollte. Extra für ihn. Nach seinem eigenen Rezept. Weil ich mich erinnerte an früher. Wie es war.

Es ist sein neunzigster Geburtstag.

Wieder trenne ich ein Stückchen Kuchen ab, spieße es auf und schiebe es in seinen Mund. Seine trockenen Lippen schließen sich darum, er kaut und schluckt langsam, und als er wieder spricht, sehe ich die Speisereste auf seiner Zunge. Die Krankheit verursacht Schluckbeschwerden. Ich senke den Blick und ertrage es um der Vergangenheit willen.

»Sybille?«, fragt er jetzt und drückt meine Hand mit der Kuchengabel zur Seite. Er lächelt, und in seinem Mundwinkel klebt ein Rest des grünen Marzipans. Er merkt es nicht, streckt die zittrige Hand nach der silbrigen Kaffeekanne aus und nickt heftig.

Ich rücke von ihm ab, stehe auf und hole die Kaffeekanne zu uns herüber. Eine kleine Dampfwolke erhebt sich, und der herbe Kaffeeduft flutet den Raum.

Onkel Gustav will weder Milch noch Zucker in seinen Kaffee. Auch daran erinnere ich mich von früher. Sehe das Bild deutlich vor mir. Wie er in seiner Bäckerkluft da steht. Über und über mit Mehl bestäubt, die Haut blass, die schwarzen Wimpern grau. Wie er zu seiner Bechertasse greift, die Kanne klappernd aus der Maschine reißt und den Kaffee einfüllt. Wie er mit großen Schlucken trinkt und die Erschöpfung aus seinem Blick verschwindet. Danach arbeitete er weiter, als ob nichts gewesen wäre.

Wieder teile ich einen Bissen ab, hieve ihn auf die Kuchengabel, schiebe ihn in seinen Mund. Er öffnet willig die Lippen. Sein muffiger Atem streift mich, und ich weiche zurück. Er riecht wie der Mäusekot, den ich früher aus den Wandschränken unserer winzigen

Wohnung herausklauben musste, weil er sich unter dem Schrankpapier sammelte.

»Nun nimm dir was, Sybille. Der Kuchen ist ein Meisterwerk. Er ist einfach perfekt«, sagt er, und ich muss mich anstrengen, ihn zu verstehen. Die Krankheit verwischt seine Sprache, schwächt seine Stimme.

Ich betrachte die Torte vor mir auf dem Tisch. Ich weiß genau, wie sie schmeckt. Locker, süß, klebrig. Als Kind dachte ich immer, das Grün müsse auch grün schmecken, ohne zu wissen, wie genau Grün zu schmecken hatte. In meiner Vorstellung musste es eine Mischung aus Tannennadelduft, frisch geschnittener Wiese und einem sauren Apfel sein.

An manchen Tagen stellte er eine Prinsesstårta in sein Schaufenster. Nach der Schule drückte ich mir die Nase platt und hinterließ schmierige Abdrücke auf dem Glas der Scheibe. Wenn er mich sah, winkte Onkel Gustav hinter seiner Verkaufstheke hervor. Manchmal kam er zur Tür und schenkte mir einen Lutscher.
    »Ich hoffe, sie bedankt sich anständig bei Ihnen, wenn Sie ihr die Süßigkeiten geben«, sagte meine Mutter mit strenger Stimme, wenn ich mit ihr gemeinsam Brot einkaufen ging. Und im gleichen Atemzug, mir zugewandt: »Hörst du? Du musst dich bedanken bei Onkel Gustav, wenn er so nett zu dir ist.«

Alle nannten ihn Onkel Gustav. Auch meine Mutter. Sie blieb immer länger als notwendig. Fragte nach den

Mehlsorten und den Backarten, nutzte die Gelegenheit zu einem kleinen Plausch, wann immer es sich ergab. Wurde rot, wenn er ihre neue Frisur bemerkte und ihr mädchenhaftes Kleid bewunderte. Ihre zarte Taille. Ihre frische Haut. Wenn er scherzte, ob sie wieder auf ihre kleine Schwester aufpassen müsse.

»Onkel Gustav ist ein toller Mann«, sagte sie dann später, wenn wir wieder zu Hause waren und sie tief den Duft des Brotes einsog. »Nicht so ein Hallodri, wie dein Vater einer gewesen ist.« Sie drehte sich um ihre eigene Achse, umschlang ihren schmalen Leib mit beiden Händen. Onkel Gustav hatte recht. Ihre strengen Worte passten nicht zu dem, wie sie aussah. Jung. Zerbrechlich. Wie ein Mädchen. Nicht wie eine Frau. Nicht wie eine Mutter mit einer zehnjährigen Tochter. Wenn sie so redete, zuckte ich nur mit den Schultern. Ich konnte nichts über meinen Vater sagen, weil ich ihn nicht kannte. Er war in sein Land zurückgegangen, bevor meine Erinnerung an ihn einsetzen konnte. Mit den Besatzern, zu denen er gehörte, abgezogen. Meine Mutter mit ihren Hoffnungen auf ein besseres Leben blieb zurück. Mir blieben nur Fotos. Ein GI in Uniform mit muskulösen Oberarmen hielt ein Baby in die Höhe, wandte den Kopf von dem Kind ab zur Kamera und lachte. Das kleine Bündel Mensch wirkte wie ein Accessoire, wie Staffage. Der Mann auf dem Bild stellte nur einen Vater dar. Nichts als eine Rolle. Das erkannte ich lange, bevor ich es benennen konnte.

Ich hatte mich nie nach ihm gesehnt. Nie eine Heldensaga um ihn aufgebaut. Nie geglaubt, er käme aus seinem Land hinter dem Ozean zurück und würde mich holen. Mich retten, wie der Ritter auf dem Pferd. So jemanden gab es nicht für mich. Nicht als Kind, und auch später nicht, als ich den Retter gebraucht hätte.

Da hatte meine Mutter sich bereits ihren heimlichen Traum erfüllt und Onkel Gustav zu ihrem Mann gemacht.

Ab dem Tag ihrer Heirat erfüllte der Duft des Brotes und der Kuchen unser Leben. Wir zogen zu ihm. Aus unserer winzigen Hinterhauswohnung unterm Dach in Onkel Gustavs großes, prächtiges Haus. Die Wohnung lag in den Etagen über dem Geschäft, das das gesamte Erdgeschoss einnahm, die Backstube war im Keller. Aus der alleinstehenden Mutter mit dem zweifelhaften Ruf wurde eine angesehene Meistersfrau. Über meine Herkunft wurde nicht mehr gesprochen.

Onkel Gustav brachte den süßen Duft mit in die Wohnung. Er hing in seinen Kleidern fest, in seinen Haaren, in seiner Haut. Und ich saß gern auf Onkel Gustavs Schoß, weil er so lecker roch.

Meine Muskeln schmerzen vor Anstrengung. Ich bin auch nicht mehr die Jüngste. Sechzig werde ich bald. Ein Kind der Fünfziger. Der Wirtschaftswunderjahre. Der Generation, der es besser gehen sollte, als den Eltern. Nierentisch, Rock 'n' Roll, Verlogenheit. Hunger und Trümmer so weit weg, dass man sie vergessen konnte. Dass Platz war für Freude am Leben. Für Wohlstand. Für unverrückbare heile Welten.

»Wo ist deine Mutter?«, fragt Onkel Gustav mich.

»In der Küche.« Ich wende den Kopf in Richtung der Tür, hinter der meine Mutter ist. Sie ist im Alter erstaunlich rüstig geblieben. Körperlich und geistig rege. Obwohl das gute Leben ihr die schmale Taille und die harte Arbeit im Geschäft ihr schnell das Frische, Mädchenhafte geraubt hatte. Sie hat ihr Leben ihrer Liebe gewidmet. Wo du hingehst, will auch ich hingehen. Nichts soll zwischen uns treten. Nur Augen und Ohren für Gustav. Ihren Mann. Ihren Ritter.

Je länger wir eine Familie waren, umso mehr vergaß sie mich. Sie gab mir Essen. Gab mir saubere Kleidung. Fragte nach meinen Noten. Erwartete mein Funktionieren. Mehr nicht. Ihre Umarmungen, die sie mir – ihrer Lebenslast – nie geschenkt hatte, bekam Onkel Gustav. Ihre zärtlichen Gesten zwischen den Alltagsverrichtungen. Im Haushalt, im Geschäft, in dem sie ab dem Tag ihrer Heirat stand, und in dem sie das Brot und den Kuchen verkaufte. Sie genoss das Ansehen, die Freundlichkeiten, weil sie es nicht gewohnt war, mit Respekt behandelt zu werden. Sie lachte viel, trotz der harten Arbeit.

Als Ami-Liebchen mit unehelichem Kind wäre ihr Leben ohne Onkel Gustav ganz anders verlaufen.

Und meines auch.

Ich greife wieder zur Kuchengabel, belade sie und schiebe ihm ein großes Stück in den Mund. Er hustet, verschluckt sich, und mit der ausgestoßenen Luft umfließt mich der schwere Geruch des Marzipans. Mir wird übel. Ich muss an mich halten, das Würgen unterdrücken. Es schnürt mir die Kehle zu, nimmt mir die Luft. Tränen schießen in meine Augen, verschleiern meinen Blick. Onkel Gustav hustet wieder. Das bellende Geräusch holt mich zurück. Ich klopfe ihm auf den Rücken, nehme das Wasserglas und stelle es neben seine Hand. Mit fahriger Bewegung will er danach greifen, stößt es um. Das Wasser sickert in die weiße Tischdecke, auf der rote, gelbe und grüne Krumen liegen, glänzend vom Speichel und vom Wasser.

Bilder tauchen auf. Gerüche. Gefühle. Der Schmerz. Obwohl es so lange her ist. Ich atme. Fülle meine Lungen mit Luft, lasse sie langsam ausströmen, um sie zu stoppen. Ich kämpfe dagegen an. Will mich ihnen nicht ausliefern.

»Komm, Sybille. Ich habe Prinsesstårta gebacken. Heute ist mein Geburtstag. Für meine kleine große Prinzessin«, höre ich Onkel Gustavs Stimme. Die laute. Die klare. Die des Mannes mit den starken Armen. Nicht die zittrige des Alten. Ich bin ihm in die Backstube gefolgt. Natürlich. Er war der Mann meiner Mutter. Der, dem ich vertraute. Der einzige Vater, den ich kannte. Der, der mir rote, runde Lutscher gab und mir dabei zusah, wie ich sie genoss. Ich war fünfzehn. Trug meinen ersten hart erkämpften Minirock. Ein Kind. Ein Mädchen auf dem Weg zur Frau.

Onkel Gustav hielt ein Stück Torte in der Hand. Fütterte mich damit. Kleine Bröckchen. Hielt sie über meine Lippen wie eine Vogelmutter über dem Nest. Ich schnappte danach.

Süß. Saftig. Klebrig.

Er starrte auf meinen Mund. Räusperte sich. Trat einen Schritt zurück. Sah auf meine Beine und den kurzen Rock.

Verlockend.

»Wie du«, murmelte er und griff nach mir. Ich verstand nicht, was er wollte. Dachte, er scherzte mit mir, wand mich in seinem immer fester werdenden Griff. Lachte. Kicherte. Bis er mich auf die Arbeitsplatte setzte und mir den Rock zur Hüfte hochschob, seine Hand zwischen meinen Schenkeln.

»Süß. Saftig.« Bis er mich nach hinten drückte, an seiner Hose nestelte, sich in mich zwängte. Da begriff ich. Versuchte vergeblich, mich zu wehren. Ihn von mir herunter- und wegzudrücken.

Von oben die Geräusche des Ladens. Die Türglocke. Die Stimme meiner Mutter, wie sie freundlich mit der Kundin sprach.

»Ein Pfund Schwarzbrot, bitte.«

Das Lachen des Kindes, als sie ihm wie immer einen kleinen roten Lutscher über die Theke reichte.

Der Schmerz brannte sich bis in die Mitte meines Leibes, kroch in alle Fasern. In meinen Körper und in alles, was zu mir gehörte. Ich schrie, aber seine bemehlte Hand legte sich auf meinen Mund, brachte mich zum Schweigen, während er ächzend und stöhnend in mir war. Mich zerriss und zerbrach. Neben meinem Kopf die Reste der Prinsesstårta. Ihr überwältigender Duft nach Vanille und Marzipan. Marmelade, rot wie Blut.

Als es vorbei war, griff er zu seiner Bechertasse, riss die Kanne klappernd aus der Maschine und füllte den Kaffee ein. Er trank mit großen Schlucken, und die Erschöpfung verschwand aus seinem Blick.

Er schämte sich. So sagte er. Weinte, weil ich ihn verführt hätte. Mit meiner klebrigen Süße. Meinen Beinen

unter dem Rock, der viel zu kurz war. Bat um Verzei-
hung. Schimpfte mich ein Luder. Beschwor seine Reue.
Befahl mein Schweigen. Danach arbeitete er weiter, als
ob nichts gewesen wäre.

Bis er mich Tage später wieder zu sich rief.

Und wieder. Und wieder.

Meine Mutter wollte nicht verstehen, was ich versuchte ihr zu sagen. Mit Worten, die vor Scham nicht aus
mir heraus wollten. Fragte nicht, warum ich nur noch
Hosen trug. Sie sah nicht meine Signale. Meine stummen Schreie. Sie sah das Haus, das Geschäft, das Ansehen. Sie sah nicht mich. Schalt mich ungehorsam, wenn
ich mich weigerte, in die Backstube zu Onkel Gustav zu
gehen, wenn er nach mir rief.

»Du musst ihm helfen. Du siehst doch, was hier im
Laden los ist. Ich komme die nächste halbe Stunde hier
nicht weg.«

»Bitte nicht.«

»Du bist undankbar. Ihm verdanken wir unser gutes
Leben.«

»Mama. Bitte. Nicht.«

Sie sah mich fassungslos an. Schlug mich. Zum ersten
Mal in ihrem und meinem Leben. Fest mit der flachen
Hand in mein Gesicht. Mich zischelnd des Aufrühreri-
schen bezichtigend. Des pubertären Wahns. Des Has-
ses auf ihn, auf sie. Zum Schmerz, den Onkel Gustav
mir zufügte, kam ein neuer. Anders diesmal. Ihr Verrat
ging tiefer.

Ich schließe die Augen. Es ist vorbei. Lang vorbei. Auch

wenn es mich durch mein Leben begleitet, mich eingeschränkt und krankgemacht hat.

Über so etwas sprach man nicht zu dieser Zeit. Was
nicht sein darf, das nicht sein kann. Der Deckmantel
des Schweigens war dick und schwer. Ich ging. Brachte Abstand und Jahre zwischen uns. Entfliehen konnte
ich nicht. Aus dem Seelenschmerz erwuchs ein Ge-
schwür. Der Krebs zerreißt und zerbricht mich.

Ich werde sterben.

Heute bin wiedergekommen, weil ich mich an seinen
Geburtstag erinnerte, den ich nie wirklich vergessen
konnte.

Onkel Gustav kann es nicht mehr einschätzen. Mein
Wegsein. Die Zeit ohne mich. Für ihn sind Jahre wie
Tage wie Stunden. Die Vergangenheit näher als das
Gestern.

Ich teile einen großen Bissen von seinem Tortenstück
ab.

»Mach den Mund auf«, herrsche ich ihn an, und er
gehorcht. Jetzt bin ich die Stärkere.

»Erinnerst du dich, Gustav?« Die Gabel verharrt vor
seinen Lippen. »Heute. Vor deinem halben Leben.«

Er richtet seine wässrigen blauen Augen auf mich.

»Sybille.«

»Ich bin nicht Sybille.« Ich starre ihn an, halte seinem
Blick stand. »Lydia. Ich heiße Lydia.«

Ich erkenne Ratlosigkeit, dann kommt die Erinnerung über seine Züge. Die Erkenntnis. Die Angst.

»Lydia.« Mehr nicht. »Lydia.« Noch einmal. Dann
stopfe ich den Kuchen in ihn hinein. Zwänge seine Lippen auseinander, wie er mich auseinandergezwängt

hat. Reiße ihn auf. Er keucht. Krümel fliegen. Stücke von Teig und Marmelade und grünem Marzipan. Er verschluckt sich. Hustet. Röchelt. Speichel läuft aus seinem Mund und tropft auf den Tisch vor ihm. Er stemmt sich gegen die Kante des Tischs, die Räder ächzen, aber der Rollstuhl bewegt sich keinen Millimeter. Ich schiebe die Karaffe mit dem Wasser in seine Nähe. Gerade so weit, dass er sie nicht erreichen kann und stehe auf. Wende mich wortlos ab. Er hustet immer stärker, und mit jedem Atemzug saugt er mehr Teig und Krumen in seine Lungen, die nun brennen müssen vor Schmerz. So wie meine Lungen brannten von dem Schmerz meiner ungehörten Schreie in seiner Backstube.

Ich gehe zur Tür, die das Wohnzimmer von der Küche trennt, und öffne sie. Meine Mutter sitzt auf dem Stuhl neben dem Küchentisch und starrt mich an. Im Gesicht immer noch der überraschte Ausdruck, mit dem sie mir vor einer Stunde die Tür öffnete. Ihre Verwunderung über meine Rückkehr. Ein dünner Streifen Blut läuft aus dem Mundwinkel über ihr Kinn, sucht den Weg über ihre Schürze nach unten. Es wird dauern, bis er sich mit dem Blutfleck vermischen wird, der aus dem Kuchenmesser in ihrer Brust zu quillen scheint.

Wenn das überhaupt geschieht.

Prinzesstorte
(Prinsesstårta)

Vorbemerkung:
In Schweden werden auch feste Stoffe in dl (Dezilitern)
gemessen. Dazu gibt es extra Messlöffel in schwedischen
Möbelhäusern zu kaufen.

Zutaten Tortenboden:
3 Eier
2,5 Deziliter (dl) Zucker
3 dl Mehl
1 Teelöffel Backpulver
1 dl Wasser

Zubereitung Tortenboden:
Eier und Zucker schaumig schlagen. Mehl gemischt mit
Backpulver hinzufügen. Wasser vorsichtig unterrühren. In
eine gefettete und mit Paniermehl bestreute Kuchenform
(Durchmesser 26 cm) geben. Bei 175-200 Grad circa 30
Minuten backen. In drei Böden teilen.

Füllung:
Erste Schicht: Rote Marmelade, Besonders geeignet sind
Misch-Beeren-Sorten (Himbeere, Waldbeere, Johannisbeere)
Zweite Schicht: Vanillecreme, Päckchen oder selbstgemacht

Die Böden mit der Füllung übereinander schichten. Circa 200 g Schlagsahne sehr steif schlagen und über den Kuchen verteilen. Darüber eine dünne »Decke« aus grünem Marzipan legen (dafür ein Päckchen Marzipanrohmasse mit grüner Lebensmittelfarbe einfärben. Zwischen Plastikfolien dünn ausrollen, zur Kuchenform passend rund ausschneiden). Die klassische Dekoration ist eine kleine rosa Marzipanrose auf der Mitte.

Truffle Royale

THOMAS KASTURA

Staatsanwalt Brandeisen sank in einen Louis-seize-Sessel, während die Leichen von zwei Bodyguards und drei maskierten Ninja-Dieben abtransportiert wurden. Er betrachtete das Massaker. In der Präsidentensuite des *Bamberger Hofs* ging es normalerweise weniger blutig zu. »Solch unschöne Gewaltausbrüche sehen wir in unserer Stadt eher selten. Ich finde das alles andere als erfreulich, Herr Kramtschuk.«

Kramtschuk, seines Zeichens russischer Oligarch, trank einen Schluck Samowartee. Auf seinen Knien ruhte die Maschinenpistole, mit deren Hilfe er die Eindringlinge – und im Eifer des Gefechtes wohl auch seine eigenen Leute – niedergestreckt hatte. »прощéние, verehrter Herr Prokuror. Ich bin untröstlich.«

»Meinen Sie, das geht als Notwehr durch?«

»Selbstverteidigung mit Kollateralschäden. Letztere gehören zum Berufsrisiko, so steht es im Arbeitsvertrag meiner Angestellten.« Kramtschuk streichelte den Hund zu seinen Füßen, einen Bolonka Zwetna. Die

Rasse sah wie ein schmutziger Bettvorleger aus. »Wir haben die bösen Männer in die Flucht geschlagen, nicht wahr, Gorbatschow?«

Gorbatschow winselte wohlig.

»Worauf hatten es die Einbrecher denn abgesehen?« Brandeisen wies auf den Wandtresor, die schwere Tür stand demonstrativ offen. »Bargeld. Goldbarren. Juwelen?«

»Stellen Sie mich nicht auf eine Stufe mit meinen unkultivierten Landsleuten«, grollte Kramtschuk. »Diese Art von Reichtum bedeutet mir nichts. Er ist nur Mittel zum Zweck.« Langsam erhob er sich und händigte die Maschinenpistole einem Mann von der Spurensicherung aus. Dann schlug er einen verbindlicheren Ton an. »Ich bin nach Bamberg gekommen, um das hier zu erwerben.« Behutsam entnahm er dem Safe eine kleine Schatulle aus Ebenholz und öffnete sie. »Sehen Sie selbst: die teuerste Praline der Welt.«

Der Staatsanwalt staunte nicht schlecht. Auf einem kunstvoll geschmiedeten goldenen Sockel thronte eine Schokokugel, gekrönt von einem funkelnden Edelstein.

Kramtschuk übergab ihm die Schatulle und begann stolz zu erklären: »Die Praline sitzt auf einer Kreation aus 18-karätigem Gold. Der Fuß des Schmuckstücks ist abschraubbar und dient zur Aufbewahrung. Darüber schwebt ein zehnkarätiger Brillant, eingefasst in Gold. Nach dem Verzehr der Praline kann er als Ring getragen werden.«

»Wie praktisch!«, sagte Brandeisen und examinierte das Ding aus nächster Nähe.

Gorbatschow knurrte bedrohlich. Auf einen Wink seines Herrchens verstummte er.

»Doch das Meisterstück ist die Praline«, fuhr der Oligarch fort, »ein echtes Unikum. Die Basis für die Trüffelfüllung besteht aus eigens hergestellter Sahne aus Pandamilch mit fünfunddreißig Komma fünf Prozent Fettgehalt, frisch pürierter Longkong-Frucht aus Thailand, bestem Kaschmir-Safran und feinster Kuvertüre aus dem Kakao der Arriba-Bohne, geerntet von jungfräulichen Kichwa-Indianerinnen in einem unzugänglichen Waldgebiet am Rande des Amazonasbeckens. Abgerundet wird die Füllung durch einen eingedickten Champagner Krug aus dem Jahr neunzehnhundertundachtundzwanzig – sehr schwer erhältlich. Bei der Umhüllung des Trüffels handelt es sich um eine Edelzartbitter Grand-Cru-Schokolade mit fünfundsechzig Prozent Kakaoanteil. Diese Schokolade wird sortenrein nur aus den Kakaobohnen einer Südseeinsel hergestellt, die zufällig mir gehört: Kramtschukja. Die Insulaner haben mir kürzlich die Königswürde angetragen.«

Brandeisen nickte anerkennend. »So etwas kostet bestimmt mehr als ein Duplo.«

»Eine runde Million. Die Praline soll ein Hochzeitsgeschenk für meine Zinotschka werden.«

»Zinaida Horn, das bekannte Supermodel?«

»Meine Braut weilt momentan bei den Prêt-à-porter-Schauen in Mailand, sie ist Kirgisistandeutsche. Da dachte ich mir: Eine Kreation aus der Heimat ihrer Vorfahren könnte sie glücklich machen.«

»Und wer hat dieses süße Wunder erschaffen?«

»Natürlich die Confiserie Storath in der Langen Straße, gleich um die Ecke.«

»Natürlich.« Der Staatsanwalt begriff, warum es Kramtschuk nach Bamberg verschlagen hatte. Besagte Pralinenmanufaktur galt als eine der besten weit und breit. Ihr Gründer Johannes Storath konnte es leicht mit den besten Chocolatiers aus Paris oder Brüssel aufnehmen. Seine Erzeugnisse hatten Brandeisen schon über so manch einsamen Winterabend hinweggeholfen. Am liebsten mochte er Eierlikörtrüffel, weil sie ihn an seine alte Klavierlehrerin erinnerten.

Kramtschuk genoss die Bewunderung seines Gegenübers. »Storath musste mir vertraglich zusichern, dass er nie wieder solch ein Einzelstück herstellt. Ich habe die Praline heute Morgen persönlich abgeholt und ins Hotel gebracht. Wie man sieht, weckt sie gewisse Begehrlichkeiten.«

Unter Anleitung eines Rechtsmediziners wurde die letzte Leiche in einem Gummisack entfernt. Kommissar Küps trat hinzu und warf einen abschätzigen Blick auf den Schokotrüffel. »Ganz nett – ich bin eher Tortenfan.«

»Eine Torte wird es auf der Hochzeitsfeier selbstverständlich auch geben«, sagte der Oligarch indigniert. »Mit so vielen Stockwerken wie der Kramtschuk-Tower in Petersburg. Die Praline jedoch ist einzig und allein für meine Zinotschka bestimmt. In der Nacht unserer Vermählung wird das unterernährte Geschöpf alle Energien brauchen.«

Behutsam schloss Brandeisen die Ebenholzschatulle und wollte sie Kramtschuk zurückgeben. Doch plötzlich sprang der Hund hoch, schnappte sich das edle

Behältnis und rannte wie ein geölter Blitz nach draußen.

Sekunden der Verblüffung. Dann stürmten der Russe und die beiden Bamberger hinterher.

»Hierher, Gorbatschow!«, schrie Kramtschuk auf dem Gang vor der Präsidentensuite – ohne Erfolg. Der Bolonka Zwetna hatte offenbar die Treppe nach unten genommen. An der Rezeption erfuhren sie, dass er das Hotel just verlassen hatte, mit einer kleinen Schachtel im Maul.

»Und Sie haben das Mistvieh nicht aufgehalten?« Der Oligarch zog eine Pistole unter der Achsel hervor – niemand hatte daran gedacht, ihn vollständig zu entwaffnen. Wütend schoss er ein paar Mal in die Decke.

In einem Ständer neben dem Eingang steckten Regenschirme für Gäste. Küps griff sich einen und schlug Kramtschuk kurzerhand nieder. Zugleich eilte Brandeisen durch die Schwingtür auf die Straße. Er sah sich um. Gorbatschow war über alle Berge.

Es dauerte eine Weile, bis der Milliardär erwachte. Die beiden Ermittler hatten ihn auf ein Sofa im Foyer gelegt und ein Glas Wodka unter seine Nase gehalten, um die Lebensgeister wieder zu wecken. Manchmal funktionierten Klischees.

Der befürchtete Zornesausbruch blieb aus. Kramtschuk zeigte sich von seiner larmoyanten Seite. »Die Praline, der ganze Aufwand, alles umsonst! Wie konnte mir Gorbatschow das bloß antun?«

»Sicher kommt er bald zurück«, beruhigte ihn Brandeisen. »Geduld. *Alles nimmt ein gutes Ende für den, der warten kann*, heißt es bei Tolstoi.«

Doch Küps hegte einen Verdacht. »Seit wann haben Sie den Hund?«

»Erst ein halbes Jahr.« Kramtschuk verdrückte eine Träne. »Von einem Züchter in Nowgorod. Ich hab das Kerlchen gleich ins Herz geschlossen. Und Zinotschka ist ganz verrückt nach ihm. Als wir Gorbatschow zum ersten Mal gesehen haben, sprang er gleich an ihr hoch und schleckte ihr das Make-up von den Wangen. Da wussten wir: Er muss es sein und sonst keiner.«

»Dieser Züchter … Ist sein Name zufällig Viktor Lavrin?«

»Woher wissen Sie …«

»Auf Anregung des Staatsanwalts beschäftige ich mich vermehrt mit internationaler Kriminalität.« Ein triumphierender Blick zu Brandeisen, der normalerweise den Klugscheißer-Part übernahm, wenn das ungleiche Duo einen schwierigen Fall zu lösen hatte. Endlich konnte der Kommissar zeigen, dass auch er sich in den Verbrecherdatenbanken bestens auskannte. »Dieser Lavrin ist ein ganz spezieller Hundezüchter. Er richtet die Tiere ab, damit sie Straftaten begehen, meistens Diebstahl oder dergleichen. Kennen Sie sogenannte Schläfer?«

»Das sind Terroristen, oder?«

»Inaktive Terroristen«, ergänzte Küps. »Sie verhalten sich völlig unverdächtig, bis sie auf Befehl in Aktion treten. Dafür wird häufig eine Art Codewort benutzt, auf das sie konditioniert sind. Bei Gorbatschow war es vielleicht *Torte*. Vorhin haben wir uns ja darüber unterhalten.«

»Heißt das, der Hund wurde mir quasi untergejubelt?« Kramtschuk war fassungslos. »Damit er mich irgendwann beklaut?«

»So ungefähr.«

»Das sind ja KGB-Methoden …«

Brandeisen hatte lang genug geschwiegen, das machte ihn ganz kribbelig. »Wer könnte denn Interesse an dieser millionenschweren Praline haben?«, schaltete er sich ein. »Möchte Ihnen jemand eins auswischen?«

»Meine Konkurrenten natürlich.«

»Andere Wirtschaftsbosse? Stahlmagnaten? Börsenfüchse?«

»Genau! Die wollen mich alle von der Top-Ten-Rangliste der Superreichen verdrängen, dafür ist denen jedes Mittel recht. Aber weil das diesen Idiotki nicht gelingt, versucht einer von ihnen, mich zu demütigen.« Kramtschuk redete sich in Rage. »Wenn ich herausfinde, wer den armen Gorbatschow gehirngewaschen hat, gibt das Krieg! Ich verfüge über beste Kontakte zu den Strategischen Raketentruppen.«

»Immer mit der Ruhe«, bremste Brandeisen. »Hier in Franken schätzen wir weder Feuerbälle noch den Hauch des Todes. Man lebt nicht zweimal.«

»Trotzdem brauchen wir Ihre Hilfe.« Küps tippte auf seinem Handy herum. »Die Zentrale hat mir gerade die Gästelisten der Bamberger Hotels geschickt. Lassen Sie uns die zusammen durchgehen.«

Sie wurden rasch fündig. Gleich mehrere Gegenspieler des Oligarchen hatten sich in der Domstadt eingemietet:

(1) der Emir von Angina. Er herrschte über einen Ölstaat am Persischen Golf, der nicht größer war als die Rhön, und war bekannt dafür, sich exotische und möglichst seltene Kostbarkeiten unter den Nagel zu reißen.

(2) Sigmar Smålund, Kopf eines multinationalen Möbelkonzerns. Jüngst war er wegen der Profit steigernden Verschmälerung von Bücherregalbrettern in Verruf geraten und von Kramtschuk als »Dünnbrettbohrer« verunglimpft worden.

(3) Willi Dörrnwasserlos der Dritte, ehrgeiziger Chef eines oberfränkischen Backsteinkäseimperiums mit Sitz in Mitwitz. Küps hatte ihn eigenhändig auf die Liste gesetzt, denn Dörrnwasserlos strebte in die High Society und hatte sein Portfolio im vergangenen Quartal auf Romadur und Harzer Roller ausgedehnt. Seine Käseproduktion war nichts Geringeres als ein Anschlag auf die Menschheit.

»Statten wir den Herren einen Besuch ab«, schlug Brandeisen vor.

»Nehmen Sie mich mit!«, flehte Kramtschuk.

»Na gut, aber halten Sie sich zurück!«

Als Erstes fuhren sie zum *Residenzschloss*. Dort residierte der Emir – bis vor Stundenfrist, er war nämlich abgereist. Einen Hund hatte man auf dem Hotelgelände nicht gesehen.

»Der Scheich ging lieber gleich, weil ihm jemand bei der Praline zuvorgekommen ist«, sagte Kramtschuk. »Typisch. Kein Durchhaltevermögen.«

»Außerdem muss er sich um seine Olympiabewerbung kümmern.« Küps wusste wieder einmal mehr. »Er möchte die Winterspiele nach Angina holen. Leider gibt es mit dem Schnee noch leichte Probleme.«

Weiter ging die Fahrt der Gesetzeshüter, sie mussten sich beeilen. Sigmar Smålund war in der *Villa Geyerswörth* abgestiegen und beanspruchte eine ganze Etage für sich und seine Entourage.

Diesmal kamen die Ermittler der Wahrheit ein bisschen näher. Mehrere Mitarbeiter von Smålund lagen mit Schussverletzungen auf ihren Zimmern, betreut von schwedischen Krankenschwestern. Offenbar hatte der Möbelmogul die Ninja-Diebe geschickt, und ein paar waren Kramtschuks Kugelhagel entkommen. Doch Smålund stritt alles ab und war sichtlich schlechter Laune, weil er zu einem Verhandlungstermin mit deutschen Gewerkschaftsvertretern musste. Nein, der alte Kiefernholzschieber schien sich nicht im Besitz der Superpraline zu befinden. Auch er war leer ausgegangen.

Blieb noch Willi Dörrnwasserlos III. Seine Unterkunft entsprach seinem Hang zum Geiz: Das Einzelzimmer in der – durchaus respektablen – Brauerei *Fässla* kostete fünfzig Euro pro Nacht.

Als Brandeisen, Küps und Kramtschuk eintrafen und sich anschickten, den Toreingang zu durchschreiten, schoss Gorbatschow – ohne Schatulle im Maul – an ihnen vorbei und fetzte über die Straße. Dort befand sich die Brauerei *Spezial*.

»Vielleicht hat er Lust auf ein Rauchbier?«, mutmaßte Küps.

Doch der Grund für die Flucht des Vierbeiners war ein anderer. Zwei Zweibeiner stritten sich lautstark in der Wirtsstube. Bierkrüge flogen quer durch den rustikalen, nach saurem Schweiß riechenden Raum und zerschellten an der Wand. Bedienungen und Gäste hatten sich in Sicherheit gebracht. »Ich weiß auch nicht, was da los ist«, sagte eine Kellnerin.

Vorsichtig öffnete der Kommissar die Tür. Durch den

entstandenen Spalt verfolgten die drei *Jäger der verlorenen Praline* das Geschehen.

»Du hast es geschworen, Willi!«, rief eine attraktive, obgleich etwas magere junge Frau und warf einen weiteren Krug. »Ich sollte Königin von Mitwitz werden! Und Kaiserin von Franken! Aber das waren nur leere Versprechungen. Die haben hier eine Demokratie!«

»Zinotschka, Zinotschka …«, flüsterte Kramtschuk überrascht. »In Politik war sie schon immer schwach. Sie hat mich verraten.«

Dörrnwasserlos kam unter einem Tisch hervorgekrochen. Der Big Shot des Backsteinkäses ähnelte seinem Rotschmiere-Produkt: kantig, klebrig, gedrungen. Er presste eine Schatulle an sich. »Solche wie dich find ich in jedem Katalog«, stieß er hervor. »Schau, dass'd verschwindst!«

»Ich gehe nicht ohne die Praline«, erwiderte das Model. »Gib sie her! Dann bringe ich sie Kramtschuk und alles ist wieder gut.«

»Das wird nicht nötig sein«, sagte Küps und betrat den Gastraum. »Sie sind beide festgenommen.«

Zinaida Horn erstarrte, doch der Käsefürst sprang behände zur Hintertür. Kramtschuk und Brandeisen setzten ihm nach, während der Kommissar die kirgisische Schönheit in Handschellen legte.

Brandeisen stellte Dörrnwasserlos in der Letzengasse, als dieser einen Dacia bestieg – selbst bei seinen Fluchtfahrzeugen war er sparsam – und dem Staatsanwalt die Tür vor der Nase zuschlug. Das Auto fuhr an, doch Kramtschuk schmiss sich auf die Kühlerhaube und hielt sich an den Scheibenwischern fest.

»Ich krieg dich, du Wanze!«

Durchs Seitenfenster des Dacias flog eine Ebenholz-kassette nach draußen und kullerte in den Rinnstein. Der Oligarch ließ los und rollte sich auf dem Boden ab, während der Dörnwasserlose im Straßenlabyrinth Bambergs verschwand, ohne Zweifel auf dem Weg zum Flugplatz, um mit seinem Privatjet in die Schweiz zu entfleuchen. Dort hatte er bereits das halbe Emmental aufgekauft.

»Endlich hab ich dich wieder!« Kramtschuk bückte sich und ergriff die Kassette. »Mein Pralinchen! Mein Schatzzz!«

Brandeisen, Küps und die abtrünnige Geliebte kamen hinzu.

»Warum riecht es hier so streng?«, wunderte sich der Staatsanwalt.

»Wie verwesende Schweißfüße«, fügte der Kommissar hinzu.

Kramtschuk öffnete den Behälter. Statt der Praline war da … ein Backsteinkäse, auch *Limburger* genannt. Dem Geruch nach lag das Haltbarkeitsdatum noch im letzten Jahrtausend. Da sie keine Atemschutzmasken trugen, schwanden Kramtschuk und Zinaida die Sinne.

Brandeisen presste sich geistesgegenwärtig ein Taschentuch auf den Mund. Bevor er bewusstlos wurde, gelang es ihm noch, den Innenminister anzurufen und ABC-Alarm auszulösen. Bamberg samt Umland musste evakuiert werden, am besten ganz Franken. Eventuell waren auch Thüringen, Tschechien und Altbayern vom Fallout betroffen, je nach Windrichtung.

»Ein skrupelloses Ablenkungsmanöver«, sagte Küps und ließ sich mit der Schatulle ungerührt an einem Wirtshaustisch nieder. Er nahm einen benutzten Teller sowie Brot und Besteck aus einem bereitstehenden Körbchen. Gegen die Ausdünstungen von Backsteinkäse war er durch jahrzehntelange Bierkellerbesuche immun. Er mochte es, wenn sein Essen Beine kriegte. Mit spitzen Fingern öffnete er die Verpackung – und entschärfte den Käse, indem er ihn restlos vertilgte.

Epilog:
Dörrnwasserlos der Dritte packte in seinem Privatjet die Praline aus. Eigentlich war er kein Süßer. Sein über alles geliebter Dackel *Beckstein* dafür aber umso mehr.

»Schmeckt's?«, wollte er wissen.

Beckstein machte kurzen Prozess mit der Schokokugel, röchelte – und fiel tot um.

Mit einer Pandabärenmilchallergie war nicht zu spaßen.

Rumtrüffel

Zutaten für 50 Stück:
300 g Zartbitter-Kuvertüre
125 g Schlagsahne (aus Kuhmilch, falls keine
Pandabärenmilch zur Hand)
30 g Butter
30 g Kokosfett
100 ml Rum
100 g Schokoladenraspel

Zubereitung:
Kuvertüre grob hacken und in der Schlagsahne im heißen
Wasserbad schmelzen. Butter und Kokosfett dazugeben,
schmelzen lassen und kalt stellen. Halbfeste Trüffelmasse
mit den Quirlen des Handrührers hellschaumig auf-
schlagen. Rum unter ständigem Weiterschlagen langsam
dazugießen. Trüffelmasse in einen Spritzbeutel mit großer
Lochtülle füllen und walnussgroße Häufchen auf Alufolie
spritzen. Trüffel mindestens 30 Minuten in das Gefrier-
gerät stellen. Mit den Händen zu Kugeln rollen und in
Schokoladenraspeln wälzen. Die Trüffel in Papier-
manschetten für Pralinen legen. Fertig.

Ritas Fluch

*N*utte, *Rabenaas, Schlampe, Zicke, Miststück* ... Axel
Wullenschläger las mit einigem Erstaunen, was
das Internet so alles an Übersetzungen für *bitch* auf
Lager hatte. Außerdem schrieb es sich nicht mit *sch* am
Ende, wie er angenommen hatte – was ein bisschen
ärgerlich war, denn die Rita hatte sich immer wieder
über seine mangelnden Rechtschreibkenntnisse lustig
gemacht. Jetzt zeigte sie seine letzte SMS bestimmt bei
ihren piekfeinen neuen Kumpels in Charlottenburg
herum: *Du Bitsch!*, hatte er geschrieben, *Glaub ja nicht,
das ich dir auch nur eine Trähne nachweine! Ich bin nemlich
scheißfroh, das du dich verpisst hasst!*

Das mit dem *sch* war ärgerlich, aber was er sonst noch
geschrieben hatte, würde sie sicher keinem von ihren
sauberen westberliner Schickimickis zeigen, nämlich,
dass er jetzt 'ne viel Bessere gefunden hatte! Viel, viel
besser als es die Rita je gewesen war!

Er musste der Bitsch – in Gedanken schrieb er sie
immer noch mit *sch* –, er musste ihr ja nicht auf die

Nase binden, dass die Neue ausgerechnet Ostfriesin war und Aaltje hieß. Aaltje Poppinga. »Aus Wybelsum«, hatte sie erklärt, »in der Krummhörn.«

Axel Wullenschläger hatte keine Ahnung, wo das sein sollte, und er nannte sie auch lieber Schnurzepumpel statt Aaltje. Besonders in der Öffentlichkeit. Weil Aaltje sich anhörte wie »Alte«, und so nannte man seine Freundin ja schließlich erst, wenn man verheiratet war. In solchen Sachen wahrte Axel Wullenschläger gern die Form. Das mit Ostfriesland hatte er der Rita allein schon wegen der Witze verschwiegen: »Warum fährt in Ostfriesland bei Hochzeiten 'n Mistwagen mit? – Damit die Fliegen von der Braut abgelenkt werden.« Naja, eigentlich war der ja auch wirklich lustig. Oder der mit der Glühbirne, wo man fragt, wie viele Ostfriesen man braucht, um eine einzuschrauben. Axel erinnerte sich nur leider nicht mehr, wie der weiterging. Aber wie auch immer: Die Rita war Geschichte! »Knalltüte« hatte sie ihn genannt und »Pickelface-Rambo«. Und wenn er sich ein bisschen Mühe gab, war er fest davon überzeugt, dass in Wirklichkeit *er* sie verlassen hatte und nicht umgekehrt. Nur: Jetzt hatte er den Salat! Oder besser gesagt, er hatte *RITA* – sechsundzwanzig mal achtzehn Zentimeter groß, in schnörkeligen Großbuchstaben und blauer Tätowiertinte zwischen den Schulterblättern stehen. *Original Gangsta* nannte sich die Schrift, und es hatte scheiß wehgetan.

Doch es half alles nichts: *R-I-T-A* musste weg!

Denn Schnurzepumpel war ein bisschen komisch drauf. Sie fand es toll, sich für ihren künftigen Ehemann aufzusparen. Was anderes würde man in ihrer

Familie auch nicht akzeptieren, hatte sie gesagt, und richtiger Sex ohne vorher in Weiß und Dorfkirche würd' bei ihr definitiv flachfallen. Erst hatte Axel gedacht, »*die will mich verarschen*«, aber dann hatte sie so entsagungsvoll gelächelt, dass ihm drei Dinge unmissverständlich klar wurden: Erstens, dass bis zur Hochzeit außer Petting nichts groß laufen würde, zweitens, dass sie allen Ernstes dachte, er wär' mit seinen zweiundzwanzig Jahren immer noch genauso keusch und unberührt wie sie und drittens, dass sie trotz all dieser Hindernisse die Frau seines Lebens war. Und für die Mutter seiner künftigen Kinder war er bereit durch die Hölle zu gehen! Auch bezüglich der vier Großbuchstaben auf seinem Rücken, die ihn gnadenlos entlarven würden. Denn wer ließ sich schon *RITA*, *CHANTAL* oder *DOREEN* auf den Body sticheln, wenn er nicht wenigstens ein Mal mit Rita, Chantal oder Doreen im Bett war? *Also, weg mit RITA und zwar schnell!* Doch Axels erster Anlauf war bereits ernüchternd: Zehn bis fünfzehn Sitzungen, sechs- bis achthundert Euro, und scheiß wehtun sollte es obendrein. Alles klar: Weglasern war keine Lösung!

Nach längerem Grübeln kam Axel schließlich *die* rettende Idee: Man musste was *dazu* tätowieren lassen. Ein paar Buchstaben, die zusammen mit R, I, T und A einen neuen Begriff ergaben. Irgendwas Harmloses, das weder bei Schnurzepumpel, noch ihren ostfriesischen Hardlinern den Verdacht aufkommen ließ, er habe sich irgendwann einmal moralisch fragwürdig verhalten. Leider fiel ihm nur RITA-lin ein. »Aber wer lässt sich schon 'n Pillen-Namen tätowieren?«, murmelte er unglücklich, zog seinen Bademantel über und klingelte an der Tür nebenan. Der Student, der dort wohnte, hieß Martin Meier, und der Martin würde ihm bestimmt auch diesmal wieder aus der Patsche helfen. Wie erwartet, war der Martin auch gleich Feuer und Flamme, ließ alles liegen und stehen und zauberte unter einem Stapel Schmutzwäsche ein Scrabblespiel hervor. »Ve-RITA-s!«, jubelte er nach zwei, drei Versuchen, »Mau-RITA-nia! Pu-RITA-nismus! Oder ein bisschen mystisch? Ir-RITA-tion«?

Axel Wullenschläger fand nichts davon auch nur ansatzweise cool.

»Dann vielleicht was Englisches? He-RITA-ge? Oder Rule B-RITA-nnia?«

Doch Axel quittierte auch das nur mit einem kummervollen Kopfschütteln.

Martin seufzte resigniert. »F-RITtA-ten geht nicht, wegen des Doppel-T. Aber man könnte vielleicht zwei Tüpfelchen auf das A tätowieren lassen.«

»Und dann?«

»Dann ginge zum Beispiel Pa-RITÄ-tischer Untersuchungsausschuss.«

»Zu lang. Passt nicht hin.«

Auch nachdem zwei Literflaschen Rotwein leer waren, fiel den beiden nichts Passenderes ein, und Axel kroch resigniert in die Federn.

Gegen sechs am nächsten Morgen war die Nacht vorbei; es war Samstag, und er musste los, zum Mauerpark, seinen Flohmarktstand aufstellen. Unter der Woche Ebay und am Wochenende Direktverkauf: Davon ließ sich leben, wenn man die einschlägigen

Tricks und ein, zwei vertrauenswürdige Einbruchsprofis kannte.

Im Nachhinein erschien es ihm als eine geradezu göttliche Fügung, dass ihm beim Auspacken beinahe ein porzellanener Rauchverzehrer aus der Hand geglitten wäre. Er hatte die Form eines liegenden Schäferhundes, und er konnte den hässlichen Köter gerade noch auffangen; lediglich die Zeitung, in die er eingeschlagen war, segelte zu Boden. Und da lag sie, die Lösung all seiner Probleme: *Plötzlich und unerwartet …* Bla, bla, bla … *In tiefer Trauer …* Bla, bla, bla … Und mittendrin prangte in Fettdruck: *RITA!* Rita Butterweck, vom Tode dahingerafft in der Blüte ihrer Jahre, mit nicht mal neunzehn Jahren! Und was das Beste war: Die Todesanzeige war gut zwei Jahre alt! Axel Wullenschläger glättete liebevoll das Papier.

»Rita Butterweck!« Er ließ sich den Namen regelrecht auf der Zunge zergehen, »R-I-T-A Butterweck, meine erste, voll tragisch von meiner Seite gerissene und in Sachen Sex absolut und total unerfüllte große Liebe!«

Er malte sich aus, wie sich Aaltjes ostfriesisch-blaue Augen mit Tränen füllen würden, wenn er ihr die Geschichte seines Tattoos erzählte: »Sie war ein Engel", würde er sagen, »und deshalb hab ich ihr auf meinem Rücken ein Denkmal gesetzt.« – Naja, zu Engel passten die Original-Gangsta-Fonts vielleicht nicht so ganz, aber das war nun mal nicht zu ändern. Jetzt galt es, die Sache wasserdicht zu machen!

Es dauerte eine gefühlte Ewigkeit, bis er zwischen seinen Schätzen so etwas Altmodisches wie ein Fotoalbum gefunden hatte. Ein im Grunde wertloses Ding aus einem nicht minder wertlosen Nachlass, aber – *Hurra!* – die Enkelin der Verstorbenen hatte sich der Bildunterschrift zufolge anlässlich Omis Fünfundachtzigstem von irgendeinem Vorstadtfotografen porträtieren lassen! Das Mädel hieß in Wirklichkeit Janine, hatte leichte Glubschaugen und ein so spitzes Kinn, dass ihr winziger Mund nur mit Müh und Not in die Mitte ihres Unterkiefers zu passen schien. Genau richtig, um keine Eifersuchtsarien zu provozieren! Flugs wanderte das Porträt in einen hübschen, fast echt-silbernen Rahmen. Drei weitere Bilder zeigten Janine-Rita beim Federballspiel in einer Laubenkolonie, mit Headset am Schreibtisch eines Großraumbüros und als fliederfarben gewandete Brautjungfer vor der Samariterkirche in Friedrichshain.

»Sie liebte Blumen, Federball und Tiere, und sie ging ganz in ihrem Beruf als Callcenter-Mitarbeiterin auf«, erklärte Axel mit Leichenbittermiene, nachdem sein Schnurzepumpel die sorgfältig zwecks Zufallsfund in seiner Küchenschublade deponierten Bilder entdeckt und ihn wie geplant zur Rede gestellt hatte.

»Kurz nach dieser Hochzeit ihrer Freundin …« – Axel tippte auf das lilafarbene Mädchentrio –, »genauer gesagt … Also: Keine vierundzwanzig Stunden später war sie tot. Lastwagen. Bingo. Ende der Fahnenstange.«

Wie erwartet schossen Schnurzepumpel auf der Stelle Tränen in die Augen. »Und warum warst du bei der Hochzeit nicht dabei?«, fragte sie, nachdem sie sich ausgiebig geschnäuzt hatte.

Verdattert suchte Axel nach einer Erklärung. Doch Schnurzepumpel kam ihm zuvor. »Machst du dir deshalb Vorwürfe? Weil du dich schuldig fühlst? Weil diese Rita vielleicht noch leben würde, wenn du sie da nicht hättest allein hinfahren lassen?«

Axel wägte sorgfältig seine Optionen ab: Einerseits war eine kranke Mutter oder so was immer 'ne gute Ausrede. Andererseits hatten Schuldgefühle den Vorteil, die Sache mit dem Tattoo umso nachvollziehbarer zu machen. Schließlich nickte er dumpf. »Genau. Schuldgefühle. Echt schlimm.«

»Verstehe.« Schnurzepumpel seufzte mitfühlend. »Aber bei aller Liebe …«, sie legte das Hochzeitsfoto mit spitzen Fingern zurück in die Schublade, »… Lila als Brautjungfernfarbe ist einfach unmöglich.«

»Ähm …«, Axel schluckte, überwältigt von Schnurzepumpels weiblichem Pragmatismus, »… dann nehmen wir bei unserer Hochzeit vielleicht lieber Pink?«

Doch Schnurzepumpel quittierte den Themenwechsel lediglich mit schnödem Achselzucken. »Macht blass.« Dann stand sie auf und griff zu Mantel und Tasche. »Ich möchte sie besuchen«, verkündete sie mit ihrer Wag-ja-nicht-zu-widersprechen-Stimme. »Gleich morgen. Auf dem Friedhof. Gute Nacht.« Mit Petting war also wieder mal nichts. Gott sei Dank stand die Friedhofsadresse auf der Todesanzeige.

»Passt zum lila Kleid«, stellte Aaltje fest, als Ritas letzte Ruhestätte in Sichtweite kam: Ein unglaublich kitschiger, gut anderthalb Meter großer Engel bewachte einen herzförmigen Stein mit der Inschrift *RITA – GELIEBT UND UNVERGESSEN.*

Entschlossen rupfte Schnurzepumpel die Plastikvase mit dem beinahe noch frischen Rosenbukett aus der Erde und machte sich auf die Suche nach Komposthaufen und Wasserhahn. Axel Wullenschläger umklammerte ergeben die mitgebrachten Gerbera und senkte in stiller Andacht sein Haupt – für den Fall, dass sich Schnurzepumpel noch einmal umdrehen sollte. Stattdessen bellte kurz darauf eine Männerstimme »'n Tach, junger Mann!« in seinen Nacken, und Axel fuhr erschrocken zusammen. »Ja, wie? Ähm … T-Tachchen auch«, stammelte er.

Der Kerl war um die dreißig, hatte ein Glasauge und hielt ein Rosenbukett in Händen; genauso eines wie das, das Schnurzepumpel gerade zum Komposthaufen trug. Das heißt: Sie kam bereits wieder von dort zurück. »Ach«, sagte sie, am Grab angelangt, »besuchen Sie *auch* eine liebe Verstorbene?«

Na, was macht man wohl sonst auf 'm Friedhof, dachte Axel, außer Hunde Gassi führen?

Der Glasaugenmann brummte Unverständliches, und Schnurzepumpel plapperte munter weiter. »Heutzutage hat man ja immer mehr anonyme Gräber und so, aber ich find's 'ne super Sitte, so 'ne letzte Ruhestätte zu pflegen.« Zur Bekräftigung rammte sie die Plastikvase tief ins lockere Erdreich. »Mein Freund hält das Andenken an seine große Liebe sogar noch aufrecht, nachdem er *mir* die Ehe versprochen hat.«

»Ach. Tut er das?« Das Glasauge des Fremden blitzte.

»Ja. Schön, oder?« Schnurzepumpels Stimme zitterte vor innerer Ergriffenheit. »Stellen Sie sich mal vor, er hat sich sogar ihren Namen auf den Rücken tätowieren lassen!«

Wenn sie ein wie auch immer geartetes Echo erwartet hatte, wurde sie enttäuscht: Der Fremde hatte sich bereits zum Gehen gewandt. Ulkigerweise brabbelte er dabei irgendwas in sein Revers. Die weißen Rosen warf er achtlos auf das Grab eines Hermann Kiesewetter, geboren 1936, gestorben 2014.

Und Axel Wullenschläger dachte sich nichts weiter dabei.

»Bevor du den Tee eingießt, kommen zuallererst die Kluntjes in die Tasse«, dozierte Aaltje ein paar Tage später. »Danach kommt ein Wölkchen Sahne rein, und – hörst du? – ein Ostfriese wird nie-, nie-, niemals umrühren.«

»Ich trink aber lieber schwarz.«

»Untersteh dich!«

»Okay.« In Sachen Tee verstand der Ostfriese-an-sich offenbar ebenso wenig Spaß wie in Sachen vorehelicher Sex. Wie auch immer: Schnurzepumpels Eltern hatten sich zu Besuch angesagt, um Axel mitsamt seiner derzeitigen Behausung in Augenschein zu nehmen, und ein bisschen war das in ihrer Welt schon so was wie 'ne Verlobung. Also war das mit der ostfriesischen Tee-zeremonie geradezu ein Muss, und nachdem Axels Vorschlag, der landestypischen Parität zuliebe 'ne Tüte Berliner zu holen, auf taube Ohren gestoßen war, wurde er von Aaltje zum Alex geschickt. Echt friesische Teewaffeln würden das Herz ihrer Eltern auf der Stelle zum Schmelzen bringen, erklärte sie, und dazu brauche sie nun mal ein Waffeleisen. Folgsam machte sich Axel machte auf den Weg.

Aaltje Poppinga mixte zerlassene Butter mit zwei Löffeln von Onno Behrends' Traditionsmischung und ließ das Ganze nach kurzem Köcheln erst einmal ein halbes Stündchen ruhen, während Axel auf dem Fahrrad gemütlich Richtung Alexanderplatz strampelte und »Born to be wild« vor sich hinsummte. An der Dircksenstraße hopste er vom Rad, bückte sich, um es anzuketten, und als er sich wieder aufrichtete, starrte er geradewegs in zwei eiskalte Augen: Eins aus dem üblichen Gel-Zeugs und eins aus Glas. »Der Boss will's mit eigenen Augen sehen!«, zischte der Glasaugenmann, und ritsch-ratsch wurde die Rückseite von Axel Wullenschlägers T-Shirt mittels Springmesser in zwei Hälften geteilt. Keinen der Passanten schien das zu kümmern. Auch als Axel in die wartende Stretch-Limousine geschubst wurde, regte sich keine Hand zu seiner Rettung.

»Butterweck«, brummte der finstere Herr im Fond. »Hartmut Butterweck. Klingelt da was?«

»Nee, nich' wirklich! Oder?! « Die auf seine Stirnmitte gerichtete Pistolenmündung erschwerte es Axel Wullenschläger erheblich, die Dinge einzuordnen.

Als Aaltje Poppinga die Eier in die Butter-Zucker-Tee-Masse rührte, entschied sie sich spontan für Zartgelb als Brautjungfern-Farbe. Gelb stand zwar – genau wie Lila – den Allerwenigsten, aber schließlich sollte an diesem Tag ja auch die Braut die Schönste sein, oder?

»Abbitte wirst du leisten!«, zischte derweil Hartmut Butterweck. »An ihrem Grabe, mein Lieber, capisce?«

Es war eigenartig: Je verzweifelter Axel Wullenschläger beteuerte, er habe eine Rita namens Butterweck weder jemals geschwängert noch anderweitig unglücklich gemacht, noch überhaupt je gekannt, desto unglaubwürdiger klang das Ganze in den Ohren ihres gestrengen, ohne jeden Zweifel schwer kriminellen Vaters.

Als der Wagen beinahe geräuschlos in Richtung Waldfriedhoff glitt, beschloss Axel Wullenschläger, dem Mann seinen Willen zu lassen und einfach alles zu gestehen.

»Na gut.« Er seufzte schicksalsergeben. »Dann mach ich das mit der Abbitte und so. Aber dann lassen Sie mich laufen, okay?«

Während Aaltje Poppinga – von all dem nichts ahnend – die Buttermilch aus dem Kühlschrank nahm und den Aludeckel im Recycling-Müll entsorgte, stand ihr Herzliebster am Grab der ihm gänzlich unbekannten Rita Butterweck und sprach brav den Text nach, den der Glasaugenmann ihm mit vor Abscheu triefender Stimme vorlas.

»Rita, ich hab dir die Unschuld geraubt u-u-und ich hab dich ... b-betrogen und b-b-elogen«, stammelte Axel, den Blick zum Gesicht jenes Marmorengels erhoben, während Harmut Butterwecks Pistole zur Abwechslung auf seinen Hinterkopf zielte.

»Ich hab dich ausgenutzt, geschwängert und in den Tod getrieben«, soufflierte der Glasaugenmann.

»Ey, Jungs, nee, das geht jetzt aber doch zu weit!« Empört fuhr Axel Wullenschläger herum und riss, einer plötzlichen Anwallung von Aufrichtigkeit folgend, die Arme hoch.

Der Bruchteil einer Schrecksekunde reichte aus, um Hartmut Butterwecks nervösen Zeigefinger zum Zucken zu bringen.

Und so wartete Aaltje Poppinga, die Schüssel mit dem fertigen Teig auf dem Küchentisch, an jenem Nachmittag vergeblich auf ihren Liebsten.

Am nächsten Morgen fand man Axel Wullenschläger, die Waffe noch in der Hand, bäuchlings hingestreckt und mausetot am Fuß von Rita Butterwecks Grab.

Schnurzepumpel war untröstlich: Wie groß und wunderbar musste jene Liebe gewesen sein und wie grausam und ungerecht war es, dass das Schicksal es ihr – Aaltje Poppinga – versagte, den Geliebten über den unermesslichen Verlust jener sagenhaften Rita hinwegzutrösten.

Ohne geeignetes Backgerät fand sie keine Verwendung für den Teig und schüttete ihn ins Klo. Anstelle der echt friesischen Waffeln bewirtete sie ihre Eltern mit Tee und Berlinern, und gleich nach der Beerdigung ließ sie sich *AXEL* auf den Rücken tätowieren.

In *Original Gangsta* und Großbuchstaben.

Friesische Teewaffeln

Zutaten Waffelteig:
150 g Butter
2 Esslöffel kräftiger Ostfriesentee (Blätter)
150 g Weizenmehl
100 g Mondamin
1 Teelöffel Backpulver
125 g Zucker
3 Eier
250 ml Buttermilch

Zutaten Pflaumenmus-Sahne:
250 ml süße Sahne
100 g Pflaumenmus
1 Esslöffel Rum

Zubereitung:
Die Butter zerlassen, die Teeblätter einrühren, etwa 3
Minuten bei schwacher Hitze dünsten, dann 30 Minuten
ziehen lassen. Die Teebutter durch ein Sieb in eine
Schüssel streichen und zusammen mit dem Zucker
schaumig rühren. Die Eier nacheinander unterrühren.
Mehl, Mondamin und Backpulver mischen und
abwechselnd mit der Buttermilch langsam in die Butter-
masse rühren. Den Teig etwa 20 Minuten ruhen lassen
und ihn anschließend mit dem Waffeleisen ausbacken.
Währenddessen die Sahne schlagen und die Rum-
Pflaumenmus Mischung sachte unter die Sahne ziehen.
Die Waffeln mit der Pflaumenmus-Sahne anrichten.

Das Auge des Gesetzes

RALF KRAMP

Es waren Wetten abgeschlossen worden, welche Farbe Kostüm und Hut haben würden. Und Schuhe natürlich. Wie überall, wo sie hinkam. Flieder war es schließlich geworden, und das bescherte etwa einem Fünftel der Dorfbewohner einen ansehnlichen Gewinn, wie sie gehört hatte, denn die Mehrheit hatte auf Malve und Taubenblau getippt. Der Hut war breitkrempig und asymmetrisch und saß keck zur Seite geneigt auf dem silbergrauen, ondulierten Haar.

Die Queen stand am Büffet, beugte sich über das rustikale Wedgwood-Tellerchen, das sie mit ihrer behandschuhten Hand vor der Brust balancierte, und stieß mit der Gabel in das Kuchenstück. Ihr Prinzgemahl reckte den faltigen Hals und blickte ihr über die Schulter. Er hatte das Geschäker mit der Gattin des Vikars kurz unterbrochen, um der feierlichen Zeremonie die erforderliche Aufmerksamkeit zu schenken: Seine Frau, die Herrscherin über das Commonwealth, probierte im Zelt des Pfarrgemeinderats ein Stück von Dotty Fowlers Carrot Cake, der von einer sechsköpfigen Jury zum besten Kuchen der *Village Fete* des kleinen Dorfes Whelmbrittle-le-Ferne gekürt worden war.

Die Zinken bohrten sich durch den lockeren Teig, der goldbraun, mit kleinen, karottenfarbenen Einsprengseln, leuchtete. Prinz Philip schmatzte unbewusst. Wenn sie privat waren, klaute er ihr sonst stets die Spitze des Tortenstücks, aber hier, unter den Augen der Öffentlichkeit, zügelte er sich. Im Rahmen seiner Möglichkeiten.

Sie stieß auf irgendetwas, das im Kuchen verborgen war, und ihr entfuhr ein eher scherzhaft gemeinter, missbilligender Laut.

* * *

Dotty Fowler rührte mit kräftigen Bewegungen den Teig. Die Ärmel ihrer altmodischen Bluse hatte sie weit hochgekrempelt, die Sehnen auf ihren Handrücken zuckten, die Muskeln ihrer kräftigen Unterarme arbeiteten unentwegt. Das Radio spielte leise Tanzmusik zur Nacht, und sie erwischte sich dabei, wie sie zu summen und im Takt der Musik zu rühren begann. Dotty war sich für harte Arbeit noch nie zu schade gewesen. In ihrer Jugend war nicht zu erahnen gewesen, welchen Erfolg sie dereinst einmal mit ihrer Leidenschaft für das Backen und Kochen erringen würde. Als eines von acht Kindern einer Minenarbeiterfamilie aus Ashington in Northumberland war es für sie zwar eine Selbstverständlichkeit gewesen, im Haushalt mitzuhelfen, aber die Chancen, sich durch die tägliche Zubereitung von

pappigem Porridge und fadem Hammelfleisch hervor-
zutun, waren nun einmal stark eingeschränkt.

Erste Beachtung erlangten ihre besonders saftig
gelungenen Pfannkuchen, als ihre Mutter einmal krank
wurde und für mehrere Tage das Bett hüten musste.
Zwei Monate später buk sie dann schon den Kuchen
für die Beerdigungsfeier und wurde allseits von der
angereisten Verwandtschaft dafür gelobt – und um den
Verlust bedauert.

Als der Vater schließlich an Staublunge erkrankte
und wenig später starb, nahm eine entfernte Tante in
der Nähe von Ibstock in den Midlands Dotty auf. Und
auch in dem kleinen Dorf, in dem sie landete, machte
sie sich einen Namen als Backkünstlerin. Somit war ihr
rasch die Tür für einen Job in der örtlichen Bäckerei
geöffnet. Die Arbeitskraft der jungen Dotty wurde
schon bald stark beansprucht. Eines Tages, als Eleanor,
die Frau ihres Arbeitgebers Deacon Fenwick, mit einem
windigen Geschäftsmann in die Staaten durchbrannte,
wurde Dotty sogar zur ständigen Begleiterin von Deacon – in Backstube und Bett, obwohl er viele Jahre älter
war als sie. Dotty war zu dieser Zeit ein pummeliges,
junges Ding, naiv und unerfahren. Als Deacon Fenwick
irgendwann um ihre Hand anhielt, wusste sie sich gar
nicht zu erwehren. Das war Dottys grundlegendes Problem: Sie konnte sich einfach nicht zur Wehr setzen. Ihr
Deacon ließ sie Tag und Nacht schuften und behandelte sie wie eine Sklavin. Kaum zu glauben, dass sie in ein
paar Wochen die Nachfolgerin seiner Ehefrau Eleanor
werden sollte. Aber sie murrte nicht, sondern betrachtete jeden Handgriff, den sie tat, als Übung, und jeder

neue Kniff, den sie im Umgang mit Eiern, Mehl und Zucker erlangte, war ein kleiner Schritt, der sie zur Meisterbäckerin führen würde. Das nämlich war ihr Traum: leidenschaftlich backen und dafür gelobt werden. Dann aber kam das verheerende Feuer, das das alte, reetgedeckte Fachwerkhaus, in dem die Bäckerei und ihre Wohnstatt untergebracht waren, dem Erdboden gleichmachte. Deacon rettete Dotty in letzter Sekunde aus den Flammen. Er selbst starb wenige Tage später an einer Rauchvergiftung. Dotty war sich nicht sicher, ob er sie nur gerettet hatte, weil er im Begriff war, sie zur Ehefrau zu nehmen, oder weil er um nichts auf der Welt ihre kostbare Arbeitskraft einbüßen wollte. Jedenfalls erwies sich auch dieser dritte Schicksalsschlag einmal mehr als Chance. Ihre grantige alte Großmutter hatte ihr als Kind zwar eingeschärft: »Wenn dir das Schicksal eine Tür zuschlägt, öffnet es dir eine neue und haut sie dir voll in die Schnauze, Kleines.« Doch Dotty fiel die Treppe *hinauf*:

Nachdem sie Eltern, Arbeitgeber und mit ihm Fast-Ehemann und Wohnung verloren hatte, empfahl Sallis, der Lebensmittelhändler aus dem Dorf und ihr Verehrer, ihre Backkünste in Driblington Hall – dem prächtigen Landsitz von Lord und Lady Farnsworth im fernen Wiltshire, wo sein Cousin als Chauffeur fungierte. Im Handumdrehen hatte sie eine Anstellung im Castle gehabt.

Jetzt nahm Dotty Fowler den Frischkäse für die Creme aus dem Kühlschrank. Sie bevorzugte die amerikanische Variante des Carrot Cake. Selten kam etwas Gutes aus den Staaten, doch dieses Rezept war zweifellos die Ausnahme von der Regel. Sie spürte die erfrischende Kühle auf ihren erhitzten Wangen.

Dotty lebte und liebte ihren Beruf. Mit flinken Bewegungen schlug sie die Eier auf. Butter war seit jeher ihre Handcreme, Mehl auf ihrem spitzen Näschen ihr Puder, der Duft von Teig ihr Parfüm.

Sie pfiff leise die Melodie aus dem Radio mit und dachte an die Zeit zurück, als sie in den Haushalt von Driblington Hall eingeführt worden war. Das lag nun schon viele Jahre zurück. Seither arbeitete sie hier in dieser Küche, riesig und bestens ausgestattet. Dottys Fähigkeiten blieben auch außerhalb der Dienstbotenetage nicht unbemerkt, denn wenn sie ihre Kuchen buk, traf sie offenbar genau den Geschmack ihrer Arbeitgeber. Lord und Lady Farnsworth waren zwei betagte, hemdsärmelige Naturfreunde und Bücherwürmer, die großen Gefallen an den einfachen, schönen Dingen des Landlebens fanden. Sie gärtnerten und lasen viel, malten Aquarelle und aßen Hausmannskost.

»Ich soll einer gewissen Dame einen Gruß von seiner Lordschaft ausrichten und ihr mitteilen«, sagte Grimpen, der Butler, eines Nachmittags zu Dotty, »dass der Carrot Cake ohne Zweifel der beste sei, den er je in seinem Leben gegessen habe.«

Ein Klopfen gegen die Fensterscheibe riss Dotty aus ihrer Konzentration und Erinnerung. Sie blickte angstvoll zum Fenster. Im dürftigen Licht der Hoflampe erkannte sie undeutlich ein Gesicht und eine Tweedkappe. Der Mann winkte in Richtung Hintertür. Im ersten Moment dachte Dotty daran, Grimpen zu rufen, oder irgendeinen anderen aus der Dienerschaft aus dem Bett zu klingeln. Alle waren froh gewesen, sich endlich zur Ruhe begeben zu können, da ja schließlich ein großer Tag für das Örtchen Whelmbrittle-le-Ferne und Driblington Hall bevorstand. Nur Dotty war aufgeblieben, um das, was sie während der letzten Tage so sorgfältig vorbereitet hatte, nun endlich der Vollendung zuzuführen.

Der Unbekannte vor dem Fenster hielt etwas gegen die Scheibe. Eine Art aufgeklapptes Lederetui mit einem Ausweis. Genaueres konnte sie nicht erkennen.

Dotty entriegelte mit klopfendem Herzen die Hintertür und fand sich im nächsten Moment einem grobschlächtigen, fast kahlköpfigen Mann gegenüber, der seine Kappe abgenommen hatte, und dessen Blick sich merkwürdig verdreht auf sie richtete. »Sorry, Madam, dass ich Sie so spät störe, aber wir haben hier im Dorf und auf dem Gelände mächtig zu tun. Wegen morgen, Sie wissen ja.«

Oh ja, sie wusste. Das diesjährige Dorffest, das wie jedes Mal im Park von Driblington Hall stattfand, würde in die Annalen des Ortes eingehen, denn ein ganz besonderer Besuch hatte sich für dieses Mal angekündigt.

»Wie kann ich Ihnen denn helfen, Sir?«, fragte Dotty unsicher. Jetzt, als er in die Küche trat, erkannte sie es: Sein linkes Auge war aus Glas.

Er wendete seine Mütze in den Händen und sah sich in der Küche um. Dann schnupperte er und sog den Duft der kleinen Erdnussküchlein und der Früchtebrote ein, die bereits fertig auf den Blechen lagen und abkühlten.

»Sie sind Miss Dotty Fowler, nicht wahr?«

»Ganz richtig, Sir.«

»Mein Name ist Croxley. Wilfred Croxley. Sicherheitsdienst. Mächtig was los bei Ihnen im Dorf. Alle sind hergeschickt worden, weil morgen doch der große Tag ist.«

»Ja, ich habe viele Polizisten gesehen. Man will offenbar auf Nummer sicher gehen.« Und zaghaft setzte sie hinterher: »Sicherheitsdienst? Dürfte ich wohl noch einmal Ihren Ausweis sehen?«

»Klar.« Er wedelte kurz mit dem Lederetui vor ihrer Nase herum. Bevor sie etwas entziffern konnte, hatte er es schon wieder weggesteckt. »Höchste Sicherheitsstufe, Riesentamtam. Wenn *Her Majesty* anreist, klopfen wir auf jeden Busch. Duftet köstlich hier.«

Sie lächelte still in sich hinein.

»Man hat mir erzählt, dass Sie morgen auch mit von der Partie sind, Madam. Ich meine, Sie backen was für *die Dame.*«

Dotty deutete ein Nicken an. »Ich darf meinen prämierten Carrot Cake beisteuern.«

»Prämiert?«

»Jedes Jahr gibt es einen Wettbewerb anlässlich der *Village Fete.* Es werden die größten Kürbisse ausgezeichnet, die schönsten Haustiere und die besten Kuchen.«

»Verstehe.«

»Und voriges Jahr habe ich meinen Carrot Cake gebacken, und da ich damit den ersten Preis errungen habe, hielt man es dieses Jahr für eine gute Idee, ihn gleich von vornherein für unsere hohen Gäste bereitzuhalten.

Ich glaube, man wollte kein unnötiges Risiko eingehen.«

Im Vorjahr war Rosalind Symonds unerwartet ausgefallen. Die Lehrerin aus dem Cottage neben der Kirche, die mit ihrem Backwerk seit ein paar Jahren regelmäßig den ersten Platz belegt hatte, war wenige Tage vor dem Fest den Folgen eines Autounfalls erlegen. Dotty hegte keinen Zweifel daran, dass der Tod von Rosalind Symonds zu ihrem eigenen Sieg beigetragen hatte. Es war Lord Farnsworth höchstpersönlich gewesen, der Dotty als Bewunderer ihrer Künste damals zur Teilnahme an dem Wettbewerb überredet hatte.

»Ich komme aus Leicestershire«, sagte der Sicherheitsmann jetzt. »Aus Ibstock, genauer gesagt.«

Er forschte in ihrem Gesicht, vermutlich überlegte er, ob der Name des Dorfs etwas bei ihr auslöste.

»Ibstock? Hm …«

»Klingelt da was?« Der Fremde beugte sich über die dunkel glänzenden Früchtebrote. »Wie gemalt. Wirklich, wie gemalt. Ich mag es, wenn Frauen so was können.«

Dotty registrierte einen seltsamen Unterton, der ihr nicht gefiel. Sein Grinsen war schmierig, und er knetete noch immer die Mütze, als wollte er sie erwürgen.

Als er sich ihr wieder zuwandte, blieb ihr Blick an seinem Glasauge hängen.

»Stacheldraht«, sagte er, als könnte er ihre Gedanken lesen. »Ich war siebzehn. Deswegen haben die mich bei der Polizei nicht genommen. Mann, ich wär so gerne zur Polizei gegangen. Aber jetzt mach ich ja so was Ähnliches.« Er deutete auf die Früchtebrote. »Ob es wohl auffallen würde, wenn eins fehlt, Madam?«

Dotty blies sich eine Haarsträhne aus dem Gesicht. »*Mir* würde es auffallen.«

Er trat von der Anrichte zurück und nickte bedächtig. »Ja, so ist das. Dem einen fällt es nicht auf, wenn was fehlt, aber dem anderen dafür umso mehr.« Sein Grinsen war vieldeutig. »Wir sind Spezialisten, was?«

»Wir?«

»Ja, Miss Fowler. Sie sind Spezialistin für alles, was man so backen kann und würden sofort merken, wenn irgendwo was fehlt. Der Zucker, das Mehl ... ein ganzes Früchtebrot. Und ich bin Spezialist für Sicherheit. Ich passe auf, dass nichts passiert. Passiert ja dauernd was. Schlimme Sachen, überall.«

Dotty Fowler riss sich von seinem Anblick los, bückte sich zum Ofen und spähte ins Rohr. Der voluminöse Apple Pie nahm zusehends eine tiefgoldene Farbe an. Sie drehte die Temperatur ein paar Grad zurück und murmelte: »Hören Sie, Sir, ich verstehe ja, dass Sie sich ein bisschen Unterhaltung verschaffen wollen. Ist ja 'ne lange Nacht. Und ich habe auch gar nichts dagegen, dass Sie ein bisschen hier bei mir bleiben, aber ich muss mich konzentrieren. Das ist morgen nicht *irgendein* Fest.«

»Ich weiß, ich weiß!«, lachte Croxley. »Ich rede immer zu viel.«

»Möchten Sie einen Tee? Ich habe frischen aufgebrüht. Da vorn in der Kanne.«

»Tee! Blendende Idee!« Er nahm eine Tasse vom Haken und schenkte sich ein. Dann brabbelte er weiter vor sich hin. »Nein, ganz recht, das ist nicht irgendein Fest. Sonst wären auch nicht Himmel und Hölle in

Bewegung gesetzt worden. Dann wär ich jetzt in Salisbury in meinem Bettchen und würde den Schlaf des Gerechten schlafen.«

»Hm?« Dotty zerknüllte das Zeitungspapier mit den Karottenschalen. Zupfte es etwas auseinander, zerknüllte es erneut. Was wollte dieser Mann von ihr?

Er lachte laut auf. »Keine Sorge, Madam. Ich weiß, was Sie gerade denken. Sie haben einen fremden Mann hereingelassen, mitten in der Nacht. Das sollte man nicht tun!« Spielerisch winkte er mit dem Zeigefinger. »Aber ich bin ja vom Sicherheitsdienst. Bei mir sind Sie hundertprozentig sicher!« Er schnüffelte durch die Luft. »Zimt … Zitrone … Nelken … Ich kann das alles deutlich riechen. Wenn irgendwo gebacken wird, dann zieht mich das magisch an. Ich kann dann gar nicht anders und muss dem Geruch folgen. Was Sie hier fabrizieren, duftet bis hin zum Parkplatz, Madam. Ich *musste* einfach herkommen.«

Dotty warf das Papierknäuel mit den Schalen in den Mülleimer, nur um es gleich darauf wieder herauszufischen. Hatte sie das Schälmesser mit hineingeworfen? Dieser Typ machte sie nervös. Sie war es gewohnt, im Stillen zu arbeiten. Wenn es etwas Besonderes werden sollte, brauchte sie Ruhe.

Der seltsame Sicherheitsbeamte zog mittlerweile ungeniert die Schubladen auf und förderte schließlich einen Löffel zutage, mit dem er klimpernd Milch und Zucker in den Tee rührte.

»Hören Sie, Sir …«

Es schien, als hörte er sie gar nicht. »Schönes Örtchen hier. Richtig gemütlich. Hier wird noch in jedem Haus gebacken, wette ich. Wie früher. Hier wissen die Frauen noch, wie man Männern mit ein paar süßen Schweinereien die Zähne lang machen kann. Da gab es so eine Frau, habe ich gehört. Eine Lehrerin.«

»Miss Symonds? Rosalind?«

»Ja, so hieß sie wohl. Konnte auch backen wie der Teufel.«

»Sie wurde überfahren. Es war schrecklich.«

»Überfahren … Hm … Ja, so sagt man.« Sein Lächeln sah gefährlich aus.

Sie wandte sich ab, sah auf die Uhr und zählte die bereits verstrichene Backzeit an den bemehlten Fingern ab.

»Ich bin froh, mal hier in Ihr hübsches, kleines Nest zu kommen. Wir sind mit einer großen Truppe eingesetzt. So habe ich auch mal den hiesigen Polizisten DCI Tesley kennengelernt. Reizender Knabe, kennen Sie ihn?«

»Nein, bedaure.« Warum sprach er von der Polizei? Warum erwähnte er Miss Symonds?

»Ich hatte auch mal so ein Liebchen, das ganz begnadet backen konnte. Wissen Sie, ich glaube, dass Frauen, die gut backen können, besonders heißblütig veranlagt sind.«

Dotty schielte zur Küchentür. Zwei, drei große Schritte, dann könnte sie um Hilfe rufen, und im Nu würde das gesamte Personal herbeieilen. »Soso«, murmelte sie stattdessen und entdeckte im selben Moment das Schälmesser in der Spüle. Sie atmete auf.

»Zu dumm, dass sie verheiratet war, meine Ellie.« Er lachte wieder schmierig.

Sie musste sich jetzt der Creme für den Carrot Cake widmen, wenn sie ihr Werk fertigstellen wollte. Hatte sie alles in greifbarer Nähe? Puderzucker? Limetten? Ingwer?

»Und dann war sie eines Tages weg. Durchgebrannt mit 'nem anderen, sagten die Leute.« Ächzend nahm der Mann auf einem Stuhl Platz und trank von seinem Tee. »Hmmm, gut. Ellie war mit 'nem Bäcker verheiratet, damals. Lief alles schön auf dem Seitenstreifen, das mit ihr und mir. Und irgendwann soll sie mit 'nem Handelsvertreter durchgebrannt sein. War plötzlich weg.« Er machte eine lange Pause. »Und blieb auch weg.«

Dotty warf ihm einen scheuen Blick zu.

»Wissen Sie, ich glaub das nicht.« Er starrte in seinen Tee. »Die Ellie wär niemals abgehauen, ohne mir irgendwann ein Lebenszeichen zukommen zu lassen. Ein Lebenszeichen kann man natürlich nur senden, wenn man noch am leben ist.«

»Ich muss jetzt für einen Moment den Mixer einschalten, Sir«, sagte Dotty tonlos, und schon erfüllte lautes Geschepper den Raum. Dotty hoffte, dass sie niemanden im Castle damit weckte. Und sie spürte unablässig den Blick des Sicherheitsmannes in ihrem Rücken.

Als sie den Mixer ausschaltete, hatte Croxley seine Gedanken sortiert. Die Worte kamen jetzt weniger leutselig über seine Lippen: »Ich hatte ja damals Ellies Ehemann unter Verdacht, diesen Bäcker. Ein fieser Kerl. Hat meine gute Ellie schuften lassen bis zum Umfallen. Er selbst ist bei einem Brand ums Leben gekommen. Ich dachte damals, dass die Sache damit erledigt war, dass er sein Geheimnis mit ins Grab genommen hätte. Aber dann hab ich hier diesen DCI Tesley kennengelernt. Und der hat mir vor zwei Wochen bei einem Bierchen erzählt, dass er auch so 'nen Fall hat, an dem er rumknabbert. Ich unterhalte mich gern mit Polizisten. Fast wär ich ja ein Kollege geworden. Der Tesley kommt da in dieser Sache irgendwie nicht weiter. Diese Lehrerin, die Symonds ... Fahrerflucht ... Na, immerhin ist hier völlig klar, dass da jemand anderes seine Finger im Spiel hatte.« Er trat hinter sie und sie spürte, wie er ihre Hände betrachtete, die geschickt mit Teigschaber und Rührschüssel hantierten.

»Sie sind 'n stilles Mädchen, was?«, flüsterte er. »Haben nur Ihre Backerei im Kopf, nicht wahr? Hat mir Tesley jedenfalls gesagt. Haben Sie das geerbt? Von Ihrer Mutter?«

Dottys Finger begannen zu zittern.

»Starb ja auch ganz schön unvermittelt, die Dame, nicht wahr? Tückische Sache, das mit den Medikamenten. Fand übrigens auch der alte Doktor aus Ashington.«

Dotty fuhr herum und blickte in sein breit grinsendes Gesicht.

»Ich hab mich ein bisschen umgehört, bin ein bisschen durch die Lande gereist. War auch noch mal in Ibstock.«

»Ellie ...«, hauchte Dotty. »Eleanor.« Die verschwundene Frau ihres ehemaligen Arbeitgebers und Fast-Ehemannes.

Croxley nickte langsam. »Wie gesagt, ich bin ja selber so ein bisschen der Hüter von Recht und Ordnung, und ich unterhalte mich gern mit den Kollegen. Da stirbt Ihre Mutter, das ist ja noch nichts Ungewöhnliches. Da verschwindet die Frau vom Bäcker spurlos. Das kann ja noch sein. Aber dann kratzt auch noch der Bäcker ab, Ihre Konkurrentin wird überfahren ... Bisschen viel, oder?«

»Was wollen Sie von mir?«

Er beugte sich über die große Schüssel mit dem Teig für den Carrot Cake und schnupperte. »Mann, das Zeug macht mich glatt verrückt! Frauen, die backen können, machen mich verrückt. Sagte ich das schon? Aber von einer Frau wie Ihnen, von so einer kleinen, stillen Maus, die so wahnsinnig ist, jeden auszuschalten, der sich ihr in den Weg stellt, da lass ich lieber die Finger von.«

Sie riss hinter ihm das Nudelholz von der Anrichte und drehte sich so schnell zu ihm, dass die Schuhe auf dem Steinboden leise quietschen. Bevor er sich aufrichten konnte, traf das Nudelholz auf seinen Hinterkopf, und ein hässliches, dumpfes Krachen ertönte. Croxley stürzte mit dem Gesicht geradewegs nach vorn in die Teigschüssel.

Dotty atmete tief durch und betrachtete den schlaffen Körper, der zu Boden sank und die Schüssel mitriss. Der braune Teig drohte halbflüssig über den Boden zu laufen, doch in letzter Sekunde fiel sie auf die Knie und umfasste die Schüssel. Gerettet! Derart kurz vor dem Ziel konnte sie doch unmöglich aufgeben! Sich von so einem dahergelaufenen Schnüffler einen Strich durch die Rechnung machen lassen! Niemals!

In Sekunden hatte sie alles wieder im Griff und erledigte, was zu erledigen war: Apple Pie aus dem Ofen, Carrot-Cake-Teig in die Form geben, rein in den Ofen, Creme fertig anrühren, Carrot Cake raus, Creme obendrauf, schließlich noch die Verzierungen. Jetzt durfte sie nicht den Kopf verlieren. Wie hatte sie es bisher immer gemacht? Sollte sie einen Unfall vortäuschen? Nein, er musste verschwinden. Diesen Wilfred Croxley würde sie genau so beiseiteschaffen, wie damals Eleanor: im Wasser! Es gab einen kleinen See am Ende des weitläufigen Geländes von Driblington Hall, der war ideal. Genauso ideal wie die abschließbare Gefriertruhe in der Vorratskammer, wo sie ihn vorläufig verstauen konnte. Nach dem Fest würde Croxley dann für immer untertauchen.

* * *

Die Stirn unter dem fliederfarbenen Hut war nachdenklich gerunzelt. Die Queen stocherte irritiert in ihrem Kuchenstück herum. Dotty Fowler auf der anderen Seite des feierlich gedeckten Büffets merkte nicht, wie ihr langsam die Kinnlade herunterklappte. Warum probierte sie denn nicht endlich? Jetzt konnte doch nichts mehr dazwischenkommen!

Die Monarchin examinierte mit zusammengekniffenen Lippen das Kuchenstück. In dem herrlich locker gebackenen Teig gab es auf halber Höhe eine weitere Schicht Frischkäsecreme, aber da war noch etwas. Etwas Weißliches, Halbrundes. War das etwa Glas?

»Na, na was fummelst du denn da so rum, altes Mädchen?«, raunte Prinz Philip ihr schnarrend ins Ohr. »Hast du etwa Angst, du könntest es nicht mehr richtig beißen?«

Sie schaffte es schließlich, das kleine Ding mit der Gabel umzudrehen, und im selben Moment glotzte sie eine künstliche graugrüne Pupille mitten aus den Kuchenkrümeln heraus an.

»Oh, *my goodness*«, stöhnte Queen Elizabeth II., warf Wedgwood-Teller, Kuchen, Glasauge und Handtasche von sich, und kippte zum Entsetzen aller Anwesenden rückwärts in die Arme ihres Mannes …

… die aber nicht mehr da waren, da der alte Gockel sich unterdessen bereits wieder der Frau des Vikars von Whelmbrittle-le-Ferne zugewandt hatte.

Dotty Fowler's Carrot Cake

Zutaten für den Kuchen:
3 Eier
240 g Rohrzucker
1 Päckchen Vanillezucker
230 ml Pflanzenöl
175 g Mehl
2 Teelöffel Backpulver
1 Teelöffel Natron
2 Teelöffel Zimt
1 Prise Anis
1 Prise Fenchel
1 Prise Nelkenpulver
1 Teelöffel Ingwer
1 Teelöffel Salz

100 g gemahlene Mandeln
150 g grob gehackte Walnüsse
6 mittelgroße Karotten, fein geraspelt

Zutaten für das Frosting:
250 g weiche Butter
250 g Puderzucker
250 g kalter Frischkäse (kein Light-Produkt!)

Zubereitung:
Eier, Zucker und Vanillezucker zu einer schaumigen
Masse aufschlagen. Öl langsam unter Rühren dazugeben.
Gesiebtes Mehl und Backpulver mit den Gewürzen und
dem Natron in einer Schüssel vermischen und in die halb-
flüssige Masse einrieseln lassen. Mandeln, Walnüsse und
Möhrenraspel mit dem Rührlöffel unterziehen.
Eine 28-cm-Springform buttern, Teig einfüllen und im
Backofen bei 175 Grad Ober- und Unterhitze 30-40 Mi-
nuten backen.
Zwei Stunden abkühlen lassen, da der noch warme Kuchen
schnell auseinanderbröckelt.
Man kann die Menge auch auf zwei Formen aufteilen und
die beiden entstandenen flachen Kuchen aufeinanderlegen,
wobei eine zusätzliche Schicht Frischkäsecreme dazwischen
gestrichen wird.

Erst jetzt die weiche Butter in einer Schüssel cremig
rühren und dann den Puderzucker dazugeben, bis eine
glatte, geschmeidige Masse entstanden ist. Dann den noch
kalten (!) Frischkäse langsam unterrühren. Bitte in dieser

Reihenfolge und nicht mehr rühren als nötig, damit sich der Puderzucker nicht verflüssigt.

Die Creme dick auf den erkalteten Kuchen aufstreichen. Entweder nur obendrauf oder aber auch auf die Seiten. Zur Verzierung kann man gehackte, geröstete Mandeln aufstreuen, halbierte Walnüsse oder fertig zu kaufende Marzipankarotten auflegen. Oder mit der Spritztülle einen Teil der Frischkäsemasse in Form kleiner Röschen oder Ornamente aufspritzen.

Die Leiden des jungen D.

Nadine Buranaseda

Missgunst ist grausam wie das Grab.
(Das Hohelied Salomos)

Sie werden das Haus lieben!« Die Stimme der Maklerin klang glockenhell. Die Abendsonne schimmerte rötlich auf ihrem blonden Haar, als sie uns nacheinander die Hand reichte. Ihre Haut war zart und kühl, ihr Händedruck fest. Sie war höchstens Mitte zwanzig. Der dunkle Hosenanzug und die hochhackigen Pumps mit der roten Sohle ließen sie älter erscheinen. Oder seriöser. Freilich sollte das Einfamilienhaus, vor dem wir uns getroffen hatten, rund drei Millionen Euro kosten. Da durften die Klienten erwarten, dass das Rot ihres Lippenstifts auf den Nagellack abgestimmt war und die Perlenohrringe geschmackvoll und unaufdringlich wirkten.

Ich fühlte den Blick meiner Frau auf mir ruhen und lächelte. Wir hatten im letzten halben Jahr unzählige

Immobilieninserate gelesen. Die meisten Objekte hielten nicht, was sie versprachen. Das Haus am Isarhochufer lag – keine fünf Autominuten von der Stadtmitte entfernt – in einer wenig befahrenen Seitenstraße und hatte uns auf Anhieb gefallen. Die helle Fassade, über die sich ein Schieferdach wölbte, machte einen einladenden Eindruck. Uns erwarteten elf Zimmer auf vierhundert Quadratmetern.

Idylle in Reinform.

»Die Villa wurde 1980 gebaut und 2003 neu gestaltet.« Die Maklerin öffnete das schmiedeeiserne Tor, das lautlos aufschwang. »Die Ausstattung ist erstklassig. Das Grundstück umfasst sechshundertachtzig Quadratmeter und verfügt über einen alten Baumbestand – so ein Schmuckstück gibt es kein zweites Mal in dieser Lage.« Sie klemmte die schwarze Lederaktentasche unter den Arm und steckte den Haustürschlüssel ins Schloss. Der Jackettärmel rutschte hoch und entblößte ein blasses Handgelenk, das eine Golduhr beschwerte.

Wir stiegen die drei Stufen zum Eingang hinauf und folgten ihr in die weitläufige Eingangshalle. Auf dem Marmorfußboden gleißte das Licht eines Kronleuchters. Eine Treppe schraubte sich ins Ober- und Untergeschoss. Ich wandte mich um und drückte die Haustür zu. Mein Blick blieb an einer Kerbe in dem bogenförmigen Holzrahmen hängen. Ich fuhr mit dem Finger über die Vertiefung und spürte ein Kribbeln im Nacken. Ein Summen breitete sich in meinem Kopf aus. Ich schloss für einen Moment die Augen und horchte in mich hinein.

»Um Himmels willen, was ist passiert? Ich habe all die Einsatzfahrzeuge vor dem Haus gesehen. Ich wohne nur ein paar Meter die Straße rauf.«

»Bitte beruhigen Sie sich!« Ich berührte den Arm der alten Dame. Sie war zwei Köpfe kleiner als ich. Eine Windbö, die weiße Kirschblüten in der Auffahrt aufwirbelte, ließ sie gegen die Säule im Eingangsbereich wanken. »Kennen Sie die Familie?«

Sie starrte ins Leere. Ich schwieg und betrachtete ihre weichen Züge aufmerksam.

»Was haben Sie gesagt?« Sie zog ein Stofftaschentuch aus der Manteltasche und tupfte sich die Augen. Der Widerschein des Blaulichts zuckte über ihr Gesicht.

Ich wiederholte meine Frage. Ein Streifenpolizist drängte sich an uns vorbei ins Innere der Villa, die Augenbrauen unter der Uniformmütze zu einem Strich zusammengezogen. Fast noch ein Kind.

»Nein, nein, das nicht. Wir grüßen uns auf der Straße, wie es sich gehört.«

»Ich möchte Sie bitten, nach Hause zu gehen. Sie können hier im Moment nichts ausrichten. Wenn Sie es wünschen, schicke ich einen meiner Kollegen zu Ihnen. Der wird sich um Sie kümmern.«

Sie blickte auf das Abzeichen auf meiner roten Einsatzjacke und schüttelte den Kopf. »Nein, es geht schon.«

»Peter? Kommst du?« Meine Frau war durch eine Glastür zurück in die Eingangshalle getreten. »Alles in Ordnung?«

»Sicher.« Ich löste mich aus der Erstarrung und setzte mich in Bewegung. Meine Schritte hallten von den kahlen Wänden wider.

»Wie Sie sehen, ist der Wohnbereich weitläufig.« Die Maklerin stand in der Mitte des Wohnzimmers auf einem Orientteppich und machte eine ausladende Handbewegung. »Das Vollholzparkett ist erst im letzten Jahr auf jeder Etage abgeschliffen und neu versiegelt worden. Selbstverständlich wird die Villa nach Ihren Wünschen renoviert. Ich darf Sie noch einmal darauf hinweisen, dass die Kosten im Kaufpreis enthalten sind.«

Der Ton in meinem Kopf war in ein metallisches Sirren umgeschlagen und tropfte von der Schädeldecke. Ich massierte mir die Schläfen und versuchte, mich auf die Ausführungen der Maklerin zu konzentrieren, die eine Frage meiner Frau beantwortete.

»… verfügt über ein separates Esszimmer. Aber vielleicht möchten Sie die letzten Sonnenstrahlen im Garten genießen, bevor ich Ihnen den Rest der Villa präsentiere.«

Meine Frau nickte und trat durch die geöffnete Terrassentür nach draußen. Der Geruch von frisch gemähtem Gras und heißem Asphalt strömte ins Innere.

»Dann zeige ich Ihnen auch gleich das Gartenhaus mit Strom und Wasser. Es verfügt über eine Heizung und befindet sich ebenfalls in einem tadellosen Zustand.« Die Maklerin wartete im Türrahmen und sah mich direkt an.

»Vielen Dank, aber gehen Sie ruhig vor. Ich muss den Salon erst einmal auf mich wirken lassen.«

»Natürlich.« Die Maklerin lächelte und betrat die Süd-West-Terrasse. Ihr irritierter Blick war mir nicht entgangen.

»Mein Name ist Peter Müller vom Kriseninterventionsteam München. Du bist David, richtig? Ich habe jetzt Zeit für dich und werde deine Fragen beantworten.« Ich setzte mich neben ihn auf die Couch.

Die Kollegen von der Rettungsleitstelle hatten mich informiert, dass David Waldmann neunzehn Jahre alt und gemeinsam mit seinem Vater an dieser Anschrift gemeldet war. Der Junge trug ein weißes T-Shirt und verwaschene Bluejeans. Seine Füße waren nackt. Vornübergebeugt saß er auf der Sofakante und hatte, die Unterarme auf die Knie gestützt, die Hände zwischen den Beinen gefaltet. Er hatte nicht aufgesehen, als ich das Wohnzimmer betreten hatte. Jetzt hob er langsam den Kopf und schaute mich von der Seite an. Eine dunkle Locke fiel ihm in die Stirn.

»Wer hat Sie geschickt?« Seine Miene war versteinert.

»Die Rettung.«

»Sie waren schnell vor Ort.« Er ließ den Kopf wieder hängen.

»Das ist richtig. Die Polizeidirektion hat uns sofort benachrichtigt. Ich bin jetzt nur für dich da. Möchtest du vielleicht noch jemanden bei dir haben?«

»Nein.« Die Antwort kam ohne Zögern. »Hat die Polizei meinen Vater erreichen können?«

»Noch nicht.« Klaus-Dieter Waldmann war Unternehmer und auf Geschäftsreise. »Aber deine Mutter ist informiert und auf dem Weg.«

»Ich will sie nicht sehen!« Zum ersten Mal zeigte David Gefühle. »Tut mir leid.« Seine Hände entkrampften sich wieder.

»Du brauchst dich nicht zu entschuldigen, David.«

»Ich meinte: Das interessiert mich nicht. Meine Mutter hat uns verlassen, als ich drei Jahre alt gewesen bin. Seitdem habe ich sie ein Dutzend Mal gesehen, wenn's hochkommt.«

»Ich verstehe.« Ich lehnte mich zurück. Die beiden waren sich mit der Zeit fremd geworden. Vielleicht hatte der Junge recht, dass ihm die Mutter, die mit ihrer eigenen Trauer fertigwerden musste, ihm im Augenblick keine Stütze sein würde.

»Soll ich dir ein Glas Wasser holen?«

»Danke, ich brauche nichts.«

Die Nachricht über den plötzlichen Tod eines geliebten Menschen teilte das Leben in ein Davor und ein Danach. Ich hatte diese Situation viele Male erlebt. Manchmal war ich derjenige, der die Todesnachricht überbrachte. Und jeder Angehörige ging anders damit um: Manche schrien, manche verstummten oder weigerten sich, die grausame Realität zu akzeptieren. Früher oder später kamen die Tränen. Der Junge wirkte stabil.

»Könnte ich dich für einen Moment allein lassen?« Ich wollte mir einen Überblick verschaffen und nach der Toten sehen.

»Sicher.«

Ich machte auf dem Absatz kehrt, verließ das Wohnzimmer und nahm die Treppe nach oben. Meine Linke glitt über den goldenen Handlauf und hinterließ Schweißabdrücke auf dem Metall. Von unten drangen gedämpfte Stimmen zu mir. Ich nahm zwei Stufen auf einmal und blieb, im ausgebauten Dachstudio angelangt, keuchend vor einer Tür stehen. Zitternd drückte ich die Klinke hinunter. Das Pochen in meinen Ohren wurde unerträglich.

Als Erstes sah ich ihre rot lackierten Zehen.

Noch auf dem Treppenabsatz zur obersten Etage, durch die geöffnete Badezimmertür hindurch. Als ich die letzten Stufen nahm, schob sich ein umgestoßener Hocker in mein Blickfeld.

Die runde Sitzfläche war mit schwarzem Flokati bespannt. Eine tote Vogelspinne, die drei dürre Beine in die Höhe streckte, inmitten der weißen Fliesen.

Marie hing an einem getünchten Dachbalken. Ein Seil schnürte ihre Kehle zu. Sie trug ein ärmelloses, hochgeschlossenes rotes Kleid, das kaum ihre Knie berührte. Wenn sie nicht tot gewesen wäre, hätte sie ihr Gesicht, das diffuses Deckenlicht weichzeichnete, in dem hohen Badezimmerspiegel betrachten können.

Die alarmierten Rettungssanitäter hatten nur noch den Tod der Zweiundzwanzigjährigen feststellen können. Das Blut war in Hände und Füße abgesackt und färbte die Haut blaurot. Totenflecke, die Reanimationsversuche überflüssig gemacht hatten.

»Sie muss schon ein paar Stunden tot sein.« Der junge Streifenpolizist, der am Waschbecken lehnte, war meinem Blick gefolgt.

»Wann nehmen Sie die Tote runter?«

Einsetzender Regen klatschte gegen die Dachfenster und rann die Scheiben hinunter.

»Die Kripo ist verständigt. Nach den üblichen Formalitäten können Sie das Mädchen herrichten.«

»Gut.« Ich wollte Marie kämmen und die Strangmale an ihrem Hals abdecken, damit sich die Familie von ihr verabschieden konnte, bevor der Bestatter ihren Leichnam abtransportierte.

»Haben Sie schon einen Abschiedsbrief gefunden?«

»Negativ.«

Viele Selbstmörder hinterließen keine Erklärung. Das machte ihren Tod für die Angehörigen noch schwerer.

»Sie haben sich selbst umgesehen. Schön!« Eine Sorgen-falte hatte sich auf der Stirn der Maklerin gebildet. »Ihre Frau wollte unbedingt das Schwimmbad im Untergeschoss besichtigen.«

»Stell dir vor, Peter, das Becken ist beheizt. Es gibt eine Sauna und einen Hobbyraum mit Fitnessgeräten.« Die Wangen meiner Frau glühten.

»Und nicht zu vergessen eine Bar, einen Weinkeller und ein separates WC. Außerdem sind dort der Heizungsraum, eine praktische Abstellkammer sowie ein großer Wasch- und Trockenraum untergebracht.«

»Ich bin beeindruckt.«

»Vielleicht möchten Sie sich uns wieder anschließen, Herr Müller?«

»Gern.«

Die Maklerin wandte sich zum Gehen und verschwand durch einen schmalen Flur in einer Tür.

»Was ist los mit dir?« Meine Frau zog mich vor einem Einbauschrank mit weißer Lackfront beiseite und hielt mich zurück. »Du siehst blass aus. Fühlst du dich nicht wohl?«

»Ich bin mir nicht sicher …«

»Sollen wir ein anderes Mal wiederkommen?«

Bevor ich etwas erwidern konnte, kam uns die Maklerin mit zwei Kristallgläsern entgegen. Eiswürfel knackten in der blassgelben Flüssigkeit.

»Ich habe mir erlaubt, für eine kleine Erfrischung zu sorgen: selbst gemachte Zitronenlimonade. Bitte bedienen Sie sich!«

Wir nahmen ihr die Gläser ab und tranken einen Schluck. Die Kälte schoss mit einem stechenden

Schmerz in meinen Kopf und betäubte für einen Augenblick den Orkan, der darin tobte.

»Für viele Menschen ist die Küche das Herzstück des Hauses. Da stimmen Sie mir sicher zu, Frau Müller.« Die Maklerin hatte uns in einen lang gestreckten Raum gelotst.

»Mein Mann kocht.«

»Umso besser. Sie sehen, dass die Küche mit hochwertigen Markengeräten ausgestattet ist – alles auf dem neuesten Stand der Technik.«

»Können Sie uns etwas zur Nachbarschaft sagen?« Ich warf einen Blick durch eines der beiden Fenster und nippte an der Limonade. Es dämmerte, das letzte Licht des Tages hatte ich verpasst.

»Ja, selbstverständlich. Es handelt sich ausschließlich um Paare in Ihrem Alter. Bei den meisten Familien sind die Kinder bereits aus dem Haus. Der Zusammenhalt hier ist mit Gold nicht aufzuwiegen.«

Meine Frau zwang sich zu einem Lächeln, als sie mein ausdrucksloses Gesicht sah.

»Darf ich Ihnen nachschenken?« Die Maklerin deutete auf die Karaffe auf der Arbeitsplatte neben dem Kühlschrank.

Ich nickte mechanisch.

Als ich ins Wohnzimmer zurückkehrte, fand ich die Couch verlassen vor. Ich irrte durchs Erdgeschoss und unterdrückte den Impuls, nach David zu rufen. Nachdem ich mehrere Türen geöffnet hatte, entdeckte ich den Jungen in der Küche. Er saß auf einem hohen Hocker an einem Bartisch. Vor ihm stand ein Teller mit Kuchen, in das er eine Gabel versenkte.

»Möchten Sie auch ein Stück Blaubeerkuchen?«

»Nein, danke, David. Darf ich dir beim Essen Gesellschaft leisten?«

»Klar«, sagte er mit vollem Mund.

Ich nahm ihm gegenüber Platz und wusste nicht, wohin mit meinen Füßen. Der Junge las mit dem Zeigefinger die letzten Krümel auf und leckte sie ab. Dabei taxierte er mich mit dunklen Augen.

»Ich habe seit gestern Abend nichts mehr gegessen.« David stand auf, schnitt sich ein weiteres Stück Kuchen ab und kehrte damit zurück an den Tisch.

»Guten Hunger!«

Wir schwiegen. Stimmengewirr, in das sich Schritte mischten, wehte durchs Haus. Nach einer Weile holte sich David ein Glas Milch und leerte es in einem Zug. Er musste halb verhungert sein.

»Eigentlich war Marie ein fröhliches Madl.« Er wischte sich über den Mund. »Ich kann mir nicht erklären, was in ihr vorgegangen ist.«

»War sie in den letzten Tagen anders als sonst?«

David sackte in sich zusammen und drehte das Milchglas zwischen den Fingern. »Nein. Sie war guter Dinge, fast glücklich.«

Das Phänomen war mir vertraut: Wenn ein Mensch einmal die Entscheidung getroffen hatte, freiwillig aus dem Leben zu scheiden, wirkte er kurz vor dem Freitod auf sein Umfeld gelöst. Die Last der Ungewissheit war ihm genommen, es war nur eine Frage der Zeit, wann er seinen Plan in die Tat umsetzte.

»Standet ihr euch nahe?« Ich versuchte, eine Brücke in die Vergangenheit zu schlagen. An einen Ort, an dem es nur positive Erinnerungen gab, an dem der Schrecken noch nicht Einzug in dieses junge Leben gehalten hatte.

»Nein. Wir sind nicht zusammen aufgewachsen, aber in den letzten Monaten haben wir uns öfters gesehen.«

»Marie war zu Besuch?«

David nickte und pflückte einen Streusel vom Kuchen. »Bis zum Abi hat sie bei ihrer Mutter gelebt.«

Mir fiel auf, dass David nicht von »unserer Mutter« gesprochen hatte. Das Verhältnis der beiden musste tatsächlich mehr als unterkühlt sein.

»Seitdem studiert sie in Bremerhaven. Wirtschaftsinformatik.« Die Gabel verharrte vor seinem Mund. Er ließ sie sinken und fuhr mit gesenkter Stimme fort: »Studiert-e. Marie wollte für ein Jahr ins Ausland. Sie wollte sich von uns verabschieden. Nächste Woche wäre sie nach London geflogen.«

»Vielleicht wollte sie sich von dir und deinem Vater verabschieden, um in Frieden gehen zu können.«

»Mein Vater kommt heute von einer Geschäftsreise zurück. Gestern noch hat sie diesen Kuchen für ihn gebacken ... Marie hat sich so viel Mühe damit gegeben: Sie ist extra zum Reformhaus gefahren, um die passenden Zutaten zu kaufen. Er ernährt sich neuerdings rein pflanzlich, wissen Sie. Meinem Vater hätte er geschmeckt – ist gar nicht so übel.«

»Vielleicht fehlte ihr die Kraft, ihm ein letztes Mal in die Augen zu sehen. Marie muss sehr verzweifelt gewesen sein, sonst hätte sie diesen Schritt nicht gewählt.«

Der Regen war stärker geworden. Wind rüttelte an den Küchenfenstern.

»Wenn ich gewusst hätte, dass meine Schwester sich etwas antun will, hätte ich sie gestern Abend nicht allein gelassen!« Der Junge schlug mit der flachen Hand auf den Tisch. Das Geschirr sprang klirrend hoch.

»Dich trifft keine Schuld, David. Begib dich nicht in dieses Gedankenkarussell! Marie hat sich für diesen Weg entschieden, du hättest sie nicht davon abhalten können.«

»Sind Sie sicher?«

»Ja, absolut. Marie hat keine Tabletten genommen oder sich die Pulsadern aufgeschnitten. Sie hat sich erhängt. Selbst wenn du sie früher gefunden hättest, hättest du sie nicht retten können.«

David nahm die Gabel wieder auf. Zwei Bissen später schob er den Teller von sich und streckte die nackten Füße aus. »Was passiert jetzt als Nächstes?«

Ich wertete die Frage als gutes Zeichen. Der Junge schien sich vom ersten Schock erholt zu haben und begann, sich mit der Zukunft, dem Leben des Danach, auseinanderzusetzen.

»Gleich wird ein Arzt kommen und nach deiner Schwester sehen.« Ich vermied das Wort »Rechtsmediziner«. Für David war Marie immer noch ein Mensch und keine Fallakte.

Ein graues Gesicht erschien im Türrahmen. »Dürfte ich dich kurz sprechen, David? Ich bin Kriminalhauptkommissar Brandl.« Ein nikotingelber Schnauzbart tanzte auf und ab.

Der Junge drehte sich zu der Bassstimme um. »Ich habe Ihren Kollegen alles gesagt, was ich weiß.«

David blickte Hilfe suchend zu mir. Der Kommissar war an den Bartisch getreten und legte seine behaarte Linke auf die Schulter des Jungen.

»Es wird nicht lang dauern.«

Brandl führte David aus der Küche. Ich kraxelte von dem unbequemen Barhocker, kehrte in die Eingangshalle zurück und bestieg die Treppe ins Obergeschoss. Im ersten Stock kam mir der junge Streifenpolizist entgegen:

»*Ihr Betreuungsauftrag ist beendet, Herr Müller. Ich bedanke mich für Ihre schnelle Hilfe.*«

»*Ich verstehe nicht … Weder Vater noch Mutter des Jungen sind vor Ort. David sollte in dieser Situation nicht allein ge…*«

»*Ich weiß. Die Kollegen von der Kripo werden bald auf Sie zukommen.*«

»Die Bilder im Internet werden der Villa nicht gerecht, nicht wahr?«

Wir standen vor dem schmiedeeisernen Tor und reichten der Maklerin zum Abschied die Hand.

»Haben Sie noch Fragen?«

»Nein, im Augenblick nicht. Wir haben Ihre Karte und werden uns mit Ihnen in Verbindung setzen.«

Eine Minute später saßen wir im Auto. Meine Frau schlug die Beifahrertür lauter als nötig zu. Ich zuckte zusammen.

»Darf ich fragen, was in dich gefahren ist, Peter?« Ihre Augen funkelten in der Dämmerung. »Frau Bachmeier hat sich viel Zeit für uns genommen, findest du nicht? Und du lässt sie einfach stehen? Ich dachte, dir gefällt das Haus genauso gut wie mir.«

»Beruhig dich bitte, Schatz!« Ich schloss die Augen und wartete darauf, dass der hochfrequente Ton in meinem Kopf nachließ. »Ich … Ich war schon einmal hier.«

»Wie meinst du das?«

»Beruflich.«

»Bei einem Einsatz?«

»Ja, vor rund zwanzig Jahren.«

»Das ist lange her. Bist du sicher?«

»Ich habe das Haus erst nicht erkannt. Aber ich täusche mich nicht, ganz bestimmt nicht.« Ich ließ das Seitenfenster hinunter. Ein Luftzug verdrängte die angestaute Hitze und ließ mich tief einatmen.

»Ich weiß, dass du nicht darüber reden kannst. Aber wieso lässt du die Vergangenheit nicht ruhen?«

»Ich kann nicht. Ich wünschte, es wäre anders.«

»Peter ...«

»Erinnerst du dich an Marie Waldmann?« Ich ließ den Autoschlüssel wieder sinken und drückte mich tiefer in den Sitz. »Sie war die Tochter eines erfolgreichen Unternehmers.«

»Der Name sagt mir nichts.« Meine Frau klappte die Sonnenblende herunter und prüfte ihr Make-up im Spiegel.

»Sie wurde von ihrem jüngeren Bruder erhängt im Badezimmer gefunden.«

Die Villa lag im Dunkeln. Die leeren Fensterhöhlen glotzten mich an.

»Das ist tragisch. So etwas kommt in den besten Familien vor. In jedem Haus, in jeder Wohnung geschehen furchtbare Dinge. Dinge, über die wir lieber nichts wissen möchten.«

»Du hast recht.«

»Aber?«

Ich schwieg.

»Du kannst nicht das Leid der ganzen Welt auf deinen Schultern tragen, Peter.«

Das wusste ich allzu gut. Alle KIT-Mitarbeiter waren darin geschult, mit dem Verlassen des Einsatzortes mit den Schicksalen, die sie in den schlimmsten Augenblicken hautnah miterlebt hatten, abzuschließen.

»An dem Wochenende waren die beiden allein zu Hause.«

»Der arme Junge.«

»Ich war sofort vor Ort und wurde keine halbe Stunde später wieder abgezogen.«

»Aber warum? Das ist doch nicht üblich.«

Die Betreuung eines Angehörigen dauerte im Schnitt zwei Stunden. Nur in seltenen Fällen war unsere Hilfe nach wenigen Minuten nicht mehr erforderlich. Immer dann, wenn das soziale Umfeld aktiviert war und den Trauernden auffing, besser, als wir es jemals tun konnten.

»Marie hat sich nicht umgebracht.«

»Wie bitte?«

»Ihr Bruder hat sie nach einem Streit mit bloßen Händen erwürgt. Dann hat er sie ins Dachgeschoss geschleppt und sie mit einem Seil an einem Holzbalken aufgehängt.«

»Großer Gott!«

»Die Würgemale passten nicht zur Auffindesituation, das hat die Kripo schnell ermitteln können. Der Junge war eiskalt. Ich werde seine Augen niemals vergessen. Er hat gedacht, er kommt mit einem Mord davon.«

»Warum hat er seine Schwester getötet?«

»Er hat Marie gehasst. Aus tiefstem Herzen.«

»Was hat sie ihm getan?«

»Nichts. Gar nichts. Der Junge ist nach einem Sorgerechtsstreit bei seinem Vater aufgewachsen, Marie bei ihrer Mutter. Die Geschwister hatten jahrelang kaum Kontakt.«

»Das macht das Ganze noch unverständlicher.«

»Marie hatte Sehnsucht nach ihrem Papa. Sie wollte wieder ein Teil seines Lebens werden.«

»Und das hat dem Bruder nicht gefallen.«

»Ja, er war außer sich, als sie ein paar Dinge im Elternhaus unterbringen wollte. Sie war dabei, ihre Wohnung für ein Auslandssemester aufzulösen. Ein paar Kartons sollten in der Villa lagern.«

»Dabei hat das Haus so viele Zimmer.«

»Mag sein. Aber David hat sich bedroht gefühlt. Er wollte nicht, dass seine Schwester sich dem Vater annäherte. Der Blaubeerkuchen, den Marie für ihn gebacken hat, hat das Fass schließlich zum Überlaufen gebracht.«

»Wie meinst du das?«

»Der Vater hatte sich – für die damalige Zeit noch ungewöhnlich – entschieden, keine tierischen Produkte mehr zu essen. Marie ist auf seinen Wunsch eingegangen und hat nur pflanzliche Zutaten verwendet. Fast sein ganzes Leben hatte David seinen Vater für sich allein gehabt. In dem Moment ist ihm wohl bewusst geworden, dass die beiden mehr verbinden könnte als Vater und Sohn. Und dann ist David ausgerastet.«

Langsam schüttelte meine Frau den Kopf. »Ich erinnere mich dunkel an den Prozess.«

»Die Medien haben wochenlang darüber berichtet.«

»Und kein grausames Detail ausgelassen.«

»Das alles ist hier passiert – in dieser Villa!« Ich startete den Motor.

Meine Frau legte die Stirn in Falten. »Diese Kleinigkeit hat uns die Maklerin vorenthalten.«

»Wir können da nicht einziehen.« Eine Gänsehaut zog sich über meine Unterarme. »Das Böse hat hier gewohnt.«

Veganer Blaubeer-Quark-Kuchen

Zutaten für den Teig:
200 g Zucker
200 g Margarine
2 Esslöffel Sojamehl
4 Esslöffel Sojamilch
1 Prise Salz
400 g Mehl
1 Päckchen Backpulver

Zutaten für die Füllung:
200 g Margarine
200 g Zucker
2 Esslöffel Sojamehl
etwas Sojamilch
1 Päckchen Vanillinzucker
2 Päckchen Vanillepuddingpulver
750 g Tofu (natur)
1 Glas Blaubeeren

Zubereitung Teig:
Margarine und Zucker schaumig schlagen, Sojamehl,
Sojamilch und Salz unterrühren. Danach das mit Back-

pulver vermischte Mehl nach und nach hinzufügen. Zwei Drittel des Teigs in die Springform geben (28 cm Durchmesser), keinen Rand ziehen.

Zubereitung Füllung:
Im Mixer Tofuwürfel, Blaubeeren mitsamt Flüssigkeit und ein wenig Sojamilch zu einem Quark mischen. Alle Zutaten verrühren und auf den Teigboden streichen.

Das restliche Drittel des Teigs als feine Streusel darüber zupfen. Bei 175 Grad 60-70 Min. backen.

Den Kuchen nicht sofort aus der Form nehmen, sondern erst abkühlen lassen und am besten gekühlt genießen.

Guten Appetit!

Amors Bogen

LISA GRAF-RIEMANN

Die Sonne zieht sich langsam hinter den Mönchsberg zurück und lässt die schmalen Gassen der Altstadt im Schatten versinken. Franz Ferdinand steht am Arbeitstisch seiner Manufaktur und beobachtet, wie sich seine neue Gewürzkreation mit der handgefertigten Schokolade stofflich verbindet. Der Zimt gibt der Masse eine hellere Farbnote. Der junge Chocolatier denkt an die Eichhörnchen im Hellbrunner Schlosspark oder an das Haar einer echten Rothaarigen wie seiner Cousine Antonia. Die neue Farbe harmoniert gut mit dem Grün der gemahlenen Pistazien. Auch Antonias Augen sind grün. Ganz anders als dieser Wildfang, seine Freundin aus Kindertagen, ist die Schönheit der Frau, die er liebt: Marie Christine. Sie ist ein Schneewittchen, ihr dunkles Haar kontrastiert scharf mit ihrer blassen Haut, und ihre Augen schimmern wie Gletscherseen in einem ganz und gar unwirklichen Blau, in das er versinken möchte, Tag und Nacht. Er hat nie eine schönere Frau gesehen.

Der Duft der neuen Schokoladenmischung ist betörend. Es wird eine göttliche Praline werden. Am Werktisch in der Mitte des Raumes arbeiten drei Fräulein in weißen Schürzen und mit Leinen-Häubchen über dem Haar. Ihre Hände tauchen sie immer wieder in die Schüsseln mit Eis, das mehrmals täglich frisch geliefert wird. Nur mit kühlen Händen lassen sich die Kugeln so rollen, dass sich keine Schicht mit der anderen vermischt: innen der Kern aus edlem Haselnuss-Nougat, darum herum das mit frisch gemahlenen sizilianischen Pistazien vermengte Marzipan, und außen das reine Mandelmarzipan. Die weißen Kugeln werden sodann auf einen Holzspieß gesteckt und von Fräulein Mizzi in die flüssige Vollmilchschokolade getaucht. Keine kann das wie sie, aber sie ist dabei, die kleine Kathi aus der Josefiau anzulernen, denn das Fräulein Mizzi wird bald heiraten, und ihr Gatte, der einen Galanteriewarenladen am Alten Markt betreibt, wünscht nicht, dass sie weiterhin zur Arbeit geht. Nach dem Trocknen der hauchdünnen Vollmilchschicht kommt das letzte Schokoladenbad: Zartbitter umhüllt die Süße der Füllung und verschließt sie in sich. Franz Ferdinand experimentiert an der inneren Schokoladenhülle. Nur dort gedenkt er einen Hauch des exotischen *cinnamum* einzubringen.

Fräulein Mizzi steckt die fertigen Kugeln an ihren Spießen in einen Lindenholzblock mit kleinen Löchern, wo sie einige Minuten trocknen. Dann entfernt sie den Holzspieß und verschließt mit Hilfe einer Pipette den winzigen Hohlraum mit Schokolade. Wenn auch diese Stelle getrocknet ist, wickelt das Fräulein Kathi die

Kugeln in silbernes Stanniolpapier, auf dem das Konterfei des größten Sohnes der Stadt und Franz Ferdinands Name in den Initialen prangt. Nur so entstehen *Echte FF Jung Mozartkugeln* – und das wird auch immer so bleiben. Franz Ferdinand ist der Kronprinz unter den Salzburger Konditoren, und es ist nur eine Frage der Zeit, wann er den Innungsmeister beerben und selbst an der Spitze der Zunft stehen wird. Noch ist er keine dreißig Jahre alt, ein Junggeselle, unsterblich verliebt in eine unerreichbar Gewordene, und doch kann er nicht von ihr lassen. Niemals.

Von den Glocken der Franziskanerkirche setzt das Angelusläuten ein, und Fräulein Mizzi legt die Schürze ab, während die Jüngste, Kathi, den Arbeitstisch schrubbt. Franz Ferdinand wird heute kurz nach den Angestellten die Manufaktur verlassen, denn es ist Zeit nach Hause zu gehen und sich vorzubereiten. Einen schönen Abend wünschen die Damen und schließen sanft die Ladentür. Franz Ferdinand verschließt seinen Gewürzschrank, hängt seinen Staubkittel an den Kleiderhaken und schlüpft in seinen Gehrock. Er sperrt die Tür ab, lässt den Schlüssel in die Hosentasche gleiten und macht sich auf den Weg von der Getreidegasse hinüber zur Goldgasse, wo er in einer Wohnung im ersten Stock, über einer Hofschneiderei, wohnt. In Höhe der *k. u. k. Schuhmanufaktur Leopold Reiter* kommt ihm ein Mann entgegen, mit ausladendem Schritt, als gehöre ihm die ganze Gasse. Nein, gerade diesem Kerl will Franz Ferdinand hier, vollkommen ungeschützt, nicht begegnen. Rasch zieht er sich in die Passage des Durchhauses zurück und vertieft sich in das Angebot an Bürsten, Besen und Pinseln im Schaufenster eines Bürstenmachers. Einen guten Kopf größer und doppelt so breit wie Franz Ferdinand ist dieses Trampeltier. Als die Luft wieder rein ist, hastet der Chocolatier davon wie ein Missetäter.

Im Fokus der Amorbogen. An den Fensterstock seines Schlafzimmers gelehnt, versucht Franz Ferdinand das Fernglas ganz ruhig zu halten. Es vergrößert stark, und jedes Atmen, jedes Zittern bringt Unruhe ins Bild und die Gefahr, das betrachtete Objekt, die herrlichen Lippen von Marie Christine durch das geöffnete Fenster aus dem Fokus zu verlieren. Ihr Amorbogen ist außergewöhnlich, findet Franz Ferdinand. Ihre Lippen haben einen ganz besonderen erotischen Schwung. Das Spiel ihrer Lippenmuskeln nimmt all seine Sinne gefangen. Allein durch diese feinen Bewegungen hat sie Macht über ihn. *Musculus levator labii superioris*, der Oberlippenheber oder Kleine Jochbeinmuskel, ein dreisträngiger Muskel, der vom unteren Rand der Augenhöhle ausgeht und in die Oberlippe mündet.

Franz Ferdinand kennt alle Lippenmuskeln mit Namen. Lippen sind seine zweite Leidenschaft, und Marie Christine besitzt die schönsten, die er je gesehen hat. Der Große Jochbeinmuskel, *musculus zygomaticus major*, der zur Lachmuskulatur gehört und den Jochbogen mit dem Mundwinkel verbindet. Ach, er liebt ihr Lachen, das wie Champagner perlt und wie Quellwasser aus der Tiefe sprudelt. Der *musculus risorius*, einer der Lippendehnmuskeln und das *platysma*, ein flacher Halshautmuskel, der vom Mundwinkel ausgeht und sich über den Hals bis zum Brustansatz fortsetzt. Der *musculus orbicularis oris* oder Lippenspannmuskel, der den Mund ringförmig umschließt.

Kirschrot ist dieses Ensemble an Mundmuskulatur, sogar die feinen Rillen der dünnen Haut kann er erkennen, trotz der schmalen Gasse, die seine und ihre Lippen trennt. Es ist August. Seit Tagen schon weht der warme Föhnwind durch die Häuserschlucht. Eine Bö packt den Seidenvorhang und zieht ihn vor ihr Fenster, sodass Franz Ferdinand einen Augenblick lang nichts als den im Wind spielenden Vorhang sieht, der den Blick in ihr Zimmer, das Bett, ihr Gesicht und ihre Lippen verdeckt. Immer wieder muss Franz Ferdinand schlucken. Seine Speicheldrüsen produzieren, als würden sie sich auf ein großes Mahl vorbereiten. Er zieht das Glas mit, um nicht ihre Lippen aus dem Zentrum seines Bildes zu verlieren. Eine Spiegelung auf der Metallhülse und ein kurzes Aufblitzen der tief stehenden Sonne lenken ihn ab und fast hätte er den Moment verpasst, in dem sich, noch kaum sichtbar, die Spitze des Lippenstifts über den Rand der goldenen Hülse schiebt. Rot und glänzend wie eine reife, saftige Kirsche. Augenblicklich hat er den Duft dieser sinnlichen Frucht in der Nase. Schweißperlen stehen ihm auf der Stirn, und er überhört sogar die Rufe eines einsam durch die Gasse ziehenden Messerschleifers.

Nun nimmt Marie Christine die Augenmaske vom Spiegeltisch, die er zuvor schon eingehend untersucht hat. Er darf kein Detail vergessen, die schwarze Spitze, den schwarzen Federbusch, der wie eine nach hinten über ihr Haar spritzende Fontäne in der Mitte ihrer Stirn entspringt. Zu feinen Linien verstricktes oder gewebtes Goldgarn bildet filigrane Ornamente sich vereinigender und wieder trennender goldener Linien, die die Konturen ihres Gesichts umspielen und begleiten. Er wird sie erkennen, an ihren Lippen, dem Federbusch und den Ornamenten, mit denen ihre Maske durchwirkt ist.

Je nach Laune und Temperament nennt Franz Ferdinand ihn Holzklotz, Kapitalist, Texaner oder Tölpel. Nicht einmal Italienisch und ein schauderhaftes Deutsch spricht dieser amerikanische Geschäftsmann, der Marie Christine jeden ihrer noch so exotischen Wünsche erfüllt, bevor sie ihn noch ausgesprochen, vielleicht sogar nur gedacht hat. Auch das Fest heute veranstaltet er nur für sie. Für Franz Ferdinand bedeutet es die Möglichkeit, ihr wieder einmal nah zu sein. Näher als getrennt durch eine Gasse. Ganz nah.

Der Holzklotz stößt nun die Tür auf. Franz Ferdinand kann nicht lesen, welchen Satz seine Lippen formen, doch legt Marie Christine die Maske zur Seite. Wahrscheinlich baut dieser amerikanische Tycoon die Schokoladenfabrik im Salzburger Süden nur, um Marie Christine zu zeigen, welch armselige Existenzen die Konditoren dieser Stadt sind, die alle zusammen pro Woche nur ein paar Hundert Mozartkugeln, und die noch von Hand, fertigen. Ernst kann es ihm mit diesem Geschäft nicht sein. Er hat Stahlwerke in Pittsburgh, Lokomotivfabriken in Philadelphia und sogar eine in Wien-Floridsdorf. Weshalb sollte sich ein Mann der Schwerindustrie mit Kinderkram wie Mozartkugeln und anderen Süßwaren abgeben?

Jeden Tag werden seine Maschinen, wenn sie erst einmal im Vollbetrieb laufen, zehntausend Mozartkugeln auswerfen. »Ihm geht es nur darum, uns zu demütigen«, hat Kruiß, der Konditor aus der Neustadt, beim letzten Innungstreffen behauptet. »Tja, Herr Kollege, da kann man nichts machen«, bemerkte Sturmayer dazu, der selbst erst in der zweiten Generation in Salzburg ansässig war und nicht von allen Kollegen geschätzt wurde. Sie werden nicht aussehen wie die in Franz Ferdinands und anderen Manufakturen handgefertigten Mozartkugeln und auch nicht annähernd so deliziös schmecken. Aber sie werden billiger sein, und wenn die Kunden die Wahl haben, dann entscheiden sie sich auf die Dauer immer für den günstigeren Preis. Franz Ferdinand ist sich mit dem Innungsmeister einig. »Wer hat sie denn erfunden, die Mozartkugel«, hat er bei ihrer letzten Zusammenkunft gefragt. »Einer von uns natürlich! Einer der ehrenwerten Salzburger Konditoren. Und nicht dieser dahergelaufene, neureiche Amerikaner!« Franz Ferdinand hat »Bravo!« dazu gerufen, immer wieder »Bravo!« Was für eine Schmach, wenn gerade dieser Kerl, der eine Sachernicht von einer Esterházytorte unterscheiden kann, ihnen die Kundschaft abluchst. Aber die Zuckerbäcker der Stadt Salzburg werden sich nicht in ein solch schändliches Schicksal fügen. Man muss diesem Emporkömmling verbieten, seine Pralinen *Mozartkugeln* zu nennen. Doch hinter vorgehaltener Hand hat Franz Ferdinand gehört, dass der Tycoon dabei ist, Manufakturen aufzukaufen mitsamt ihren Rezepturen.

Und dann kam vor einer Woche die Einladung zum Maskenball: »Mr. Carl Seligmacher und seine Gattin

Marie Christine geben sich die Ehre, Freunde und Bekannte sowie alle Chocolatiers der Salzburger Konditoreninnung mit ihren Gattinnen einzuladen. Der Ball wird unter dem Motto *Die gute alte Kaiserzeit* stehen.«

Franz Ferdinand öffnet den Kleiderschrank. Ganz weit hinten hängt sie, die Uniform eines Gardeoffiziers der *k. u. k. Armee.* Sie gehörte seinem Vater, und er weiß, dass sie ihm passt. Als er die Jacke vom Bügel nimmt und hineinschlüpft, merkt er, dass etwas Hartes gegen seine Hüfte drückt. Er tastet danach. Es ist eine alte Armeepistole, eine Steyr M1912. Franz Ferdinand kontrolliert den Patronenschacht und kann eine Neun-Millimeter-Patrone darin ausmachen, eine einzige Kugel. Er streicht zärtlich mit dem Finger über den Lauf, dann lässt er die Steyr langsam in die Jackentasche zurückgleiten und spürt sie wieder an seiner Hüfte.

Pünktlich um acht holt ihn der Fiaker ab und fährt ihn über die Staatsbrücke auf die andere Salzachseite. Beim Aussteigen schiebt sich Franz Ferdinand die schwarze Maske über die Augen. Im Foyer des Hotels Stein, wo sich bereits eine Traube von Menschen aufhält, hört er eine Frauenstimme die *Habanera* aus Bizets *Carmen* singen. Sie muss sich in einem der unteren Stockwerke im offenen Treppenhaus aufhalten. Er erkennt die Stimme genau und weiß, sie klänge noch schöner, wenn sie nur für ihn allein sänge.

Vielleicht passt genau diese Arie der treulosen Zigeunerin zu ihr, denkt er einen Augenblick, schon schlägt er sich schnell mit dem Handrücken ins Gesicht, um sich für diesen törichten Gedanken selbst zu bestrafen. Er nimmt die Treppe aus rotem Marmor nach oben. Es sind sechs Stockwerke bis hinauf zur Dachterrasse. Carmens Arie ist längst verklungen, sodass er sich jetzt nur noch auf seine Augen verlassen kann und seine Erinnerung an die mit Goldfäden durchwirkte Maske. Bei jedem Schritt schlägt die Offizierspistole gegen seine Hüfte. Eine einzige Patrone. Einmal peng und vorbei. Er stellt sich vor, wie es aussieht, wenn diese Kugel den Hals eines Menschen trifft. Auf der Treppe begegnen ihm maskierte Frauen in langen Abendkleidern und Männer in Uniform. Er weiß, dass Marie Christine nicht unter ihnen ist, und hastet weiter hinauf. Da entdeckt er sie, ganz oben, im Foyer zur Dachterrasse, er erkennt sie an ihren kirschroten Lippen und der Augenpartie, die mit einer golddurchwirkten Spitzenmaske bedeckt ist. Über den oberen Maskenrand ergießt sich wie eine Fontäne ein schwarzer Federbusch über ihr Haar.

»Psst, ich bin es, Franz Ferdinand.« Er berührt sanft ihr Handgelenk. Endlos und unendlich kommt ihm der Augenblick vor, den sie sich durch ihre Masken in die Augen sehen. Ihre Iris hat kleine braune Einschlüsse, wie Bernstein. Ihm ist, als bewege sich diese Iris in Wellen von innen nach außen, wie in regelmäßigen Mustern. Als schaue er in ein Kaleidoskop.

»Ferdinand«, flüstert Marie Christine, fasst seine Hand, und er folgt ihr in einen unbeleuchteten Gang, von dem mehrere Zimmer abgehen.

»Komm, ich zeige dir eine Überraschung für unsere Gäste.« Sie öffnet eine Tür in einen blauen Salon, in dessen Mitte eine Wanne steht. Schalen mit Früchten sind im ganzen Raum verteilt, auf kleinen Servierwagen,

Hockern und Tischen. Unter der Wanne züngeln blaue Flammen. Sie ist bis zur Hälfte mit dickflüssiger Schokolade angefüllt. Hier also wird die Ballgesellschaft sich später amüsieren, denkt Franz Ferdinand, doch bestimmt nicht so gut wie er sich jetzt mit Marie Christine amüsieren wird. Sie spießt Trauben und eine Erdbeere auf ein Holzstäbchen, setzt sich auf den Rand der Wanne und taucht das Obst in die süße, dunkle Masse. Dann zieht sie mit ihrer Zunge eine Spur über die glasierten Früchte und reicht ihm den Spieß, doch er hält sich nicht mit der Zunge auf, sondern beißt zu und genießt. Er wird ihre Lippen küssen, nicht irgendwann, jetzt.

Als sie die Pistole ertastet, erstarrt er, um sie dann heftiger zu küssen, als er spürt, dass sie ihn nicht empört von sich schiebt, sondern nur noch leidenschaftlicher küsst. Da weiß er, sie sind wieder vereint, vielleicht sogar Komplizen. Tränen des Glücks steigen ihm in die Augen. Er möchte sie riechen, spüren, fühlen, schmecken. So in Leidenschaft vereint sind sie, dass sie nicht hören, wie die Tür aufgestoßen wird und ein Schatten im Türrahmen erscheint. Ein riesiger Schatten eines großen dicken Mannes. Aber Franz Ferdinand bemerkt ihn nicht, spürt nur diese kirschroten Lippen. Leise schließt der Riese die Tür hinter sich.

Zu schnell kommt der Schlag gegen sein Kinn, der die Verbindung zu Marie Christines Lippen reißen lässt. Starke Hände packen ihn am Kragen, zerren ihn nach links und nach rechts. Franz Ferdinand versucht, mit den Händen Halt an der Wanne zu finden. Dann der Griff in die Tasche, ein Schuss, nur ein Schuss, mehr gibt es nicht, wie im russischen Roulette.

Ein Kreischen. Es ist Marie, die kreischt. Beim Betreten des Salons hat er bemerkt, wie dick wattiert die Tür hinter der Bespanung mit Seidenstoff ist. Wie laut muss sie schreien, damit die Maskierten draußen ihre Stimme hören? Wie zerreißend muss ihr Schrei sein, dass die Gäste nicht an ein delikates Abenteuer denken, sondern spüren, dass es in diesem Raum um Leben und Tod geht? Was muss geschehen, dass die Gesellschaft in den Raum stürzt und einen Mord verhindert?

Dass er nur einen Schuss hat, beunruhigt ihn. Franz Ferdinand stemmt sich gegen das Gewicht, das versucht, seinen Kopf ganz hinein in die Wanne zu drücken. Franz Ferdinands Sinne schwinden. Er ist sich nicht mehr sicher, ob er träumt oder wacht, ob er nicht auch diese Frau geträumt hat, mit der golddurchwirkten Maske und dem Federbusch. Doch dann lässt unvermittelt die Kraft des Angreifers nach. Franz Ferdinand liegt auf dem Boden. Jemand wischt mit einem Tuch über sein Gesicht, macht seine Nasenlöcher frei, öffnet ihm die Lippen, kratzt ihm die warme Schokolade mit den Fingern aus dem Mund. Als er sich die Maske vom Kopf reißt und die Augen einen Spalt öffnet, sieht er schwarze Tränen über zwei Wangen rinnen, die ihm kostbarer sind als alles andere auf der Welt. Erst dann erkennt er den Riesen über sich.

»Du«, sagt er mit seinem schrecklichen Akzent, »lass mich Du sagen, denn ich bin Amerikaner und duze sogar meinen Präsidenten. Du wirst mit deiner Manufaktur bald am Ende sein. Ihr alle werdet bald am Ende sein. Ihr habt keine Chance in der neuen Welt. Lass dir das von einem Businessman aus der neuen Welt gesagt sein, du kleiner Zuckerbäcker.« Er legt den Kopf schräg und starrt Franz Ferdinand in die Augen wie ein Huhn. »Ihr werdet untergehen, verstehst du? Wie die Weber, die Schäffler, die Besenbinder und so viele andere. Eure Arbeit wird von Maschinen gemacht werden. Es wird kein Platz mehr für euch sein!«

Er sagt es, als zeige er Mitgefühl. Aber er hat keines. Er will ihn, sie alle, zerquetschen wie eine Marzipankartoffel. Franz Ferdinand ist zu Tode erschöpft. Er möchte nur noch nach Hause gehen, die Uniform ausziehen, ein Bad nehmen, eine Tasse Kaffee trinken, stark und schwarz, und dann schlafen, nur noch schlafen. Marie Christine sitzt auf einem der Hocker am anderen Ende des Raumes. Am Zucken ihrer Schultern erkennt Franz Ferdinand, dass sie schluchzt.

»Was willst du für deine Manufaktur haben?«, fragt der Riese.

Franz Ferdinand antwortet nicht.

»Du kannst bei mir in der Firma einsteigen. Guten Leuten zahle ich auch gutes Gehalt. Also, wie viel?«

»Wie viel für was?«, fragt der Chocolatier.

»Deine Manufaktur, du Armleuchter! Wie viel willst du dafür haben, dass du bei mir in der Schokolade herumpanschen darfst? Wie viel?«

Franz Ferdinand räuspert sich. Die Schokolade hat mir sogar die Stimmbänder verklebt, denkt er. »Meine Manufaktur steht nicht zum Verkauf«, stößt er hervor und der Amerikaner bricht in dröhnendes Gelächter aus, dass der Chocolatier meint, die Trommelfelle müssten ihm platzen.

»Du wirst es sehen. Willst du es sehen?«, brüllt der Tycoon.

Franz Ferdinand weiß nicht, was er sehen wird oder soll. Da erhebt sich der Riese, bohrt seine Daumen in den zu engen Bund seiner weißen Fantasieuniform und reißt den Mund auf.

»Du wirst sehen, wie schnell deine Existenz ruiniert ist«, brüllt er und flüstert dann: »Denn du bist der gleiche Versager wie dein Vater, dieser Gardeoffizier!«

Was weiß er über meinen Vater?, fragt Franz Ferdinand sich, aber es ist immer dieselbe alte Geschichte, die in Salzburg die Spatzen von den Dächern pfeifen. Sie klebt an ihm wie zäher Nougat. Und jetzt ist sie sogar dem Kerl aus Pittsburgh zu seinen großen Ohren gekommen.

»War es nicht seine Aufgabe als Offizier, den Thronfolger zu beschützen, 1914, in diesem Kaff in Bosnien? Wie hieß es noch – Sarajewo? Als der serbische Bastard den Regenten und seine Gattin abgeknallt hat? Hätte dein Vater sie nicht schützen müssen? Was denkst du? Kannst du dich schützen und deine kleine Manufaktur mit deinen drei Fräuleins und den paar Mozartkugeln, die ihr ganz ohne Maschinen produziert und mit der Hand in Folie wickelt?«

Und in dem Augenblick weiß Franz Ferdinand – vom Vater nach dem verehrten Thronfolger, den er nicht beschützen konnte, benannt –, worauf diese eine Kugel im Lauf der Steyr M1912 all die Jahre seit dem Tod des Vaters gewartet hat. Der Schuss geht durch den Leib des Magnaten hindurch, wie er durch den Wagen des Regenten hindurchgegangen war, und bleibt in der

Türverkleidung stecken. Franz Ferdinand starrt zur Tür, aber auch dieses Geräusch hat das Zimmer geschluckt. Der Ball ist eröffnet. Musik dringt gedämpft an sein Ohr.

»Deine Maske«, flüstert Marie Christine. Franz Ferdinand bewundert wieder ihren außergewöhnlichen Amorbogen, diesen verführerischen Schwung ihrer Lippen. Er kann sich nicht sattsehen daran. Dann nimmt sie ihn an der Hand und zieht ihn hinter sich her zur Tür. Er folgt ihr hinaus und stürzt sich mit der Dame mit der goldenen Maske ins Getümmel. Irgendwo erklingt ein Walzer. Ganz fest hält er ihre Hand. Nie mehr wird er sie loslassen. Nie mehr.

Mozartkugeln

Zutaten für 12 Stück:
200 g fertiges Nussnougat (am besten vom Konditor)
120 g Puderzucker
(in Österreich heißt er Staubzucker), gesiebt
200 g Rohmarzipan (Marzipanrohmasse)
ca. 40 g Pistazien, je nach Geschmack gemahlen
(elektrische Kaffeemühle oder Mörser) oder fein
gehackt (Messer oder Wiegemesser)
2-3 Teelöffel Rosenwasser oder Kirschwasser
oder Amaretto, je nach Geschmack
150 g Schokoladen-Kuvertüre, Zartbitter oder Vollmilch

Zubereitung:

Zuerst die kalt gestellte Nougatmasse in kleine Würfel schneiden (ca. 1,5 x 1,5 cm), mit den Händen zu 12 Kugeln formen und wieder kalt stellen.

Die Marzipan–Rohmasse verrühren, bis sie geschmeidig ist, das Rosenwasser – oder, wenn's Alkohol sein darf, Kirschwasser, nach Geschmack auch Amaretto – dazugeben sowie die Pistazien. Den Puderzucker unter die Masse kneten. Nun die Marzipanmasse zu einer etwa 2 cm dicken Rolle formen, in 12 Stücke schneiden und Kugeln daraus formen. Auf einem mit Puderzucker bestäubten Backbrett oder der Tischplatte flach drücken.

Die Nougatkugeln auf die flach gedrückten Marzipanscheiben legen, das Marzipan über die Kugeln hochziehen, an den Rändern andrücken und wieder in den Händen zu Kugeln formen. Dann die Kugeln auf einen Schaschlikspieß stecken und in die Kuvertüre tauchen. Die Spieße in eine Tasse oder ein hohes Glas stellen und die Kuvertüre trocknen lassen. Dann die Spieße entfernen, den verbliebenen Hohlraum mit einem Rest Kuvertüre füllen und wieder trocknen lassen. Fertig sind die Mozartkugeln.

Tipp:
Im Original kommt zuerst eine hauchdünne Schicht Vollmilch-Kuvertüre um die Kugeln, nach dem Abkühlen eine zweite, etwas dickere Schicht Zartbitter-Kuvertüre.

Ochsenaugen

Martina Schmoock

Nun bin ich endlich wieder in dem Haus meiner Kindheit zu Hause. Hier fühle ich mich geborgen. Ich stehe an Omas altem, riesigem Emailleherd und backe Ochsenaugen. Das Gebäck meiner Kindheit. Die runden Gebäckteile schwimmen bereits goldbraun im sprudelnden Fett. Ich fische sie heraus und wälze die heißen Ochsenaugen auf einem Teller mit Zucker.

Oma buk zu besonderen Anlässen Ochsenaugen. »Ossenoogen«, wie wir sie auf Plattdeutsch nennen. Meine Oma war eine sehr kleine, sehr rundliche Frau mit üppigem Busen und fehlender Taille. Im Grunde genommen hat sie ausgesehen wie eine wohlgenährte Brieftaube außerhalb der Flugsaison. Ebenso, wie sie klein und rundlich war, war sie auch dominant, energisch und kräftig. In körperlicher Arbeit konnte sie es lässig mit einem Mann aufnehmen. Geistige Arbeit dagegen war für sie keine Arbeit. Als Kriegskind und Bauersfrau war reichhaltige Nahrung für sie ein Lebenselixier und ihre Möglichkeit, damit Liebe und Fürsorge zu zeigen. Ihr

Hackbraten zum Beispiel schwamm stets in viel fettiger Soße. Er schmeckte fantastisch.

Natürlich konnte Oma auch himmlisch gut backen. Legendär waren ihre Ochsenaugen und Baisers. Das Geheimnis ihres Backens, davon bin ich damals überzeugt gewesen, verbarg sich in ihrem Herd. Die Baisers wurden immer zart, knusprig und schneeweiß. Und die Ochsenaugen brachten mich fast um meinen Kinderverstand. Biss man durch die warme Kruste hinein, knirschte der Zucker zwischen den Zähnen, dann folgte die weiche und saftige Mitte – ein Genuss!

Omas Herd ist schon uralt gewesen, als ich noch ein kleines Mädchen war. Es war ein Emailleherd, der ein Viertel der großen Küche einnahm. Befeuert wurde er mit Holz. Die große Metalloberfläche war glatt – ohne die heute üblichen Herdplatten. Durch das kürbisgroße runde Loch in ihrer Mitte – verschlossen mit einem schweren Deckel – konnte man Holz nachlegen. Zudem besaß der Herd vorn eine Klappe, hinter der man backen und Speisen warmhalten konnte.

Die Herdtemperatur variierte je nach Holzmenge, Brenndauer und der Anzahl und genauen Platzierung der Töpfe, Pfannen und Bleche auf und im Herd. Oma hatte das jahrzehntelang perfektioniert. Genauso wie ihr Ochsenaugen-Rezept.

Den Rührkuchenteig für die Ochsenaugen formte sie zu exakt gleichgroßen Kugeln und buk ihn in heiß sprudelndem Fett goldbraun. In Zucker gewälzt, legte sie die Kugeln in die große Schüssel mit Blumenmuster und Goldrand. Außen knusprig, innen weich, saftig und süß – so habe ich sie immer geliebt.

Ochsenaugen – das klingt ja erst einmal nicht so appetitlich. Tatsächlich sehen sie auch den echten Kuhaugen ähnlich, die jeder im Biologieunterricht sezieren muss. Man darf beim Essen nur nicht dran denken. Erst recht nicht am Geburtstag oder zu Weihnachten – denn da gab Oma ihr Bestes!

Mir dagegen blieb nur das Zusehen und Genießen.

Ich bin nämlich keine Bäckerin. Sondern Chemikerin im Labor. Oma hat sich nie etwas unter meinem Beruf vorstellen können. Würde sie noch leben, würde sie meine seltenen und armseligen Backversuche höchstens belächeln.

Das wirkliche Problem aber habe ich bis vor Kurzem nicht in meiner mangelnden Backkunst gesehen. Sondern in dem fehlenden Emailleherd. Der, vor dem ich jetzt endlich wieder stehe.

Ich bin in den letzten Monaten wütend gewesen. Frustriert. Ratlos. Und daran waren nur *sie* schuld. Sie, das war das reiche ältere Ehepaar, das Omas uraltes Fachwerkhaus samt Herd gekauft hatte! Das meine Oma nicht einmal gekannt hatte! Vermutlich verwendeten sie den Herd nicht mal, hatte ich immer gedacht! Zumindest hatte ich nie Rauch aus dem Schornstein aufsteigen sehen. Schließlich wohnte ich fast nebenan in der Straße. Aber länger als ein paar Stunden waren »die Neuen« ja auch nie hier gewesen.

Wie habe ich schon als Kind Omas Haus geliebt! Die knarrenden Eichenstufen, den Apfelbaum vorm Küchenfenster, den staubigen, dämmrigen Dachboden, den Lehmboden in der Diele, über die man zum Badezimmer kam und der im Winter eiskalt an den Füßen war. Den Mosaikboden, auf dem ich jetzt stehe. Den Emailleherd. Ihre Ochsenaugen.

Meine Kindheitserinnerung kann ich sogar noch riechen, trocken, ein bisschen staubig und nach Obst, Gemüse und Erde duftend.

Ich nehme die fertigen Ochsenaugen aus dem Fett und lege neue, bleiche hinein. Hennes hat sie sich verdient!

Vor nur wenigen Monaten ist dieses Haus samt meiner Kindheit verkauft worden. Und an was für Leute! Doch ich hatte es nicht verhindern können. Meine Familie wollte es verkaufen – und ich selbst konnte die gewünschte Kaufsumme nicht sofort aufbringen und war ohnehin unsicher, ob es die richtige Entscheidung gewesen wäre, dort einzuziehen. Ich kann mich sowieso so unfassbar schlecht entscheiden.

Das Fett brodelt, es duftet süß und nach Zucker.

Seit einigen Wochen sind die Käufer verschwunden. Niemand im Dorf vermisste sie. Irgendwann soll die Polizei da gewesen sein, so wurde es zumindest erzählt. Ich habe niemanden gesehen, ich bin aber auch jeden Tag arbeiten. Dennoch dreht sich bis heute der Klatsch überall darum. Auf dem Friedhof, beim Bäcker, beim Frisör. Ina und Christian von Tierm – nicht mehr gesehen seit Oktober. Warum eine wasserstoffblonde Perlenkettenträgerin und ein Anzugträger mit spitz zulaufenden Lackschuhen sich überhaupt ein Bauernhaus gekauft und renoviert hatten, darüber munkeln auch heute noch die Leute im Dorf. Ich höre es mir schweigend an. Denke mir meinen Teil – und denke an meinen Mitwisser: Hennes.

Okay, das Renovieren hatten die von Tierms natürlich machen *lassen*. Sie wohnten damals noch an der Alster in Hamburg, und das Bauernhaus sollte wohl so eine Art schickes Wochenendhaus werden. In dieser Zeit tauchten die beiden ab und zu auf, Ina von Tierm stöckelte mit hohen Pumps über das Gelände, und Christian von Tierm stand Pfeife rauchend in der Gegend herum und tippte auf seinem Smartphone. Gegrüßt hatten die beiden nie, ein echter Affront gegen uns Dorfbewohner! Irgendwann hatte sogar die neugierige und distanzlose alte Margot die Kontakt- und Spionageversuche aufgegeben. Strich nicht mehr durch den Garten und lugte durch die Fenster. Hennes hatte sie mehrfach dabei beobachtet. Aber das ist jetzt Vergangenheit.

Ich nehme Omas Schüssel mit dem Blumenmuster und dem Goldrand aus dem Schrank. Wie wunderbar, dass die von Tierms sie nicht weggeworfen hatten!

Hennes ist schon immer ein verklemmter, pedantischer und etwas klein gewachsener Kerl gewesen. Ganz anders als ich. Ich bin selbstbewusst und lache gern. Und wie bei Oma ist auch bei mir vieles üppig. Blonde dicke Locken fallen mir bis ins Dekolletee. Meine vollen Lippen schminke ich gern dunkelrot, und meine Stimme ist kräftig und dunkel. Ich liebe bunte Turnschuhe und klimpernde Armreifen. Als eines der wenigen Dorfkinder habe ich Abitur gemacht, studiert und bin damit einigen Neidern ein Dorn im Auge. Nur Hennes war ich egal.

Über Jahre habe ich versuchte, ihn aus der Reserve zu locken, mit wenig Erfolg. Seit den Vorkommnissen in den letzten Wochen hatte sich das geändert.

Nachdem Omas Haus an die von Tierms verkauft worden war, sind sie mehrmals die Woche aufgetaucht, später nur noch alle zwei Wochen, schließlich gar nicht mehr. Nach und nach blieben auch die Handwerker aus. Diese hatten kurz vor dem Einstellen der Arbeiten Margot gegenüber – die mal wieder im Garten herumspionierte – erwähnt, dass schon länger keine Rechnungen mehr bezahlt worden waren und die von Tierms nirgends mehr erreichbar waren. Und ohne Geld keine Leistung.

Hennes war schon immer ein seltsamer Kauz gewesen, schon in der Schule eher ein verklemmter Außenseiter, aber nie unbeliebt. Natürlich begann er sein Studium über wirtschaftliche Dinge und endete damit im Finanzamt, langweiliger ging es wohl kaum. Und dann das Haus, das er gekauft hatte. Gut, er hatte alles selbst renoviert. Keiner hatte dem Herrn Beamten zugetraut, dass er das hinbekommt. Aber dann die Einrichtung! Alles schwarz, weiß und grau. Nirgendwo Staub und nirgendwo Pflanzen oder Bilder. Ehrlich, betrat man das Haus, begann man zu frieren. Es strahlte die gleiche emotionslose Kälte aus wie sein Besitzer. Eine Frau hätte sicher Wärme hineingezaubert. Nur welche Frau wollte das aushalten? Gerade, wo Hennes auch so unkörperlich war.

Ich glaube ja, ein Zimmer im Haus ist randgefüllt mit Putzmitteln. Ich weiß, die meisten Frauen beschweren sich, dass die Männer zu wenig putzen, aber da sitze ich doch viel lieber in einer Wohnung, wo etwas herumliegt und ich mich lebendig fühle und nicht wie ein die Einrichtung beschmutzender Fremdkörper.

Einmal erzählte er mir ganz aufgebracht, dass Frau von Tierm ab und zu Laub harken würde, er hätte das an einem freien Tag beobachtet. Und da diese Frau scheinbar auch kein Freund von Unrat war, hatte sie sich des Laubes ganz einfach entledigt, indem sie es Hennes in die Einfahrt aufs Grundstück kippte. Hennes war unfassbar wütend, sein Gesicht war beim Erzählen zornesrot, ich bekam fast Angst vor ihm. Gut, seinen eigenen Bioabfall einfach auf Nachbars Grundstück kippen ist sicher nicht die feine englische Art, aber wer hat das noch nicht gemacht? Für Hennes aber war es ein unsägliches Vergehen. Vermutlich, weil er dann nach Feierabend noch mehr aufzuräumen hatte und ihm dadurch Zeit für andere Putzaktivitäten fehlte.

Ich nehme die nächste Ladung goldbrauner Ochsenaugen aus dem Fett, lasse sie leicht abkühlen und wälze sie in Zucker. Hier, in genau dieser Küche, hatte eines Nachts, als die von Tierms noch Besitzer waren, schwaches Licht gebrannt. Ich hatte es zufällig von meinem Wohnzimmerfenster aus gesehen. Es war eine kalte, etwas diesige Nacht im Oktober. Ich ging hinaus. Der Himmel gab ein paar Sterne frei, ich erkannte den große Wagen und Orion. Der Mond war eine schmale Sichel, und irgendwo in den Tannen ließ ein Käuzchen seinen schauerlichen nächtlichen Ruf ertönen. Ansonsten war es ganz still draußen. Es roch schon ein wenig nach Winter.

Ich schlich in neongelben Turnschuhen auf die rückwärtige Seite von Omas ehemaligem Haus. Und wunderte mich: Der dicke Mercedes stand gar nicht auf dem Hof. Aber warum dann das Licht? Wie waren die von Tierms von Hamburg hierher gekommen? Ein Bus fährt um diese Uhrzeit nicht. Und was machte das Ehepaar ausgerechnet nachts hier – wo sie doch sonst nur tagsüber für wenige Stunden auftauchten?

Das lange Gras raschelte unter meinen Schritten, ich bog um die Ecke – und stieß mit jemandem zusammen. Adrenalin flutete meine Arme und Beine, ich wich keuchend zurück – und erkannte Hennes.

»Was machst du hier, verdammt?«, zischte ich.

Hennes zitterte: »Ich … Ich hab Licht gesehen, aber kein Auto steht auf dem Hof. Ich wollte nur nachsehen, ob … ob alles in Ordnung ist.«

»Ja sicher doch«, flüsterte ich wütend. Dann drehten wir uns beide zum Fenster um und spähten geduckt hinein.

In der Küche war jede Menge Qualm, und wir hatten Mühe, durch ihn hindurch den Herd auszumachen. Entsetzt wich ich vom Fenster zurück. Lugte erneut hinein und wartete, bis der Rauch den Blick freigab. Ich schluckte. Würgte. Aus der runden Öffnung zum Holz nachlegen ragte ein Männerbein mit Nadelstreifenhose und mit einer Burlingtonsocke heraus, der Fuß steckte in einem spitzen Lackschuh. Vor dem Herd stand Ina von Tierm und stocherte mit dem Metallhaken in der Öffnung herum, während sie in dem Qualm hustete und sich immer mehr krümmte. Ihr Gesicht war gelblich-wächsern, die Augen tränten stark und waren gerötet, und ihre sonst so perfekt sitzende Frisur war in einzelnen Büscheln verklebt. Offensichtlich versuchte sie gerade, ihren Mann einzuäschern. Warum zum Teufel tat sie das? Noch bevor ich weiterdenken konnte, hustete sie immer schlimmer. Schwankte zusehends.

Stumm vor Ekel sahen Hennes und ich zu, wie das Bein von Christian von Tierm langsam im Herd verschwand – und Ina von Tierm ohnmächtig zu Boden ging. Den Aufprall ihres Kopfs hörten wir dumpf durchs Fenster, und schon Sekunden später breitet sich eine dunkelrote Lache um ihren Kopf herum auf dem Mosaikboden aus. Hennes und ich stürmten durch die Hoftür in die Küche.

Mein Herz schlug bis zum Hals, und das Blut rauschte laut in meinen Ohren. Auf Hennes Schläfe pochte eine dunkelblaue Vene, als er das Fenster aufriss und wir nach Luft japsten. Der Gestank nach verkohltem Fleisch war widerlich und es war unfassbar heiß in der Küche. Ich stand Hennes gegenüber. Wir sahen uns an. Nickten in stillem Einvernehmen. Packten die dünne Ina von Tierm an den Schultern und Füßen – und ließen sie durch das Befeuerungsloch in den Ofen fallen. Ihr Kopf schlug am eisernen Rand vom Loch des Herdes erneut an. Dann polterte ihr Körper dumpf, als sie innen, bei ihrem wohl schon halb verkohlten Gatten, aufschlug. Neuer Qualm nebelte uns ein.

Wie unfähig diese Städter sind, dachte ich. Wie konnte man nur so stümperhaft einen Herd befeuern! Rasch öffnete ich die Lüftungsklappe und sorgte mit dem Schürhaken für ein paar ordentliche Flammen.

Da standen wir nun. Verschwitzt und nach rohem und verbranntem Fleisch stinkend. Außen knusprig, innen saftig – genau wie Ochsenaugen – schoss mir die makabre Assoziation durch den Kopf, als ich an die verkohlte Haut und die weichen Innereien der von Tierms im Herd vor mir dachte. Augenblicklich wurde mir schlecht, würgend lief ich vor die Tür und beugte mich über das feuchte Gras.

Als ich schließlich mit brennenden Augen aufsah, stand Hennes neben mir, Schweiß auf dem Gesicht, Rußspuren zogen sich über seine glutroten Wangen, und die Tropfen, die seine Stirn herabbrannten, hinterließen schmierige Spuren. Vermutlich sah ich nicht besser aus. »Los«, sagte ich nur und nickte zum Holzstapel neben uns, den Oma noch aufgeschichtet hatte, dicke, regelmäßige Scheite. Gut getrocknetes Feuerholz.

Stundenlang feuerten wir in der Küche nach. Im Morgengrauen war die gröbste Arbeit geschafft. Der Herd war geputzt und die Asche auf dem Gemüseacker hinter dem Haus verteilt. Sogar der Blutfleck war verschwunden. Hennes war wirklich pedantisch perfekt beim Putzen.

Hennes! Wie wohl heute sein Haus aussieht? Blitzeblank geputzt und puristisch wie eh und je, kalt und ungemütlich? Gleich werde ich es wissen. Lächelnd lege ich die fertigen Ochsenaugen in Omas Schüssel.

Bei Sonnenaufgang hatten wir uns vor einigen Wochen getrennt. Ehrlich gesagt rechnete ich nicht damit durchzukommen. Hennes sicher auch nicht.

Seither haben wir nur auf der Straße kurze, verstohlene Sätze ausgetauscht, wenn er in seinem Garten arbeitete. Alles schien gut. Über ein Jahr lang.

Vor einigen Wochen aber, an einem goldenen Herbsttag, bin ich dann richtig ins Schwitzen gekommen: Der Dorfpolizist Dietmar Peters hat von übergeordneter Stelle die Anweisung erhalten, dem Verschwinden der von Tierms nachzugehen – wobei das Paar eigentlich gar nicht hier im Dorf vermutet wurde. Dort hatten sich sowieso ein paar Polizisten vor Wochen schon umgesehen. Reine Routine. Außer einer picobello geputzten Küche, Tapetenrollen und Estrichkübeln hatten sie nichts gefunden. Dietmar Peters erzählte in der Dorfkneipe – natürlich unter dem Siegel der Verschwiegenheit –, dass Christian von Tierm nicht nur enorme Steuerschulden hatte, sondern auch eine stattliche Anzahl von Geliebten gegen sich aufgebracht. Obendrein – das hatte die Schwester von Ina bei der Befragung zugegeben – hatte Ina ein bestens gefülltes Auslandskonto Christians in der Schweiz ausfindig gemacht. Daher hatte sie befürchtet, dass ihr Mann sich mit einer seiner jungen Gespielinnen absetzen und sie mit den Schulden zurücklassen wollte.

Damit war immerhin meine Frage geklärt, warum Ina ihren Göttergatten im Herd entsorgte.

Ich lächle dankbar und nehme den Topf mit dem flüssigen Fett von der verspritzten Herdoberfläche. Dann decke ich die Schüssel mit den Ochsenaugen mit einem frischen Küchenhandtuch zu.

Dietmars Gespräche mit den Nachbarn waren zweifelsohne interessant gewesen. Natürlich wusste jeder etwas zu dem Paar beizutragen. Und überall, bis heute, bekam der pummlige Junggeselle Kaffee und Kuchen, manchmal sogar ein Mittagessen. Insbesondere Margot konnte eine Menge berichten.

Als Dietmar zur Befragung bei mir war, servierte ich ihm Baisers. Gebacken nach Omas Rezept. Er nahm zwei Stück, welche er auffallend lang kaute und mit viel Kaffee herunterspülte. Ich schluckte. Beobachtete seine mahlenden Kiefermuskeln. Meine Knie waren etwas zu weich. Doch nach fünfzehn Minuten war das Gespräch beendet. Was soll eine Studierte, die den ganzen Tag im Labor sitzt, auch schon zum Dorfleben beitragen, was sollte so eine schon wissen, wo sie nicht einmal vernünftige Baisers backen konnte?

Ebenso verhielt Dietmar sich bei Hennes. Bei dem seriösen Finanzbeamten war er schon nach zehn Minuten wieder gegangen. Das hat Hennes mir damals am Gartenzaun erzählt. Und mich gleich zu seinem Geburtstag für heute eingeladen.

Der Mercedes der von Tierms wurde nie gefunden. Schade im Grunde. Es war ein herrliches Auto gewesen.

Im Spätherbst habe ich endlich Omas Haus samt Herd zurückerwerben können. Die Renovierungsarbeiten der von Tierms haben einige gute Veränderungen gebracht. Zumindest frieren meine Füße nicht mehr am Dielenboden fest, wenn ich nachts auf die Toilette muss. Nur der Herd scheint einige Macken zu haben. Zumindest werden bei mir die Baisers nicht schneeweiß, und auch das Spritzgebäck wird immer recht hart und dunkel. Nur die Ochsenaugen, die sind perfekt!

Außen knusprig, goldbraun und zuckrig, innen weich, warm und saftig. Oma wäre stolz auf mich!

»Ossenoogen für dich!« Ich drücke Hennes die Schüssel in die Hand und begrüße die anderen Geburtstagsgäste. Die Stimmung ist ausgelassen. Ich bin überrascht, wie viele Freunde und Bekannte Hennes im Dorf hat. Gut, nicht unbedingt Menschen mit denen ich zwingend meine Freizeit verbringen wollte. Aber es ist immer sinnvoll, ein wachsames Auge auf alle zu haben, denke ich, während mein Blick über den hochglänzenden Fußboden und die Chrom- und Ledermöbel streift.

Ochsenaugen

Zutaten:
12 Esslöffel Mehl
6 Esslöffel Zucker
1 Becher saure Sahne
2 Eier
1 Päckchen Backpulver (ja, so viel ☺)

Zubereitung:
Alle Zutaten gut miteinander verrühren. In einem Topf Biskin schmelzen und sehr heiß werden lassen. Den Teig zu Kugeln formen (etwa kinderfaustgroß), mit einem Löffel in das heiße Fett geben und sprudelnd goldbraun backen. Bitte wenden, damit sie gleichmäßig braun werden, gar schwimmen die Ochsenaugen oben auf dem Fett. Mit einer Schöpfkelle herausfischen und auf einem Papiertuch kurz abtrocknen lassen. Anschließend auf einem Teller in Zucker wälzen.

Warm schmecken die Ochsenaugen am besten!
Guten Appetit!

A Fremde unterm Steffl

BEATE MAXIAN

Der Fiaker gehört zwar zum Stadtbild Wiens, wie die Gondeln zu Venedig. Doch während die ›Gondola‹ wirklich aus Venedig stammt, kommt der Fiaker ursprünglich aus Paris. Ein Lohnkutschenstandplatz in der Rue Saint-Fiacre gab ihm den Namen. Doch wenn den Wienern etwas gefällt, verleiben sie es sich ein. Das ist schon seit ewigen Zeiten so, und deshalb heißt es seit 1720 in Wien der Fiaker«, beendete Maria Dobicek, alias Fiaker-Mitzi ihre Kutschenfahrt am Michaelerplatz mit einem kurzen kulturgeschichtlichen Abriss. Danach reichte sie ihren Fahrgäste je einen *Wiener Fiakerkrapfen.*

Die Süßspeise war Mitzis Idee und Schöpfung, glich einem Faschingskrapfen, jedoch bestand die Mehlspeise aus Schokoladenteig, und statt einer Marillenmarmelade in der Mitte erwartete den Esser eine Nougatfüllung. Den Wiener Fiakerkrapfen gab es während oder nach einer Fahrt ausschließlich in der Kutsche der Fiaker-Mitzi. Wer wollte, bekam auch noch Kaffee dazu gereicht. Ein Service, der sich bei den Touristen herumsprach und Mitzi neue Kundschaft brachte. Jedoch auch Neid und Missgunst unter den Kollegen.

Die Urlauber verabschiedeten sich mit fröhlichen Gesichtern, und die Fiaker-Mitzi wischte sich mit einem Tuch über die schweißnasse Stirn. Die Augusthitze hielt seit Tagen an. Die Fiakerkutscher mussten laut Verordnung dennoch in langer Hose oder langem Rock, Hemd und Melone erscheinen. Maria wollte sich gerade ihren beiden Pferden widmen, als sie bohrende Blicke in ihrem Rücken zu spüren glaubte. Langsam wandte sie sich um – und sah in zwei falsch lächelnde Gesichter. Das eine gehörte dem Prater-Toni, ein echtes Wiener Herzerl, korpulent, großspurig im Auftreten, provozierend in der Sprache und mit einem Goldketterl um den Hals. Er betrieb neben seinem Fiakergeschäft mit sechs Kutschen noch ein Taxiunternehmen, ein Gasthaus und ein Bordell im Wiener Prater. Daher auch sein Name.

Sein Schatten und Adjutant, Franz Pospischil, stammte ursprünglich aus dem tschechischen Brno, zu Deutsch Brünn. Er war Journalist, besaß das Gemüt und Aussehen eines fiesen kleinen kläffenden Wadlbeißers. Für einen kostenlosen Besuch in Prater-Tonis Puff veröffentlichte er schon einmal einen erlogenen Artikel. Etwa über die unsachgemäße Haltung von Pferden in einem bestimmten Stall eines Fiakers oder Krankheitskeime in gewissen Bordellen. Je nachdem, welcher Zeitungsartikel seinem Freund Toni gerade von Nutzen war. Seit man ihm vor vier Jahren eine Chefredakteurin vor die Nase gesetzt hatte, tönte er außerdem ins gleiche frauenfeindliche Horn, in das der Prater-Toni schon immer getönt hatte.

»Hast du überhaupt a Konzession für den Verkauf von deine Krapferl?«, lachte der Prater-Toni jetzt höhnisch und zeigte auf Marias Brust, weil *Krapferl* im Wienerischen zugleich die Bezeichnung für einen zu klein geratenen weiblichen Busen war. Dabei strich er einem von Marias Pferden sanft über die Nüstern. Für Außenstehende musste es wirken, als unterhielten sich drei gut gelaunte Kollegen.

»Der Krapfen soll besser auf die Krapfen der Viecherl achten, damit die ned die Straßen verschmutzen«, lachte nun auch der Pospischil. »Sonst müsste ich glatt einen Artikel darüber schreiben und ein Foto von dir und deine Scheiß-Viecher in die Zeitung geben, als Negativbeispiel.«

Nun muss man wissen, dass man im Wienerischen nicht nur den kleinen Busen als Krapferl und die Mehlspeise als Krapfen bezeichnet, sondern dieses Wort durchaus auch für eine hässliche Frau und das Ausscheidungsprodukt von Tier und Mensch verwendet wird.

Derweil war die Maria Dobicek eine attraktive Fiakerin, mit langen dunklen Haaren und ebenso dunklen Augen und einer Oberweite, die sich durchaus sehen lassen konnte. Sie gefiel dem Toni, das hatte er ihr deutlich zu verstehen gegeben. Doch er gefiel ihr nicht, und das hatte sie ihm wiederum ziemlich deutlich zu verstehen geben. Zugegeben, ein großer Fehler. Zudem schnappte sie den Fiakern, die für den Prater-Toni fuhren, die zahlungskräftige russische Kundschaft weg, weil sie als gebürtige Serbin deren Sprache als Kind erlernt hatte. Kurzum: Sie waren seit geraumer Zeit bittere Feinde, und die Fiaker-Mitzi stand ganz oben auf Tonis Abschussliste.

»Der Wiener Fiakerkrapfen, eine original Wiener Spezialität«, las Franz Pospischil vom Schild an Maria Dobiceks Kutsche laut ab.

Der Prater-Toni schüttelte den Kopf. »Und dann auch noch der Stephansdom mit einem Fiaker davor als Aufkleber auf der Verpackung, wo du doch gar nicht mehr am Stephansplatz stehst. Du bist sozusagen a Fremde unterm Steffl und das gleich in zweierlei Hinsicht. Mitzi, Mitzi, so betrügst du doch nur deine Kundschaft. Wenn das mal gut geht.«

Der Fiaker-Mitzi pochte das Herz bis zum Hals. Sie kannte Tonis hinterhältige Drohungen zur Genüge. Doch ein zweites Mal ließ sie sich nicht vertreiben. So viel stand fest. Durch eine Intrige, die der Franz Pospischil mitgetragen hatte, musste sie damals ihren Stellplatz am Stephansdom verlassen und auf den Michaelerplatz ausweichen.

»Ich hab eine Konzession«, gab Maria Dobicek mit fester Stimme zurück.

»Du?« Die beiden sahen sie erstaunt an. »Du hast eine Konzession fürs Verkaufen von Mehlspeisen? Bist etwa unter die Konditoren gegangen?«

»Also der Hamid Özcen am Brunnenmarkt«, verbesserte sie sich. »Er ist konzessionierter Bäcker, er bäckt und verkauft die Wiener Fiakerkrapfen in seinem Laden und ich bin sozusagen seine Filiale.«

»So, so … ein Türk bäckt also die original Wiener Spezialität, die sich eine Serbin ausgedacht hat. Soweit sind wir schon«, knurrte der Prater-Toni.

»Wie halt auch das erst Wiener Kaffeehaus von einem Armenier gegründet wurde«, entgegnete sie besänftigend lächelnd.

Doch der Prater-Toni fand das offenbar wenig entwaffnend. »Die Schilder müssen runter!«, zischte er drohend. »Werbung am Fiaker ist verboten, das solltest du wissen. Und den Kaffeeausschank und die Kuchenausgabe schminkst dir schnell wieder ab. Das finden die Kollegen nämlich nicht so bezaubernd. Hast verstanden?« Der Prater-Toni hatte schon immer für seine Kollegen gesprochen, obwohl er keine offizielle Funktion im Fiakergewerbe innehatte. Und auch, wenn er nur mehr ab und zu selbst eine seiner Kutschen durch den Verkehr lenkte. Doch man zollte ihm Respekt, weil es einem einfach nicht gut bekam, sich gegen ihn zu stellen.

Er wandte sich an seinen Freund. »Das haben wir notwendig g'habt, dass wir seit Anfang der Achtzigerjahre die Frauen auf den Kutschbock lassen, was Pospischil? Noch dazu welche, die nicht einmal von hier sind«, spielte der Toni auf Marias serbische Herkunft an.

Der Journalist nickte zustimmend, und die Fiaker-Mitzi sah die beiden Männer hilflos an. Sie hatte dazugelernt. Die beiden zu provozieren, machte keinen Sinn.

»Ich hab die österreichische Staatsbürgerschaft«, konterte sie leise. »Sonst dürfte ich das Gewerbe gar nicht ausüben, und das weißt du.«

»Heut kriegt schon jeder die Staatsbürgerschaft, gell Franz?«, sagte der Prater-Toni herablassend, während er Maria Dobicek nicht aus den Augen ließ. Dann kam er einen Schritt näher, pflanzte sich dicht vor ihr auf, legte seinen Arm um ihre Schulter, wie es ein verliebter

Mann tun würde. Nur, dass der Prater-Toni ein wenig zu fest zudrückte. »Wennst magst, kannst dein Gewerbe auch gerne bei mir im Puff ausüben. Einreiten würd ich dich höchstpersönlich.« Er lachte schmutzig.

Sie riss sich los.

»Pass nur auf, du Trutscherl, dass dir und deine Viecherl nix passiert. Und die Wiener Fiakerkrapfen kannst dir in die Haare schmieren. Haben wir uns verstanden, Mitzi?« Er strich Marias Pferden noch einmal über die Nüstern. »Denk daran, wenn du die beiden heute Abend in den Stall führst.«

Die beiden Männer grinsten dreckig, drehten sich um und zogen ab.

Mit einer ordentlichen Wut im Bauch zog sich die Fiaker-Mitzi abends in ihre mit heißem Wasser und duftenden Ölen gefüllte Badewanne zurück. Mit einer Dose Bier in der Hand versuchte sie, den Tag zu vergessen. Den Pferden würde der Toni kein Haar krümmen. Soweit kannte sie ihn. Die Tiere waren ihm heilig, nicht nur die eigenen. Sein Angriff würde sich schon direkt gegen sie wenden. Sie seufzte und versuchte, sich zu entspannen. Doch in dem Augenblick läutete ihr Handy. Es lag auf einem Frotteetuch auf dem Truhensessel, der neben der Wanne stand. Sie trocknete sich die Finger ab und griff nach dem Telefon. Das Display zeigte *Hamid Özcen*.

»Was ist los?«, fragte sie alarmiert. Hörte zu. Und rief dann außer sich vor Zorn: »Verfluchtes Pack!« Während sie aus der Wanne stieg, versprach sie, sich gleich auf den Weg zu machen. Hektisch trocknete sie sich ab, kleidete sich an und fuhr mit dem Taxi, obwohl sie nicht weit vom Brunnenmarkt entfernt wohnte. Sie wollte jetzt nicht selbst Auto fahren. Vom Rücksitz des Wagens aus rief sie einige Zeitungsredaktionen an und berichtete in knappen Worten vom Anschlag auf die Bäckerei. Mit etwas Geschick konnten Hamid und sie aus dem Unglück Kapitel schlagen. Sie musste nur der Presse unterschwellig suggerieren, dass der Brandanschlag auf Prater-Tonis Konto ging und zugleich Werbung für die Fiakerkrapfen machen.

Als sie am Brunnenmarkt eintraf, zuckten die Blaulichter durch die Dunkelheit der milden Sommernacht. Feuerwehrautos und Polizeiwagen standen vor der Bäckerei. Wasserschläuche lagen auf dem Asphaltboden. Beißender Qualm stieg aus dem Gebäude auf. Die Polizisten hatten die gesamte Brunnengasse abgesperrt. Eine große Menge Schaulustiger versammelte sich hinter den Absperrbändern. Anrainer beobachteten das Geschehen von ihren Fenstern aus. Auch die ersten Journalisten waren bereits vor Ort. Maria gesellte sich zu ihnen. »Wahnsinn«, sagte sie und erzählte dann wie nebenbei den anwesenden Redakteuren, dass der Prater-Toni noch heute Morgen die Fiaker-Mitzi bedroht hatte, die die von Hamid Özcen gebackenen Wiener Fiakerkrapfen verkaufte. Dann hielt sie in der Menge vor dem Geschäft nach Hamid Ausschau.

»Sieh dir das an!«, jammerte Hamid, als Maria sich zu ihm gesellte. »Wer macht so etwas?« Maria erzählte ihm von der unangenehmen Begegnung mit dem Prater-Toni. Hamids Miene veränderte sich. Plötzlich sah er sie kampfeslustig an. »Nicht mit uns! Ich habe schon alles organisiert. Du bekommst morgen deine Krapfen rechtzeitig. Zum Glück gibt es Freunde, die auch backen können und uns helfen werden.«

Wenige Minuten später tauchte Franz Pospischil auf. Verdammt! Ausgerechnet den musste seine Redaktion schicken. Er stellte sich breitbeinig neben sie.

»Da kannst du einmal sehen, wozu dein Freund der Prater-Toni imstande ist.«

»Du glaubst doch nicht, dass der Toni sich zu so etwas hinreißen lässt«, zischte der Pospischil Maria ins Ohr. »Ich an deiner Stelle würde aufpassen … Du weißt doch, wie schnell man eine Verleumdungsklage am Hals hat.«

Ja, das wusste sie. Ihre Anzeige beim Veterinäramt hatte sie damals den Stellplatz am Stephansplatz gekostete. Tonis Pferde wurden während der Wartezeit nicht ausreichend gefüttert und mit Wasser versorgt, wie es das Gesetz vorsah. Doch die Ermittlungen verliefen im sprichwörtlichen Sand. Ging es doch um den Prater-Toni.

Franz Pospischil und die anderen Journalisten waren sich schnell einig. Bei dem Brand in der Bäckerei handelte es sich um einen hinterhältigen, ausländerfeindlichen Anschlag.

»Nicht mehr und nicht weniger«, ließ der Pospischil die Fiaker-Mitzi wissen und packte sie fest am Oberarm. »Und noch etwas. Deine beschissenen Krapfen werden weder meine Kollegen noch ich im Artikel erwähnen. Was glaubst du eigentlich, wer du bist?« Er stieß sie grob von sich. »Ich glaub, ich hab genug gesehen.« Er wandte sich um und stieg in einen Mercedes ein, der direkt hinter den Feuerwehrautos parkte. Maria kannte sich mit Autos nicht aus, doch dass der Wagen zur Luxusklasse gehörte, war sogar ihr bewusst.

»Wer war der Typ?«, fragte Hamid.

»Ein Arschloch.«

»Den kenne ich von irgendwo her.«

»Von denen gibt es leider viele, und sie schauen sich alle irgendwie ähnlich«, versuchte sie witzig zu sein. Es blieb bei dem Versuch, denn das Herz pochte ihr bis zum Hals. »Er ist Journalist.«

»Nein, den kenn ich von woanders her. Ich hatte noch nie mit Journalisten zu tun.«

Als Maria am nächsten Morgen mit ihrem Fiaker den Standplatz Michaelerplatz ansteuerte, hatte sie ein flaues Gefühl im Magen. Sie fürchtete sich vor einer weiteren unangenehmen Begegnung mit dem Prater-Toni. Der Pospischil hatte ihm garantiert von ihrer Unterhaltung erzählt. Doch der Toni ließ sich nicht blicken. Dafür kam Hamid auf sie zu. Der Bäcker hatte Wort gehalten und lieferte die Krapfen persönlich. Sichtlich mit besonderer Liebe gefertigt. Waren sie größer als sonst?

»Es wird schon wieder«, tröstete er Maria, als er ihre wohl sichtbar betrübte Miene sah. »In vier Wochen können wir meine Bäckerei wieder aufmachen. Da, hast schon gesehen?« Er übergab ihr die Morgenausgabe einer kleinformatigen Tageszeitung. Franz Pospischil hatte die Geschichte nur knapp erwähnt, und das ohne Foto.

Türkische Familienfehde am Wiener Brunnenmarkt lautete der Aufmacher.

»Übrigens ist mir eingefallen, wo ich den Franz Pospischil zuordnen muss. Er ist ein Verbrecher. Gehört zu
einer Bande von Menschenschmugglern. Masud, einer
meiner Backgehilfen ist Syrer. Er ist mit zwanzig anderen Landsleuten vor einem Jahr aus Aleppo geflohen.
Pro Person hatten die Schlepper sechstausend Dollar
für die Flucht nach Europa gefordert. Sie wurden in
einen Container gepfercht, im Hafen von Latakia auf
ein Schiff verladen und gingen in Frankreich an Land.
Ein türkischer Freund von Masud, der legal in Österreich lebt und Masud nach Wien gelotst hat, hat die
Sechstausend einem Mann in Prag übergeben, und
zwar in bar. Und dieser Mann war Franz Pospischil. *Er*
hat das Schleppergeld entgegengenommen. Masuds
Freund hat ihn auf einem Foto in der Zeitung wiedererkannt. Da war er mit einem Politiker abgebildet, den
er zuvor interviewt hat.«

»Bist du dir da ganz sicher?«

Hamid nickte.

»Das muss Masud doch der Polizei melden.«

»Geht nicht. Er ist illegal in Österreich und arbeitet
schwarz bei mir. Ich muss ihm doch helfen. Sein Freund
und Fluchthelfer ist mit meiner Familie verwandt.«

In den nächsten Tagen zeigte sich das Wetter besonders
schön. Das Geschäft lief blendend, die Stadt war voller
Touristen. Es ging alles seinen gewohnten Gang –
wenngleich Maria Dobicek die Geschichte nicht mehr
aus dem Kopf ging. Der Franz Pospischil sollte in der-

artig schmutzige Geschäfte wie Schlepperei verwickelt sein? Unvorstellbar. Den Kleinkram für den Prater-Toni zu erledigen, das passte zu ihm. Doch Kriminalität im großen Stil? Das traute sie diesem schmierigen Typen nicht zu. Dann fiel ihr der Mercedes ein, mit dem er vom Brunnenmarkt abgerauscht war. Konnte sich ein Lokalredakteur eine derart teure Karosse leisten? Seltsam fand sie auch, dass sie nichts vom Prater-Toni hörte. Er war wie vom Erdboden verschluckt. Im Prinzip prima, denn so hatte sie ihre Ruhe. Dennoch bedeutete dieser unnatürliche Friede selten etwas Gutes.

Als sie am nächsten Tag beim Standplatz Michaelerplatz eintraf, war unter den Fiakern die Hölle los. Einer winkte ihr mit einer Zeitung in der Hand.

»Hast schon gehört? Sie haben den Prater-Toni in Tschechien tot aufgefunden, mit einem Loch im Kopf«.

»Gib mir die Zeitung!« Schon griff sie danach und las fassungslos. Der Meldung nach war der Prater-Toni in einer Parkgarage in einem Vorort von Prag regelrecht hingerichtet worden. An einen Stuhl gebunden, aus nächster Nähe erschossen. Dies bereits vor Tagen, jedoch wurde die Sache aus ermittlungstechnischen Gründen bisher geheim gehalten. Die Prager Polizei konnte bereits wichtige Spuren verfolgen und auswerten. Von Menschenschmuggel im großen Stil wurde berichtet. Es ging um Millionenbeträge. Interpol war eingeschaltet, von drei Festnahmen wurde berichtet. Der Prater-Toni war kein Rädelsführer dieser mafiaähnlichen, zwischen Prag und Bukarest beheimateten

Organisation. Jedoch hatte er den großen Fehler begangen, sich vom kriminellen Kuchen Geld abzuzweigen.

»Hat wohl geglaubt, sich ein Körberlgeld machen zu können«, sagte ihr Kollege.

»Typisch. Der Toni hat halt immer geglaubt gescheiter zu sein, als alle anderen. Jetzt hat's ihn selber darennt«, war Marias ganzer Kommentar. Sie gab die Zeitung zurück, setzte sich auf die Rückbank ihrer Kutsche und überlegte einen möglichen Zusammenhang zwischen dem Tod des Prater-Tonis und Franz Pospischil. Als sie die Sache in ihrem Kopf geordnet hatte, rief sie die Polizei an. Rasch wurde sie an einen zuständigen Beamten der Kriminalpolizei verbunden. Diesem gab sie ihr Wissen über ein mögliches Doppelleben von Franz Pospischil weiter und erwähnte die innige Freundschaft mit dem ermordeten Prater-Toni.

»Glauben Sie mir, das alles ist kein Zufall, und einen sündteuren Mercedes fährt er obendrein, der Pospischil. Geht das als Lokalredakteur? Also ich kann mir das als Kleinunternehmerin nicht leisten«, fügte sie den Anschuldigungen hinzu. »Es ist ja nur ein Verdacht, aber wenn Sie wollen, kann ich mich unter meinen Kollegen umhören! Vielleicht erfahre ich so noch ein bisschen mehr.«

»Um Himmels willen, tun Sie das bitte ja nicht, das ist viel zu gefährlich.« Der Beamte bedankte sich für den Hinweis und notierte sich Marias Name, Telefonnummer und Adresse. Erleichtert darüber, ihr Wissen angebracht zu haben, genehmigte sie sich nun selbst einen Fiakerkrapfen.

Zwei Tage später las Maria von einer groß angelegten Hausdurchsuchung in den Redaktionsräumen jener Tageszeitung, für die Franz Pospischil arbeitete, sowie in der Wohnung des Journalisten. Maria war zufrieden.

Am nächsten Tag brachten die Morgennachrichten im Radio eine Wende in dem Fall. Maria konnte es nicht fassen. Sie rief augenblicklich Hamid an.

»Hast du es schon gehört? Der Pospischil hat sich erschossen! Er war tatsächlich in der Menschenschmuggelpartie dabei. Gerade haben sie es in den Nachrichten gebracht.«

»Hab ich dir doch gesagt. Hast mir nicht geglaubt, was?«

Maria erzählte Hamid von ihrem Anruf und Hinweis bei der Polizei. »Glaubst du, dass sie deswegen die Hausdurchsuchung gemacht haben?«

»Was hast du?«, brüllte Hamid. »Bis du verrückt. Damit bringst du uns alle in Gefahr. Was, wenn die Fremdenpolizei …«

»Keine Angst, Hamid! Ich hab keine Namen erwähnt oder sonst etwas erzählt, das die Polizei auf die Spur deines Freundes bringt. Ich wollt nur, dass sie den Pospischil auf ihr Radar bekommen und ihm ein bisschen zusetzen. Und das ist mir doch gelungen.« Sie machte eine kurze Pause. »Glaubst, er hat sich wirklich selbst erschossen? Oder hat man ihn dazu gezwungen, weil er aufgeflogen ist?«

»Das werden wir wohl nie erfahren.«

»Wahrscheinlich. Und übrigens. Wir müssen uns treffen. Mir ist gerade eine Idee zu einem neuen Krapfen gekommen. Könnte Mordskrapfen heißen. Mit etwas herbem Geschmack und mit tiefroter Preiselbeermarmelade.«

Fiakerkrapfen

Zutaten für 16 Krapfen:
1 Würfel frische Hefe (42 g)
150 ml lauwarme Milch
500 g glattes Mehl
100 g Zucker
½ Päckchen Vanillezucker
2 Esslöffel Kakaopulver
6 Eigelbe
2 Eier verquirlt
100 g zerlassene Butter
etwas Salz
2 Teelöffel geriebene Zitronenschale
250 g Nougat – in 16 gleich große Würfel geteilt
Backfrittierfett
Puderzucker zum Bestreuen

Zubereitung:
1. Die Hefe in der lauwarmen Milch in einer Schüssel auflösen. Etwas vom Mehl in die Schüssel geben und zu einem dickflüssigen Brei rühren. Die Mischung mit etwas Mehl bestreuen und abgedeckt bei Zimmertemperatur 30 Minuten gehen lassen.
2. Die Eigelbe mit etwas Salz, Zucker, Vanillezucker, Kakaopulver und Zitronenschale gut verrühren. Die warme Butter, die Milch-Hefe-Zuckermischung und das restliche

Mehl hinzufügen. Alles zu einem glatten Teig kneten. Wieder abdecken und im Zimmer rund 30 Minuten gehen lassen, bis der Teig sich verdoppelt hat.

3. Den Teig nochmals kräftig kneten, halbieren und jeweils auf einer bemehlten Fläche rechteckig ausrollen. Pro Teighälfte acht gleichmäßige Quadrate (rund 10 x 10 cm) mit dem Messerrücken eindrücken, nicht schneiden. In die Mitte jedes Quadrates einen Nougat-Würfel legen. Die Ränder der Quadrate mit verquirltem Ei bestreichen und danach ausschneiden. Die Teigquadrate nach oben zu Krapfen formen, den Teig oben vorsichtig und gleichmäßig verschließen, die Krapfen auf dick bemehltes Backpapier setzen und mit Mehl bestäuben. Alles mit Küchentüchern abgedeckt rund 30 Minuten gehen lassen.

4. Das Fett in einem Topf oder in einer Fritteuse auf 160 Grad erhitzen. Mehl von den Krapfen abklopfen, und die Krapfen mit der Oberseite nach unten ins Fett legen – dabei so einlegen, dass genügend Platz zwischen den Krapfen bleibt und diese nicht zusammenstoßen. Zwei Minuten zugedeckt frittieren, wenden, weitere zwei Minuten zugedeckt frittieren. Krapfen mit einem Schaumlöffel aus dem heißen Fett heben, auf Küchenpapier abtropfen und auskühlen lassen.

5. Die ausgekühlten Krapfen mit Puderzucker bestreuen. Gegebenenfalls zuvor Sterne, Herzen, Buchstaben oder Anderes in einen Karton schneiden und diesen als Schablone beim Bestreuen verwenden. So kann man schöne weiße Motive und Initialen dekorativ auf der Oberfläche der etwas dunklen Krapfen platzieren.

Hagelzucker

CHRISTINA STRIEWSKI

Es war Samstag. Samstags wurde gebacken. Marmorkuchen, Sandkuchen, Schokomuffins, Käsekuchen, Mandelmürbeteig mit Obst belegt; zu besonderen Gelegenheiten Erdbeersahne, Schwarzwälder Kirsch oder Frankfurter Kranz. Apfelstrudel, wenn die Boskop im Garten reif waren, in der Adventszeit Gewürzkuchen und Stollen. Marzipantorte war höchsten Anlässen vorbehalten: Taufe, Konfirmation, Hochzeit. Heute war ein gewöhnlicher Samstag. Dass sie das zerfledderte Büchlein mit den handgeschriebenen Rezepten hervorgekramt hatte, war Zufall. In jüngster Zeit ließ ihr Gedächtnis nach. Sie hatte einen Stift gesucht, um die Einkäufe zu notieren, als ihr der blassblaue Einband ins Auge gefallen war.

Gedankenverloren schob sie die Küchenschublade zu und begann die Seite zu lesen, die sie beim Blättern unwillkürlich aufgeschlagen hatte. *Kanelbullar* stand da, in der ordentlichen, ein wenig unbeholfenen Handschrift einer umerzogenen Linkshänderin. Seit die Kinder aus dem Haus waren, hatte sie keine Zimtschnecken mehr gebacken. Das Rezept, das sie vor bald fünfzig Jahren sorgfältig auf das karierte Papier geschrieben hatte, kannte sie dennoch auswendig: *Ingredienser: 150 g smör eller margarin, 5 dl mjölk, 1 pkt jäst, 1 dl strösocker … hackad mandel eller pärlsocker* … Sie lächelte.

Strösocker, pärlsocker. Sie hatte Schwedisch immer als eine fröhliche Sprache empfunden, mit seinen lustigen Vokalen und den kapriziösen Betonungen. Es klang so unbekümmert holperig und immer ein wenig eigensinnig, egal, was gesagt wurde. Tatsächlich hatte sie sich die Vokabeln oft vorgesungen und ganze Sätze hüpfend geübt. »Ich bin deutsch.« *Jag*: auf dem linken Bein hüpfen – *är*: noch mal auf dem linken Bein hüpfen – *tysk*: rechtes Bein. »Ich bin glücklich.« *Jag är lycklig*: rechts, rechts, links. *Lycklig, lycklig, lycklig*, auf einem Bein durch die Waschküche. Es war eine unbeschwerte Zeit gewesen, obwohl sie viel zu tun hatte. Morgens, wenn der Familienvater zum Stahlwerk gefahren war und die drei Kinder das Haus verlassen hatten, spülte sie das Geschirr, räumte auf, putzte und machte die Wäsche. Nachmittags half sie den Zwillingen bei ihren Deutsch-Hausaufgaben, spielte mit der Kleinen und ging Marianne im Garten und bei der Vorbereitung des Abendessens für die Familie zur Hand. Oft wurde sie auch in den Tante-Emma-Laden zum Einkaufen geschickt. In der ersten Zeit war sie immer gespannt gewesen, was ihr ausgehändigt würde, nachdem die stämmige, sommersprossige Verkäuferin den Einkaufszettel, der ihr mitgegeben worden war, mit einem strahlenden *Hej* in Empfang genommen hatte. Bald aber wuchs ihr Wortschatz, und binnen Monaten konnte sie alle Lebensmittel benennen und war nicht mehr auf Mariannes Hilfe angewiesen.

Marianne Björklund, geborene Samuelsson, sorgte mit ihrem überschäumenden Temperament höchstpersönlich dafür, dass ihr deutsches Dienstmädchen die Sprache lernte wie ein kleines Kind: Des Englischen oder Deutschen nicht mächtig, plapperte die Dame des Hauses den ganzen Tag auf Schwedisch mit ihr. Sie deutete auf Gegenstände, artikulierte Laute, wiederholte Worte, gestikulierte, schnitt Grimassen, gab ihr auch mal einen Klaps, wenn sie nicht kapierte, was gewünscht war. Spielerisch brachte ihr diese lebensfrohe, korpulente Frau auch alles andere bei – Kochen, Backen, Lachen. Und bei Gustav Adolf! Was hatten sie gelacht, als Marianne ihr zeigte, wie man *Kanelbullar* buk. Zimtschnecken kamen im Hause Björklund wie überall in Schweden fast jeden Nachmittag auf den Tisch. Es war eine Art Nationalgebäck, von allen Kindern geliebt und sogar in Kinderliedern besungen. Marianne hatte ihr gezeigt, wie man Hefe in eine große Backschüssel krümelt, Butter und Milch erwärmt, die Hefe darin auflöst und zusammen mit dem Rest der Milch, Salz, Zucker, Mehl und Kardamom vermischt. Dann, die Hände bis zu den Ellenbogen in der Backschüssel, hatte Marianne drauflosgeknetet und dazu in ihrem kräftigen Alt aus vollem Hals *Baka, baka liten kaka, Rulla, rulla liten bulla* angestimmt.

Greta sah die Szene vor sich. Der Lachanfall hatte sich in ihrem Bauch ausgedehnt wie ein Hefekloß in der Wärme, langsam und unbezwingbar. *Ringla, ringla liten kringla* gab ihr den Rest. Es war zum Kringeln, und wie! Selten zuvor hatte sie sich so gehen lassen, sie quoll schier über vor Lachen. Als sie sich halbwegs erholt hatte, versuchte sie, Marianne zu erklären, was so lustig daran war, dass die kleinen goldbraunen Hefehäufchen *kaka* genannt wurden, scheiterte jedoch mangels Luft und Vokabular, und so lachten sie schließlich einfach gemeinsam. Marianne verstand sie auch ohne Worte.

Ja, sie hatte eine unbeschwerte Zeit gehabt, dort oben, wo die Sommer hell und die Winter dunkel waren. Abgesehen davon natürlich, dass sie aufgrund der guten Ernährung gleich einige Kilo zugenommen hatte. Greta musste erneut lächeln. Ihr Verlobter hatte sie kaum wiedererkannt, als sie nach zwei Jahren zurück nach Hause gekommen war. Nach Hause.

Gretas Lächeln erstarb.

Unbeschwert war die Zeit in Schweden gewesen, schwer die Rückkehr nach München. Anfang der Fünfzigerjahre in Deutschland hatte man vor allem eins: *über*lebt. In Sandviken hatte sie gelebt. Befreit von den unsichtbaren Fesseln der Muttersprache, die ihr Leben an den Tod der vielen Verstummten banden, an eine Vergangenheit, in die sie ungefragt hineingeboren worden war. Befreit aus der protestantischen Enge und Kargheit der Nachkriegszeit. Frei. Sie lebte. Aber sie war nicht ganz ungebunden gewesen. *Sandviken*, auf Sand gebaut.

Greta schüttelte den Kopf und hob den Blick von ihrem Rezeptbüchlein. Vor dem Küchenfenster war ihr Mann wie jeden Samstag damit beschäftigt, den Passat zu polieren, doch sie nahm ihn nicht wahr. *Beim Backen soll man nicht von Männern reden,* hatte Marianne lachend ausgerufen, als sie die verkohlten Zimtschnecken aus dem Ofen holte. Schwarzer Zucker der Zukunft, Asche. Sie hatten nie wieder über Lars gesprochen.

Greta warf das Büchlein auf die Arbeitsplatte. Sie würde heute *Kanelbullar* backen. Mehl, Butter, Zimt und Eier waren im Haus. Hefe und Hagelzucker musste sie besorgen. Sie angelte sich den Einkaufskorb und verließ die Küche, ohne Einkaufszettel. Es gab Dinge, die vergaß man nicht.

Es war Sonntag. Sonntags ging man in die Kirche. Er band sich vor dem Spiegel im Flur die Krawatte, zog sich das Jackett über und klimperte ungeduldig mit den Autoschlüsseln. Die reine Gewohnheit. Sie hatten es nicht eilig. Seit die Kinder aus dem Haus waren, blieb morgens mehr als genug Zeit. Es mussten keine ignoranten Teenager fünfmal ans Aufstehen erinnert werden, es wurden keine Socken, Unterhosen oder Haarspangen gesucht, es gab keinen Streit darum, wer zuerst ins Badezimmer durfte, und es wurden keine lautstarken Dramen um zu kurze Röcke oder löchrige Jeans mehr ausgefochten. Früher hatte er die Zeitung gelesen, bis seine Frau die Kinder ausgehfertig hatte. Jetzt konnten sie beide in Ruhe frühstücken. Jetzt fiel die Stille auf. Das Schweigen war laut. Es schien ihm penetranter als sein Tinnitus, und so war er vom Tisch aufgestanden, sobald er seinen Kaffee fertig getrunken hatte. Aus der Küche drang das Klappern von Geschirr.

Er klopfte sich ein paar Schuppen vom Jackett. Er würde nie verstehen, weshalb sich seine Frau weigerte, eine Spülmaschine anzuschaffen. Überhaupt verweigerte sie jede Neuerung in der Küche. Sie goss den Kaffee per Hand in einem altmodischen Porzellanfilter auf, anstatt die Kaffeemaschine zu benutzen, die er für sie bei Real gekauft hatte. Die schicke Küchenmaschine – eine schwarz-rote Desire von Russell Hobbs mit schwenkbarem Rührarm, Motor-Überlastungsschutz, Spritzschutz und allem Pipapo – hatte er sogar zurückgeben müssen. Seine Frau hatte ihn regelrecht aus der Küche geworfen, als er ihr stolz seine Errungenschaft präsentieren und die Vorzüge des planetarischen Rührsystems erläutern wollte. Dabei buk sie doch jeden Samstag. Vielleicht hätte ihr die Foodfather besser gefallen? Er bezweifelte es. Sie war ein hoffnungsloser Fall. Er hätte ihr eine teure Moulinex Masterchef hinstellen können, und sie hätte ihm nur wieder einen ihrer Vorträge gehalten, dass die Küche ihr Reich sei, wo sie entscheide, was, wie und womit gekocht und gebacken würde. Sie habe schließlich die Arbeit und er von Kochen keine Ahnung, sie habe sich ja auch nie ins Geschäft eingemischt, da brauche er ihr jetzt keine Tipps geben, was sie in der Küche zu tun habe … Ha! Wenn es nach ihm gegangen wäre, hätte sie sich ihre ganze Backerei ohnehin sparen können. Ihm waren Weißwürste mit Brez'n und einem schönen kühlen Weißbier lieber. Oder Tee mit Rum, wenn es schon Kaffeetrinken sein musste. Den Kuchen, den *er* mochte, Frankfurter Kranz, machte sie ihm ja nie. Sie hatte doch immer nur für die Kinder und den elenden Kirchenkaf-

fee gebacken, der einmal im Monat nach dem Gottesdienst stattfand. Heute war es wieder so weit. Ihm
graute davor. *Danket Gott für die Gemeinschaft* lautete
das Motto. Besten Dank, ich bin schon bedient.

Ihm war der Gottesdienst Gottesdienst genug. Solang
der Pastor auf der Kanzel quatschte, musste man sich
wenigstens nicht unterhalten wie beim »lockeren Bei-
sammensein«. Er hatte nichts zu sagen. Dafür redete
seine Frau umso mehr. Und seit sie vergesslich wurde,
wiederholte sie bei solchen Anlässen auch noch pau-
senlos dieselben alten Anekdoten. Es war fürchterlich
peinlich.

»Greta!« Wo blieb sie denn wieder?

In der Küche schepperte es. »Ich packe nur noch den
Kuchen ein«.

»Nun beeil dich doch, wir kommen noch zu spät!«,
rief er gereizt zurück. Erneut überprüfte er vor dem
Spiegel den Sitz seiner Krawatte, rückte sie etwas gerade, zog den Knoten einen Tick fester. Er sehnte sich
nach dem Alltag im Büro. Solange er noch nicht in
Rente gewesen war, hatten ihm die Verhandlungen mit
den Kunden, die Diskussionen mit dem Geschäftspart-
ner und der ewige Ärger mit Angestellten und Liefe-
ranten oft den letzten Nerv geraubt. Die Pensionierung
war wie ein Licht am Ende des Tunnels erschienen.
Aber jetzt schlief er auch nicht besser, im Gegenteil. Die
Ängste, die ihm den Schlaf raubten, waren nur weniger
konkret. Im Grunde konnte er gar nicht sagen, was ihn
eigentlich wach hielt. Aber jeden Abend lag er stundenlang neben seiner schlafenden Frau auf dem Rücken
und starrte die dunkle Decke an. Wenn er dann mor-

gens nach unruhigem, kurzem Schlummer erwachte, fühlte er sich wie gerädert. Müde, wie er war, wurden ihm die Tage noch länger. Er betrachtete das Gesicht über dem steifen Hemdkragen. Sein Konterfei blickte ihm fahl entgegen. Fahl und fremd.

»Hier, kannst du das bitte halten?«

Er zuckte zusammen, drehte sich um. Greta drückte ihm eine große Tupperdose mit Deckel in die Hand und zog sich den Mantel über. »Können wir?« Sie nahm ihm die Dose ab und verließ die Wohnung, ohne seine Reaktion abzuwarten. Es gab Fragen, die bedurften keiner Antwort.

Das Weltgericht hatte ihm heute gerade noch gefehlt. Daran, dass in den letzten Jahren immer häufiger Frauen auf der Kanzel standen, hatte er sich mittlerweile gewöhnt. Wenn ihn jemand nach seiner Meinung dazu fragte, witzelte er gern, er kenne das ja schon von seiner eigenen Frau, die hielte ihm auch immer Predigten. Nein, er war kein Konservativer, was das anbelangte. Aber diese junge Laienpredigerin ging ihm auf den Wecker. Sie stand offenbar zum ersten Mal vor der Gemeinde – gesehen hatte er sie schon, aber er kannte ihren Namen nicht. Ihrem Dialekt nach war sie aus dem Schwäbischen. Eine appetitliche Figur hatte sie ja – er mochte es, wenn es ordentlich was zum Anfassen gab. Aber eine Ausstrahlung wie von zu lang gekochten Spätzle. Und diese Stimme! Er hätte gerne weggehört und noch etwas gedöst, wie es in der Kirche seine Gewohnheit war, aber es gelang ihm nicht. In der Frequenz einer hysterischen Kaffeemühle rezitierte das

Spätzle von der Kanzel herab etwas vom »Reich, das euch bereitet ist von Anbeginn der Welt«. Es ging also noch immer ums Weltgericht. Und ums Essen: »Denn ich bin hungrig gewesen«, kreischte die Kaffeemühle, »und ihr habt mich gespeist. Ich bin durstig gewesen, und ihr habt mich getränkt ...«

Typisch Frau, sich so eine Stelle für die Predigt auszusuchen. Interessant war es aber schon, dass in der Bibel die Guten zur Rechten Gottes Platz nahmen. Die Linken waren immer die Sünder, das amüsierte ihn. Da waren sich der Stoiber und Jesus also einig, die PDS und die WASG, wie dieses Gschwerl hieß, hatten überhaupt keine Chance – in der Bibel nicht und in Bayern schon gleich zweimal nicht. Er musste sich den Vers merken, Matthäus 25, xy: »Geht weg von mir, ihr Verfluchten, in das ewige Feuer, das bereitet ist dem Teufel und seinen Engeln!« Das würde er zitieren, wenn die Kinder wieder mit ihrem linksradikalen Schmarren ankämen. Schon gewusst? Die Linken sind link, rechts ist das Recht daheim. Sagt schon die Bibel. Alles eine Frage der Etymologie oder wie das hieß. Da würde seine Tochter mit ihrem Literaturstudium aber schauen. Die hielt ihn ja für einen Trottel. Hatte der Teufel nicht auch immer links seinen Pferdefuß? Oder hatte er zwei Pferdefüße? Egal. Wahrscheinlich war er Linkshänder.

Er wurde aus seinen Gedanken gerissen, als seine Frau sich neben ihm erhob, und mit ihr die ganze Gemeinde. Das *Vater Unser*, also nahm auch dieser Gottesdienst langsam ein Ende. Er stand ebenfalls auf und faltete die Hände ... *unser täglich Brot gib uns heute ...*

Kaffee und Kuchen sah er nun doch mit einem gewissen Wohlwollen entgegen ... *wie auch wir vergeben unseren Schuldigern* ... Wenn nur der Small Talk nicht wäre, dafür hatte er nicht den Nerv ... *und die Kraft, und die Herrlichkeit, in Ewigkeit, Amen.* Amen!

Aus dem Nebenraum zog der kleinen Schar, die sich langsam in Richtung Ausgang schob, der Duft von Kaffee entgegen. An Klapptischen war im Mehrzwecksaal, der an den Gottesdienstraum anschloss, ein kleines Büffet aufgebaut. Frauen aus der Gemeinde – die meisten aus dem Seniorenkreis – verteilten Kuchen und schenkten Tassen voll. Der Geräuschpegel stieg. Füße schuffelten, Löffel klapperten. Das gedämpfte nachgottesdienstliche Flüstern schwoll rasch zum lautstarken Stimmengewirr an. So stellte er sich Babylon vor.

Er erspähte seine Frau hinter dem Büffet. Mit einem prophylaktischen Lächeln gewappnet zwängte er sich, hier- und dorthin nickend, zwischen Scheiteln, Schultern und Extremitäten durch. Mit Greta würde er wenigstens nicht groß sprechen müssen. Er nahm sich einen Teller vom Büffet und steuerte sie an. »Was hast du denn wieder Feines gebacken?«, fragte er und hielt ihr den Teller hin.

Sie reagierte nicht. Erkannte sie ihn nicht?

»Greta?! Dürfte ich ein Stück von deinem Kuchen bekommen?« Greta sah lächelnd an ihm vorbei und nahm den Teller des jungen blonden Mannes zu seiner Rechten entgegen. Mit der Linken platzierte sie ein Stück Gebäck darauf. Wie ein vom Blitz geblendeter Hammel starrte er auf den hellbraunen Kringel. Sie hatte Zimtschnecken gebacken. Und es waren Zimt-

schnecken! Nicht, wie früher – wie oft hatte er sie damit aufgezogen – Zimt*knoten*. In einer perfekten Spirale wand sich die golden schimmernde Teigrolle auf ihren Mittelpunkt zu, der von strahlend weißem Hagelzucker gekrönt war. Ihn schwindelte. Hagelzucker. Für die Kinder hatte es immer nur Zimtknoten mit gehackten Nüssen gegeben. »Zu viel Zucker ist ungesund«, hörte er sie sagen. Dabei hatte Greta prächtig ausgesehen bei ihrer Heimkehr. Rundlich, sonnengebräunt, zuckersüß. Aber sie war nie wirklich zurückgekehrt aus Sandviken. Die Kinder, für die sie buk und sang, hatten eine Weile darüber hinwegtäuschen können, aber er hatte es vom ersten Augenblick an gewusst. Und sich davon abgewendet, wie der Ungläubige, der dem drohenden Unwetter bockig den Rücken kehrt.

Er stellte seinen leeren Teller behutsam auf die verkrümelte Tischdecke und wandte sich zum Gehen. Vor der Kirche drückten sich kichernd ein paar Kinder an die Hauswand. Er glaubte, sie wispern zu hören. Es klang für einen Moment wie der schwedische Auszählreim, den Greta den Kindern beigebracht hatte. Aber dann war er schon zu weit weg. Von den Kindern, der Kirche, seiner Frau. Von allem. *Koffe lane, binke bane, Ole dole doff!*

»Frau Huber, geht es Ihnen nicht gut? Wo ist denn Ihr Ehemann?«

Greta sah die untersetzte Dame mit dem schwäbischen Akzent an, die offenbar etwas von ihr wollte. War sie gemeint mit der Frage? Es ging ihr bestens, danke. Aber von welchem Mann sprach die Dame? Sie hatte keinen Ehemann. »Ach, Sie meinen Lars? Ja, ich weiß auch nicht, wo er wieder hin ist. Er wird sicher gleich zurück sein. Aber wissen Sie, wir sind noch gar nicht verheiratet.« Sie kicherte und zwinkerte der Dame verschwörerisch zu: »Verraten sie uns nicht!«

Es war an einem Dienstag, drei Wochen später, als man Helmut Huber fand. Seine Leiche hatte sich im Isarwehr in Oberföhring verfangen. Er musste noch Sonntagnacht von der Großhesseloher Brücke gesprungen sein. Ein Zeuge hatte am frühen Sonntagabend in der Nähe des Städtischen Klinikums München einen desolat wirkenden älteren Mann in Anzug und Krawatte bemerkt, der die Geiselgasteigstraße zu Fuß stadtauswärts gelaufen war. Wie die Leiche ungesehen bis zum Stauwehr am anderen Ende Münchens hatte treiben können, blieb ein Rätsel.

Greta Huber nahm die Nachricht, die ihr die Schwestern der gerontopsychiatrischen Abteilung des Klinikums Rechts der Isar behutsam beibrachten, ohne ein Zeichen des Verstehens entgegen und ohne sich davon auch nur für einen Moment in ihrer gehobenen Stimmung beeinträchtigen zu lassen. »Helmut?«, fragte sie. »Ich glaube nicht, dass ein Helmut eingeladen ist.« Dann widmete sie sich wieder ihren Notizzetteln, die bekrakelt waren mit langen Listen unleserlicher, vielleicht fremdsprachiger, vielleicht sinnloser Worte. »Es wird Marzipantorte geben!«, rief sie den Schwestern strahlend hinterher. »Sie kommen doch zu meiner Hochzeit?« Die Schwestern schlossen leise die Tür von außen. Es gab Antworten, die erübrigten sich.

Zimtschnecken
(Kanelbullar)

Zutaten für den Teig:
150 g Margarine oder Butter
500 ml Milch
50 g (1 Päckchen) Hefe
150 g Zucker
½ Teelöffel Salz
1 Teelöffel gemahlener Kardamom
800 g Mehl

Zutaten für Füllung und Finish:
150 g lauwarme Margarine oder Butter
100 g Zucker
2 Esslöffel Zimt
1-2 Ei(er)
gehackte Haselnüsse und/oder Hagelzucker

Zubereitung:
Margarine oder Butter in einem Topf schmelzen, Milch
dazu geben und auf ca. 37 Grad erwärmen. Ein wenig von
der lauwarmen Mischung in eine Backschüssel geben und
die Hefe darin auflösen; die Restflüssigkeit hinzufügen und
Salz, Zucker, Kardamom und etwa zwei Drittel des Mehls
untermischen. Teig so lange kneten, bis er glatt und
geschmeidig ist und sich von der Schüsselkante löst (ggf.

*noch etwas Mehl hinzufügen). Etwas Mehl darüber streu-
en, damit der Teig nicht austrocknet, mit einem Tuch
abdecken und an einem zugfreien Ort ca. 30-40 Minuten
zur doppelten Größe aufgehen lassen. Auf einer Arbeits-
fläche das restliche Mehl einarbeiten. Teig in drei Teile
teilen und jeweils zu einem dünnen Rechteck ausrollen.
Zimt und Zucker für die Füllung mischen, Margarine oder
Butter erwärmen, Rechtecke damit bestreichen und dann
dick mit der Zimt-Zucker-Mischung bestreuen. Rechtecke
von der langen Seite her aufrollen und in gut daumendicke
Scheiben schneiden. Scheiben mit der Schnittseite nach
unten auf ein gefettetes Backblech legen und nochmals ca.
30 Minuten gehen lassen; währenddessen den Ofen auf
220 °C Ober-/Unterhitze vorheizen. Vor dem Backen
Schnecken mit verquirltem Ei bestreichen und mit Hasel-
nüssen und/oder Hagelzucker bestreuen.
Im Ofen ca. 8-10 Minuten backen, bis die Kanelbullar
goldbraun sind.*

*Haftungsausschluss:
Zu Risiken und Nebenwirkungen fragen Sie Ihren Arzt
oder Psychotherapeuten!*

Welcome to the Heartattack Hotel

Mein erster Eindruck von Wally war: *Diese Frau bedeutet Ärger.* Obwohl sie aus Deutschland kam, wie die meisten meiner Gäste. Und wie diese hatte sie bei der Buchung überzeugend geklungen – traurig, gehetzt, bedürftig. Sonst hätte ich sie gar nicht hergebeten.

Ich dachte also, Wally sei eine Cupcake-Frau: eine, die daheim nichts zu lachen hat. Dann aber stand sie vor mir, den Kopf stolz erhoben, die Augen klar und fröhlich, und ich wusste, sie hatte gelogen.

Unterschätze niemals das Bauchgefühl einer alten Irin.

Was aber tun? Sie wegschicken, in den plätschernden Regen? Und das mitten im August? Alle anderen Gästehäuser in Kilkenny waren ausgebucht, die ganze Insel hat außerdem einen Titel zu verteidigen: beste Gastgeber der Welt. Und überhaupt: Wer sagte, dass sich hinter Wallys Hausfrauenfassade keine Kommissarin oder Detektivin verbarg? Sie wegzuschicken wäre äußerst verdächtig gewesen.

Legen wir sie also zu den Scones-Damen, sagte ich mir. *Da kann sie wenig anrichten.* Ich zeigte ihr den gelben Raum im ersten Stock, in dem sie die nächste Woche wohnen würde, und lud sie ein zu Gebäck und Tee um fünf Uhr.

Es ist nämlich so: Die Scones-Damen, die ich beherberge, leiden durchaus. Sie kommen, um zu jammern oder zu zetern. Aber hinterher fliegen sie heim und machen weiter wie bisher. Nicht so die Cupcakes-Frauen. Diese morden.

Auf die Idee mit dem Gästehaus für unglücklich liierte Frauen war ich durch Kreszenz aus dem Allgäu gekommen, kurz nach meinem 53. Geburtstag. Durch Zufall landete sie in meinem Gästezimmer; eine Nachbarin, die ein Hotel besaß und überbucht war, hatte Kreszenz bei mir einquartiert. Ich, damals in einer Dreizimmerwohnung und noch nicht daran gewöhnt, dass meine Kinder aufs Festland gezogen waren, nahm das Extrageld gern und zeigte Zenzi nach dem Frühstück den Schlosspark Kilkennys. Da standen wir, umgeben von nahezu erdrückendem Grün, am Brunnen mit den Seerosen. Plötzlich holte Zenzi einen Flachmann aus dem Rucksack, nahm einen großen Schluck Whiskey und erzählte mir vom Monet-Druck mit den Seerosen in ihrem Schlafzimmer. Vor allem aber von dem, was unter diesem Bild passiert war: Fesseln, Beschimpfungen, Schläge, Vergewaltigungen, Schwangerschaften. »Ich war erst siebzehn, als ich nach dem ersten Sex schwanger wurde«, stammelte sie.

Ich staunte. So viele Parallelen! »Aber … ihr Deutschen dürft euch doch schon ewig scheiden lassen?«, wandte ich ein. »Und abtreiben! Warum hast du nicht …«

Zenzi schnaubte: »In der Theorie, da geht vieles! In der Praxis hatte ich Angst. Noch keine Ausbildung, kein eigenes Geld, keine Freunde oder Eltern, die hätten helfen können. Hab mich erst an die Kinder geklammert und die haben mich auf Trab gehalten. Später dann kam das neue Scheidungsrecht. Wenn du gehst und deine Kinder sind groß, musst du jede Stelle annehmen. Der Mann schuldet dir nichts. Ich hab mich nie getraut wegzugehen.«

Noch ein Schluck Whiskey. Leerer Blick, hängende Schultern.

»Und jetzt?«, fragte ich Zenzi. »Gehst du trotzdem zurück zu ihm?«

»Muss ich nicht!« Ihre Augen blitzten. »Er ist tot. Herzinfarkt. Manchmal hat auch eine dumme, feige Nuss wie ich Glück.« Dann weinte sie.

Ich war so froh, in der Jugend Deutsch gelernt zu haben, sodass ich ihr Trost schenken konnte. Dann kam mir eine Idee. *Frauen wie Zenzi – und ich. Man sollte uns befreien, bevor wir kaputt gehen. Rache! Ein Mensch stirbt so leicht: die falschen Pilze, kaputte Bremsen, Erschrecken, das zum Herzanfall führt.*

Da sah ich es das erste Mal vor meinem inneren Auge, mein Heartattack Hotel.

Ich feilte erst mal noch weiter an meinem Deutsch. Dann sicherte ich mir das Haus. Offiziell heißt meine Unterkunft *Caitriona's Guesthouse*, doch zumindest unter den Cupcakes-Frauen ist der Beiname *Heartattack Hotel* wohlbekannt.

Von Anfang an wussten alle: *Women only.* Kerle haben bei mir nichts verloren. Ein Weilchen haben lesbische Paare das missverstanden und wollten ihren Honeymoon buchen. Da habe ich meine Werbestrategie geändert – jede erfährt nun: *Women in an unhappy partnership, only.*

»Ich bin ja immer in diesen Trennungsforen im Internet«, hörte ich am Nachmittag Wally sagen. »Da hab ich von *Caitriona* gelesen und dachte, das ist was für mich. Und Irland, da wollte mein Mann eh nicht mit. Da regnet's doch nur, fahr du ruhig allein, hat er gesagt.«

Wally hatte die gemütlichste Sitzgelegenheit im Raum ergattert, den Schaukelstuhl. In der Hand hielt sie ihren Tee mit Milch und knabberte an einem Scone. Die Gebäcksorten, die den Gruppen meiner Gäste ihre Namen geben, backe ich selbstverständlich selbst. In die Füllung und das Topping aller Cupcakes schütte ich ordentlich Alkohol, der das Gewissen betäubt und die bösen Gedanken freier fließen lässt. Die Scones hingegen sind einfach nur tröstend süß.

Wallys Zuhörerinnen, die anderen vier Scones-Damen, saßen am Holztisch und nickten verständnisvoll bei allem, was der Neuzugang erzählte. »Auftanken tut gut«, ergänzte Wally, »und weil hier nur Frauen sind, ist mein Mann nicht mal eifersüchtig.«

Als ich das hörte, wurde mir kalt. *Wie sie das Wort »eifersüchtig« betont ... Das kenne ich! Dieses akzentuierte »ei« am Anfang ... und dieser Singsang ihrer Sprache! Wie Alix ... und Kim.* Spätestens jetzt war ich mir hundert Prozent sicher: Wally bedeutete definitiv Ärger!

Bei mir gewohnt hatte nur Alix, die Ältere der beiden. Im Februar, in der absoluten Nebensaison. Auch bei ihr hatte ich Schwierigkeiten gewittert und mich nicht getäuscht.

Alix war drahtig, mit roten Haaren bis zum Po und seit zwanzig Jahren mit Kim liiert. »Ich liebe meine Frau, aber sie macht mich fertig«, heulte sie mir und den anderen vor, morgens um elf, bei Cupcakes und Likör. Wie immer, wenn die Cupcakes-Frauen Tacheles reden, waren die Scones-Damen außer Haus – auf einer Kirchenführung, beim Shopping oder in einer unserer Galerien.

Alix ließ uns wissen, dass sie der Ärztin Kim alles geopfert habe. Dass sie zur unbezahlten Sprechstundenhilfe und Hausfrau mutiert sei, aus Liebe natürlich. Aber die sei nun vorüber und sie stehe vor dem Nichts.

Bald schmiedeten wir Pläne, wie Alix Kim unauffällig aus der Welt katapultieren könnte. Notwehr schied aus – Kim war nicht gewalttätig. Herzinfarkt durch Erschrecken, Medikamentenvergiftung oder Tod durch einen allergischen Schock kamen ebenfalls nicht infrage, Kim war kerngesund. Immerhin liebte sie exotische Tiere und ging gern zur Reptilienschau. Wir hatten uns gerade auf den Tod durch Schlangenbiss geeinigt, da klingelte es Sturm.

Da stand die, über die wir geredet hatten – mit flehendem Blick und entschlossener Haltung.

»Hab ich dich!«, schrie sie in Richtung Alix. »Du kommst jetzt bitte sofort wieder mit nach Hause!«

»Neieiein, ich bleibe hier!«, wimmerte Alix.

»Dann bleib ich mit dir.« Kim ging auf Alix zu.

»Hier dürfen nur alleinstehende Frauen wohnen«, war mein Einwand, und ich trat zwischen die beiden. Kim funkelte mich böse an. *Wenn Blicke töten könnten …*

Alix stand auf und ging auf ihre Gefährtin zu, wie ferngesteuert. Dann verließen beide grußlos und Hand in Hand mein Haus.

Zwei Stunden später war Alix zurück, flankiert von Gardaí, unseren Polizisten. Sie mussten mir berichten, was geschehen war, da Alix nicht reden konnte. Kim war also nach einem Streit direkt vor einen Bus gerannt. Den Linksverkehr nicht gewohnt gewesen. Sie war auf der Stelle verstorben.

Das lag mir schwer im Magen, trotz allem. Morde auf unserer Insel hatte ich immer verhindern wollen – und dass das, was wir tun, Mord ist, war mir immer klar gewesen. Um Kim und die anderen Opfer tat es mir nicht leid, am wenigsten um meinen Onkel, den ich umlegen musste, um an sein Gästehaus zu kommen.

Aber ich hab inzwischen rund hundert Cupcakes-Frauen im Jahr da, und wenn regelmäßig Männer von Klippen fallen oder von Rindern totgetrampelt werden oder durch gepanschten Whiskey abnippeln, fällt das doch auf. Also schickte ich meine Gäste von Anfang an mit ihren Plänen nach Hause.

Alix hielt sich nicht an die Regel. Sie gestand mir sogar, Kim vor den Bus gejagt zu haben – »wunderbar, nun erbe ich das Haus mit der Praxis, besser geht's nicht«, freute sie sich.

Zwei Tage später flog Alix nach Hause. Ich schlief monatelang schlecht, machte mir Gedanken darüber, ob nicht bald mal ein Polizist oder Detektiv anklopfen würde. Doch ein halbes Jahr blieb alles wie gehabt. Niemand störte und schnüffelte herum. Und jetzt?

Wer war diese Wally, die so offensichtlich kein Mensch gebrochen hatte – die aber so tat als ob?

Ich behandelte Wally wie alle, machte meinen Job wie üblich. Führte die Gäste durch die Altstadt, über den River Nore, der an vielen Tagen so gemächlich dahinfließt, als wolle er demnächst auf Snore, Schnarchzapfen, umgetauft werden. Und schickte die Frauen mit Zenzi auf Tour, die inzwischen um die Ecke lebt und mir hilft. Wally und die anderen lustwandelten durch das imposante Burggelände, beteten gemeinsam in der St. Canice Cathedral und tranken sich durch alle Biersorten der Insel.

Am vierten Tag versuchte ich, mehr über Wally herauszufinden. »Kennst du eine Alix und eine Kim? Ein Paar aus Karlsruhe?«, fragte ich einmal, als wir allein waren. Sie verneinte, aber in ihren Augen war eine Wand.

Ich kam ihr einfach nicht richtig nahe. Anders als den anderen.

Ich forschte nach. Ihr Ausweis, den sie mir gegeben hatte, sah echt aus. Im Telefonbuch standen weder sie noch ihr Mann, aber in Deutschland haben immer mehr Leute Geheimnummern. Im Internet fand ich keinerlei zuzuordnende Spuren, aber die meisten meiner Gäste benutzen sowieso Pseudonyme. Nachts schlief ich unruhig, schlich zu ihrem Zimmer. Daraus war leichtes Schnarchen zu hören. Dann durchsuchte ich die Gemeinschaftsräume, die Küche, die Badezimmer und mein Büro, fand jedoch nirgends eine Wanze. *Sehe ich etwa Gespenster?*

Trotzdem: Je häufiger ich Wally beobachtete, desto öfter sah ich Alix in ihr. Das Neigen des Kopfes, das Lächeln. Sie erzählte sogar dieselben Witze. *Das kann doch kein Zufall sein?*

Ich versuchte mich zu beruhigen. Selbst, wenn Wally eine Detektivin wäre: Was wollte sie mir beweisen? Dass ich meinen Onkel mit vier Promille Alkohol im Blut in der Badewanne ertränkt hatte? Lachhaft. Und die anderen? Gestorben waren sie durch die Planung und Hände ihrer Liebsten: Hier ein falsch dosiertes Medikament, dort ein Sturz von der Leiter. Ein Herzinfarkt, eine Asthmaattacke, ein Hirnschlag, auf die jeweils keine Hilfe erfolgte. Versuch mal, da zu belegen, dass die Frau zwar da war, aber nichts tat.

Allerdings: Wenn Wally Detektivin war … Wusste sie etwa, wo in Deutschland in den letzten Jahren die Ehemänner unglücklicher älterer Frauen verstorben waren? Und dass die Gattinnen vorher Irland bereist hatten, genauer: Kilkenny, noch genauer: *Caitriona's Guesthouse?*

Was, wenn Wally dieselbe Kälte in sich trug wie wir alle? Wenn sie mich auffliegen ließe? Was würde dann aus all den schönen Plänen, die wir Cupcake-Frauen geschmiedet hatten? Und da kam mir dieser Gedanke: *Am besten, du bringst sie einfach um!*

Gleich nach dem Frühstück nahm ich Wally beiseite und lächelte sie so harmlos-treudoof an, wie ich es nur konnte. »Die anderen wollen schon wieder Kirchen besichtigen. Du nicht, oder? Ich seh dir an, dass du gerne Sport treibst! Was hältst du davon, zu alten Ruinen mit toller Aussicht zu fahren? Wir radeln! Es ist wunderbar dort.«

Ich kannte eine Serpentine ... sehr steil, gesäumt mit schroffen Felsen. Wenn du jemanden an einer bestimmten Stelle ablenkst, fliegt er kopfüber auf die Felsen. Hab ich mal zufällig gesehen. Wollte ich wieder sehen.

»Der Weg ist sicher«, log ich, »und es ist so herrlich, wenn die Sonne scheint wie jetzt, sich den Wind durch die Haare pusten zu lassen. Man fühlt sich jung und frei.«

Sie nickte. Und fragte nicht einmal nach einem Helm.

Wir setzten uns also Seite an Seite auf die Räder und traten langsam in die Pedale. Dann etwas schneller. Dann schnell. Richtig schnell. Ich lag vorn.

Wallys gebrüllte Frage traf mich darum wie ein Schlag zwischen die Schulterblätter.

»Glaubst du, Kim fühlte sich ebenfalls jung und frei, während sie vor den Bus rannte?«

Gern hätte ich ihr in die Augen gesehen, aber das ging nicht – nicht gefahrenlos.

»Also doch!«, rief ich über die Schulter. »Du kanntest sie!«

»Vierundvierzig Jahre lang! Seit dem ersten Tag meines Lebens!«, schrie Wally zurück. »Und darum glaube ich auch nicht an einen Unfall.«

Mit einem Mal musste ich glucksen. Noch zehn Minuten bis zu jener Serpentine, die Wallys letzte sein würde. Wieso sollte ich mich weiterhin verstellen?

»Du hast recht«, gab ich also lauthals zu, »Alix hat sie umgebracht! Weil Kim sie gehalten hat wie einen Hund. Nicht mal artgerecht, weißt du?«

»Was weißt du schon über Alix!«, konterte Wally. »Dieses faule kleine Ding, das bis mittags schläft und sich von Kim aushalten ließ! Und sie hat sie ständig betrogen!«

»Glaub ich nicht!«, antwortete ich, »ich kann Menschen einschätzen. Alix' Leid war echt! Du hingegen hast mich mehrmals angelogen. Unterschätze nie das Bauchgefühl einer alten Irin!«

»Was sagt dein Bauchgefühl dazu, dass Alix Schauspielerin war?«, schrie nun Wally. »Auf den Bühnen dieser Welt zu Hause – bis sie für viele Rollen zu alt wurde! Und jetzt sitzt sie wie die Made im Speck im Haus meiner ältesten Freundin. Die Alix übrigens wirklich, wirklich geliebt hat.«

Da erzählte ich Wally, weiter eifrig in die Pedale tretend, alles. Erzählte von betrogenen, misshandelten, ausgebeuteten Frauen. Von Unterdrückern, und, sehr gelegentlich, auch Unterdrückerinnen. Auch von meinem Onkel, Vater meines ersten Kindes, Begründer des *Heartattack Hotels*.

»Wenn die Rache der Cupcakes-Frauen jemand Falschen trifft – Pech«, lautete mein Fazit. »Wenn Kim wirklich gut zu Alix war und Alix gelogen hat – Pech! So ist das Leben. Für jede, die zu Unrecht stirbt, sterben aber auch hundert Richtige.«

Nur noch einen Kilometer bis zu jener Serpentine, dachte ich und fuhr noch schneller. Noch … Da ertönte hinter mir ein Schuss.

Vier Tage später trugen wir Wally zu Grabe. In Kilkenny. In Deutschland hatte sie keine Verwandten und keine engen Freunde mehr.

Alix heulte bei der Beerdigung am lautesten von allen, wobei Zenzi beruhigend den Arm um sie legte. *Als müsste Alix vor jemandem Angst haben! Eine begnadete Schauspielerin, Wally hatte recht.* Schließlich hatte Alix selbst den Auftragsmörder geschickt – einen Profi. Er würde nie gefunden werden. Alix gestand mir noch am selben Abend bei einem Whiskey alles.

Ich wusste nun also, was mir blühte, wenn ich redete.

Und sie wusste, was auf sie zukommen würde, wenn sie versuchte, mein *Heartattack Hotel* zu schließen.

Seit dem Tag von Wallys Tod – seit einem Jahr – haben Alix und ich also ein Stillhalteabkommen.

Sie führt nun übrigens ein ganz ähnliches Gästehaus im Schwarzwald und ich behalte mein *Heartattack Hotel.* Dank Alix' Netzwerkarbeit brummt der Laden, auch Amerikanerinnen und Osteuropäerinnen kommen jetzt. Keine Scones-Damen mehr. Nur noch Cupcakes-Frauen.

Ich bin so reich wie nie. Dennoch: Manchmal fühle ich mich wie unter einem Felsbrocken eingeklemmt. Unterdrückt, auch ohne Sex und Gewalt. Dann denke ich über einen letzten Mord nach …

Alix – she is trouble. So am I.

Wenn wir nicht gestorben sind, dann leben wir noch heute.

Cupcakes »Best of Ireland«

Zutaten für den Teig (ergibt 12 Stück):
200 ml irisches Bier
(für eine alkoholfreie Variante: Malzbier)
200 g weiche irische Butter
150 g Kakaopulver
400 g Mehl
400 g Zucker
1 Päckchen Backpulver
2 mittelgroße Eier
150 ml saure Sahne
Eine Prise Salz

Zutaten für die Füllung:
200 g Schokolade (je nach Gusto Zartbitter oder Vollmilch)
100 ml süße Sahne
2 Esslöffel irische Butter
2 Esslöffel irischer Whiskey
(für die alkoholfreie Variante: durch Sahne ersetzen)

Zutaten für das Topping:
200 g irische Butter
400 g Puderzucker
6 Esslöffel Bailey's
(für die alkoholfreie Variante: kalter Kaffee)

Zubereitung:
Bier und Butter gemeinsam erhitzen, Kakaopulver einrüh-
ren. Eier und Sahne miteinander schaumig schlagen. But-
ter-Bier-Kakao-Mischung unterheben. Mehl, Backpulver,
Salz und Zucker mischen – mit dem feuchten Teig gut ver-
rühren. Teig in Cupcake- oder Muffinformen füllen. Im auf
180 Grad vorgeheizten Ofen ca. 20 Minuten backen.

Schokolade in Sahne sanft rührend bei mittlerer Hitze
schmelzen, dann Butter und Whiskey bzw. Kaffee hinzuge-
ben. Füllung in abgekühlte, ausgehöhlte Cupcakes füllen.
Für das Topping die Butter schaumig schlagen, gesiebten
Puderzucker hinzugeben, schließlich Bailey's/Kaffee unter-
rühren.

Tipp: Für St.-Patrick's-Day-Stimmung grüne Lebens-
mittelfarbe hinzugeben. Mit einem Spritzbeutel oder einer
Tortenspritze aufgebracht sieht die Buttercreme besonders
schön aus.

Das Rezept stammt aus dem Zucker-Atelier Oberndorf:
www.zucker-atelier.de

Mandel-Manne

AMELIE KIRSCH

Ein Autobahnkreuz im Ruhrgebiet. Ein Park-and-ride-Parkplatz, Dreck bis zum Abwinken – und Manne. Manne, der hier lebt, immer schon. In seinem Wohnmobil, das nur fährt, wenn es muss und trotzdem gut in Schuss ist wie am ersten Tag. Weil Manne es putzt und ölt und pflegt, wie man eben sein Zuhause pflegt und hegt. Auch wenn es auf vier Rädern steht. Auch wenn es nur 20.000 Kilometer gelaufen ist. In vierzehn Jahren.

Manne ist dick. Berge von Winkfleisch, die kaum mehr winken können. Wie er in den Wagen kommt, hat ihn Sandra einmal gefragt; eine Partymaus mit Palmwedelblondfrisur, Pinkschminkgesicht und Glitzersteinchennägeln, die sich auf Mannes Parkplatz morgens nach einer durchzechten Nacht übergeben hat, zwei Stunden lang. Der er Ölsardinen zu essen und Wasser zu trinken gegeben hat, und die auch jetzt noch manchmal kommt, mit drei Kindern, zwanzig Kilo mehr auf den Rippen und ihrem Mann, dem Jonas, der

Mechaniker ist und schon mal nach Mannes Wagen sieht. »Mit meinen Füßen«, hat Manne geantwortet. »Glaub ich zumindest. Ich seh sie ja nicht mehr.« Dann hat er eine Mandeltüte aus seinem sauberen Jutebeutel gezogen – frische, warme Mandeln – und sie der Sandra geschenkt. So wie Manne das immer macht. Seit ungezählt vielen Jahren schon. Das hat ihm auch seinen Namen eingebracht: Mandel-Manne. Den mag er gern.

Es heißt, einst habe Manne hier auf dem Parkplatz bei einer Rast eine Frau kennengelernt. Helga soll sie geheißen und eine Panne gehabt haben. Und Manne, der hat ihr geholfen. Ein paar Monate Glück, pendeln zwischen Vögelsen und Muffendorf, wo er damals gewohnt hat, erste Pläne vom eigenen Nest. Dann hat er sie eingeladen, der Manne. Die Helga. Hierher, auf den Parkplatz, wo alles begonnen hat mit ihnen. Hat dort gewartet, mit dem Verlobungsring. Nicht nur, weil sie schwanger war. Auch weil sie seine Sonne war. Sein Leben, sein Glück. Vier Tage hat er gewartet, sagt man, mit dem extra nagelneu gekauften und ausgestatteten Wohnwagen, mit dem er mit ihr in die Flitterwochen fahren wollte. Drei Schlafplätze: die Sitzbank zum Doppelbett umgeklappt, ein Sicherheitsnetz vor dem Hochbett für seinen noch ungeborenen Sohn. Damals war Manne schlank, etwas unsicher, Verkäufer vielleicht. Oder Buchhalter. Hat bis kurz bevor er Helga kennenlernte seine alte Mutter gepflegt, viele Jahre lang, bis die gestorben ist; erstickt an ihrem eigenen Blut, direkt in seinen Armen. War ein guter Junge, ein einsamer dazu, korrekt gekleidet und etwas ältlich, mit Strickpullundern und Karottenjeans. Aber das ist lange her. Und wie das so ist mit den Dingen, die lange vergangen sind – irgendwann sind sie nicht mehr wichtig.

Helga ist nicht gekommen, aber Manne, der ist geblieben. Bis heute. Lebt von Erspartem, von Geerbtem vielleicht, braucht nicht viel. Räumt den Parkplatz auf, kocht gern, isst mit Genuss, macht Kekse, Kuchen, Muffins. Und Mandeln.

Frische.

Jeden Tag.

Mit seinem Hund, dem Burner, den Leute ausgesetzt haben, hier auf dem Parkplatz, bei Nacht und Nebel. Mit Namenskärtchen, Hundefuttererstausstattung und allem Pipapo. *Bitte neue Familie finden! Burner*, hat auf dem Kärtchen gestanden. Das hat Manne ernst genommen, und Burner ist geblieben. »Burner!«, ruft Mandel-Manne, und das verschüchterte Lächeln, das dabei oft über seine Züge huscht, das zeigt: Er findet »Burner!« in den helllichten Tag zu rufen ein wenig verwegen. Wild und frech. So, wie die Helga ihn vielleicht einst gern gesehen hätte. Damals, als sie nicht kam.

»Warum fährste nich einfach los, mit deine Karre? Wat bleibste hier, wosse doch überall inne Welt hinfahn kanns? Check ich nich, Alter, echt nich«, hat mal der Lalle gesagt, ein junger Biker mit fetter Harley aus Bochum Wattenscheid, der jedes Frühjahr durchs Sauerland fährt, nur so, weil's Spaß macht. »Vielleicht mach ich das irgendwann mal. Weiterziehen. Wirst du dann merken«, hat Manne gesagt. Aber gefahren ist er trotzdem nicht. Dafür gibt es keinen Grund; denn Mandel-Manne, der ist zufrieden. Weil sein Leben nämlich nicht nur aus Menschen besteht, die fortgeblieben sind.

Hier auf dem Rastplatz, da kommen alle wieder, irgendwann. Mit Bullis, Motorrädern, LKWs, Autos. Schicken Flitzern und Rostlauben. »Tach, Mandel-Manne!«, sagen sie dann, und er antwortet »Auch mal wieder im Lande?«, und manchmal schnackt man ein bisschen und manchmal isst man zusammen und manchmal gibt es nur Pinkelpause am Busch im Stehen. Nur eine, die sagt selten was und kommt zu Fuß. Seit drei Jahren schon, bei Wind und Wetter. Das ist die Chantalle. Zwölf Jahre ist sie jetzt schon alt, und der Mandel-Manne weiß: Sie hat es nicht leicht im Leben, die Kleine. Der Vater weg, die Mutter trinkt. Oder Schlimmeres.

Er hilft der Chantalle, und sie hilft ihm. Macht manchmal Hausaufgaben in dem alten Wohnwagen, spielt mit Burner, vertilgt mit Bärenhunger, was Manne kocht, ist einfach da, hält ihre strumpfsockenzerlöcherten Füße in die Sonne. Und verteilt die Mandeln, die Manne macht. Die Mandeln für die Reisenden.

Die Mandeln, die sind ein Geschenk. Manne findet das richtig so, Geschenke machen. Und auch Chantalle mag das. Chantalle, die nie etwas geschenkt bekommen hat, bevor sie Manne traf, und nie etwas schenken konnte, weil sie selbst nichts besitzt. Die Mandeln nicht kannte und nie etwas Süßes bekam, weil ihre Mutter eine Zuckerunverträglichkeit hat und nie etwas Süßes kauft. Für sich nicht, für ihre Tochter nicht. Jetzt, auf Mannes Parkplatz, freut sich das Mädchen an den lachenden Augen der Beschenkten und manchmal auch über das Geld, das sie ihr zustecken. Und Manne freut sich mit. »Gönn dir mal was, Chanti!«, sagt er dann, und sie zieht los. Kauft vielleicht einen Glitzer-stift, manchmal neue Socken, ein Leckerli für Burner, und vor ein paar Monaten – da war sie ganz gescha-mig, aber Manne hat es trotzdem gesehen und geschwiegen wie ein Gentleman – einen BH mit rosa Spitze. Ihr erster BH war das, das weiß Manne. Und freut sich, ganz leise, und schweigt.

Die Wochen vergehen, und eines Tages, da fällt Manne auf, dass etwas an ihr anders geworden ist. Sie hat jetzt manchmal Lippenstift, einen Hauch von Rouge. Neue BHs, schwarze und rote, und auch ein paar Kleider, die zeigen mehr als Manne richtig findet.

»Woher hast du die?«, fragt er und schaufelt ihr Brat-kartoffeln auf den Teller.

»Von Onkel Hans!«, sagt sie und grinst schüchtern. »Der wohnt jetzt bei Mama. Und liebt Mandeln! So wie du. Holt ständig welche von der Tankstelle bei uns ums Eck und isst alle auf, ratzeputz, immer.«

»So, so«, sagt Manne und zieht eine wulstige Braue hoch. »Dann ist ja gut.« Und hofft, dass es ihr bald bes-ser geht daheim. Gut sogar, vielleicht. Weil Onkel Hans Geld hat, sagt Chanti. Weil Mama wieder lacht. Weil Onkel Hans nett ist. *Nett!*

Aber irgendwann spricht sie nicht mehr von ihm, tauscht Ausschnittkleider gegen Schlabberpullis. Darü-ber ist Manne froh und hat Hans bald vergessen – so wie er alles nicht mehr wichtig findet, das keine Gültig-keit besitzt für das Hier und Jetzt.

Die Tage werden länger, die Bienen summen, die Schulferien brechen an, und eines Tages, im schönsten Sommergewitter, man sieht die Hand vor Augen kaum vor Regen, da nimmt die Chantalle eine Tüte Mandeln, geht rüber zu dem VW Golf – ein Geschäftsmann, ein schicker, der schon öfter hier war, sie mag und ihr sogar ein altes Handy geschenkt hat (Ein Handy! Ihr!), geht hin zu dem Wagen, die Mandeltüte in der Hand, wird unsichtbar zwischen den Wassergeysiren und Regenfäden und kommt nicht mehr zurück.

Erst wundert der Manne sich nicht. Sie hat manchmal ihre fünf Minuten, die Chantalle. Hat Liebeskummer, Lebenskummer, Quetschungen und blaue Flecken, zuletzt immer mehr davon, will nicht darüber reden, will nur was Süßes und dass der Manne da ist und schweigt. Hat manchmal einfach die Schnauze voll, von einem Augenblick zum nächsten; muss weg, gegen Bäume treten, laut schreien, sich die Arme blutig kratzen. Zu ihrem geheimen Ort gehen, der, das weiß Manne, irgendwo hinter dem Grünstreifen liegen muss, ein Hochsitz vielleicht, eine verlassene Ruine oder ein alter Bunker. Und dann, irgendwann, kommt sie zurück, und der Manne pflegt ihre Wunden so gut er kann; die auf der Haut und die im Herzen. Dann sitzen sie da auf der Campingwagenbank, bei einem Blaubeermuffin vielleicht – mit Blaubeeren aus dem »Wald«, wie Manne das verwilderte Stück Grünstreifen nennt, das an den Parkplatz grenzt – und schweigen über das Leid und reden über das Leben. Das sind gute Gespräche, findet Manne. Weil Chantalle bei diesen Gelegenheiten manchmal lächelt oder Dinge sagt wie »Weißt du, Manne, zum Glücklichsein, da braucht es nicht viel. Zaubermandeln gegen Menschen, die gemein zu einem sind. Keine Schmerzen, ein voller

Magen – und einen Hund. Ja, den braucht es in jedem Fall.« Dann wufft Burner, und Manne nickt bedächtig.

Die Tage vergehen, der Sommer geht mit. Burner macht wieder Streifzüge durch das Umland, jetzt, wo es nicht mehr so heiß ist, und vielleicht ist er deshalb besonders hungrig, denn manchmal, das merkt Manne genau, da klaut er die Dauerwurst vom Tisch oder das Brot vom Teller, wenn Manne gerade den Grünstreifen düngt, damit er die Toilette im Wohnmobil nicht so oft sauber machen muss. Aber Manne lässt ihn gewähren. Burner ist schon alt, und ein alter Herr, der darf auch mal über die Stränge schlagen, findet Manne, den andere Dinge beschäftigen. Denn er, der jeden Augenblick nimmt, wie er kommt, merkt, dass etwas anders geworden ist: Er wartet. Wie sich das anfühlt, das hat Manne fast vergessen, aber jetzt, da erinnert er sich wieder. Warten, das ist so ein Kribbeln, das macht, dass man immer wieder aufspringt, nachschauen geht, Vorbereitungen trifft – nur für den Fall, dass das, auf das man wartet, kommt.

Bis irgendwann aus der Mitte des Wartens ein Wort entspringt: Warum?

Und dann ein Gefühl: Sorge.

Wochen sind vergangen, die Sommerferien sind bestimmt bald zu Ende, und Chantalle ist nicht wiedergekommen. So lang, das weiß Manne, der nie die Tage zählt, war sie noch nie fort. Da ist er sich sicher.

Und dann, als er die letzten Blaubeeren des Jahres erntet, klein und verschrumpelt und wurmzerfressen, und weitere Kreise beim Suchen zieht als sonst, weil es ja reichen soll für die Muffins, findet Manne in dem

Grünstreifen-Wald etwas, das ihm vertraut erscheint: ein Handy. Chantalles Handy mit dem rosafarbenen Zebrastreifen-Case. Ihr größter Schatz, zwischen alten Plastiktüten mit verblichenem Aufdruck und Taschentüchern in unterschiedlichem Verwesungszustand – manche mit, manche ohne Bremsspur.

Mannes Sorge weicht etwas neuem: Angst.

»Burner!«, ruft er, und der Hund kommt, wufft, wufft noch mal, schaut, schnuppert, wufft. Und gräbt etwas verrottete Erde weg. Da ist ein Schuh. Halb versteckt, aus Segeltuch. So einen, wie auch die Chantalle ihn hat, ein pinker, ein linker.

»Die Chantalle ist weg«, sagt Manne zu Burner, und erst in diesem Augenblick versteht er es: Die Chantalle ist weg. Sechs Wochen schon. Und niemand hat nach ihr gesucht. Der Burner nicht, der Manne nicht, auch sonst keiner.

»Komm«, sagt er zu Burner, »komm, wir müssen los!« Gesagt, getan, lässt Manne die verschrumpelten Beeren zurück, die Sammeltüte auch. Nur das Handy nimmt er mit. Und den Schuh, den linken. Keucht, schwitzt, stolpert los, zum Parkplatz, schnell. Da ist die Kiki; fährt zweimal im Monat nach Hamburg zu ihren Eltern. Mit Heinz; der fährt da seine Geliebte besuchen und ist Polizist. Der kann, der muss ihm helfen!

»Die Kleine!«, keucht Manne, »die Kleine ist weg!«

Und Heinz fragt nach, und Heinz hört zu, und Kiki sagt »Oh!«, und Heinz versteht.

»Name?«, fragt Heinz.

»Chantalle.«

»Alter?«

»Zwölf.«

»Nachname? Wohnort? Schule? Freunde?«

Manne zuckt die Schultern. Das weiß er nicht. Nur dass die Chantalle keine Freunde hat, da ist er sich ziemlich sicher. Es gab da mal einen, den Kevin, den hat sie nett gefunden, und einmal, da hat er sie eingeladen, auf eine Bong. Das ist was mit Drogen, das weiß der Manne, und gut gefunden hat er das nicht, aber auch nicht schimpfen wollen, weil sie ihn doch so gemocht hat, den Kevin. Doch dann hat die Chantalle sich übergeben müssen von dem Bong, und da hat der Kevin sie nicht mehr mitgenommen. Auch warum sie sich nicht Hilfe holt, weggeht von der Mutter, die, der Manne ist ja nicht blind, sie schlägt und Schlimmeres, hat er sie mal gefragt. Zwei Tage später erst hat sie ihm geantwortet. Leise, im Dunkeln, aber mit fester Stimme: »Die stecken mich in die Klapse. Da war ich schon«. Und dann hat sie ihm von den Kindern dort erzählt, von den Psychologen, die wollten, dass sie sich erinnert, an die schlimmen Dinge. »Aber ich will mich nicht erinnern. Da ist nichts Schönes, und deshalb schau ich lieber nicht zurück. So wie du.« Sie lacht und schaut ihn an, dann wird sie wieder ernst: »Da geh ich nicht mehr hin. Niemals«, hat sie gesagt. In die Vergangenheit nicht, in die Klapse nicht, zu den Psychologen nicht, auch in das Heim nicht, in das sie, das hat man ihr gesagt, danach kommen wird. Und Manne hat verstanden: Da gibt es nichts zu diskutieren; das ist ein Entschluss, und der steht fest. Aber das sagt er dem Heinz nicht, das ist privat, das spürt Manne.

»Handynummer?«, fragt Heinz und schaut auf das Rosazebrastreifencase.

»Keine«, sagt Manne. »Da hatte sie doch kein Geld dafür.« Und keinen, der sie anruft. Freunde hat sie ja keine, Familie taugt nix. Manne seufzt.

»Namen der Leute auf dem Rastplatz? Kennzeichen?«

Manne grübelt. Beschreibt ein paar Autos, nennt ein paar Namen, rattert Kennzeichen herunter. Weiß genau, dass seine Angaben unvollständig sind. Weil es schon Wochen her ist, weil er Erbsensuppe gekocht und nicht darauf geachtet hat, weil es in Strömen geregnet und man kaum die Hand vor Augen gesehen hat.

»Sonst noch was Wichtiges?«

Und Manne zermartert sich das Hirn, was helfen könnte. Dass Chantalle Butterblumen mag, Topmodel-Zeitschriften, Himbeereis und Blaubeermuffins. Dass ihr größter Wunsch ist, einmal ans Meer zu fahren und sie Bäckereiverkäuferin werden will, weil es immer so gut riecht in den Bäckereien und so gemütlich aussieht zwischen den alten Damen und den kichernden Mädchen und den glücklichen Familien. »In der Bäckerei, wo ich arbeite, später mal, da dürfen auch Hunde rein«, hat sie gesagt. Sport findet sie schwierig, Deutsch auch, aber Mathe, das mag sie.

»Sie ist ein gutes Mädchen«, sagt Manne leise.

Nein, das hilft Heinz nicht weiter.

Manne schwitzt, Heinz telefoniert, Kiki läuft aufgeregt auf und ab, Burner döst.

Streifenwagen, Fahndungsbild vom Polizeizeichner – denn ein Foto von Chantalle, das hat der Manne nicht –, ein Artikel in der Regionalzeitung. Pia aus

Münster, die Pendlerin, die hier immer Rast macht, bevor sie zu ihrer Schicht in einer Wohngruppe für Jugendliche aus Problemfamilien – »So heißt das eben!«, sagt sie immer – in Hagen fährt, hat Manne den Artikel ausgeschnitten. »Das arme Mädchen!«, seufzt sie, nimmt die Mandeln aus Mannes Hand und den massigen Manne in den Arm. So viel in den Arm, wie eben von Manne reinpasst in die Arme der Ein-Meter-fünfundfünfzig-Pia. Nicht viel also, aber das bisschen, das passt, das drückt sie von Herzen. Manne schnieft, lächelt schief, winkt Pia zum Abschied hinterher, wälzt sich zum Wohnwagen, greift nach Teller und Gabel und liest:

Die 12-jährige Chantalle Schulz aus Schwerte wird seit über drei Monaten vermisst. Das Besondere an dem Fall: Nicht die Mutter des Mädchens meldete ihr Verschwinden, sondern der Obdachlose Manfred B. Die Polizei geht von einem Verbrechen aus.

Manne rümpft die Nase. Obdachlos, das ist er sicher nicht. Egal. Weiter.

Er überfliegt den Teil, in dem über die Suche geschrieben wird. Das kennt er alles schon von Heinz und weiß: Der Handy-Mann im VW, der heißt Jürgen und war es nicht. Hatte Stress mit einem Projekt im Job, hat auf dem Parkplatz und auch danach und davor durchgängig telefoniert und Chantalle nicht gesehen. Und auch die anderen drei, an die er sich hat erinnern können, wissen nichts, haben nichts gehört, nichts gesehen und eine saubere Weste. Jetzt haben sie nichts bei der Polizei. Keine Spur, keine Idee und kein Interesse. Niemand macht ihnen Druck, niemand Aufrufe an die Presse.

Ohne Heinz wäre gar nicht erst nach Chantalle gesucht worden, und selbst Heinz verliert langsam die Geduld, das spürt Manne. Also liest er weiter, und dann, im letzten Absatz des Artikels, werden Mannes Augen groß, verschluckt er sich fast an dem warmen Kartoffelsalat, versetzt Burner vor Schreck einen Tritt, als er aufspringt und sich gleich wieder auf die knirschende Sitzbank fallen lässt. Das Herz. Der Schwindel. Die Atemnot. Zehn Minuten braucht er, bis der Hustenanfall vorübergeht. Zehn Minuten, bis Hertha ihr kantiges Gesicht durch die Wohnwagentür steckt. Hertha, die Brummi-Fahrerin mit dem lauten, dröhnenden Lachen. Fährt einmal den Monat Wurstwaren von Rheda-Wiedenbrück nach Garmisch-Partenkirchen und bringt Manne immer etwas Schlachtplatte mit.

»Mensch, Mandel-Manne, komm, ich helf mal nach!«, dröhnt sie, kommt rein, stellt die Plastiktüte mit der Schlachtplatte ab und drischt ihre großen Hände mit den kurzen, ochsenblutfarben lackierten Nägeln auf seinen Rücken.

»Danke«, keucht er, spuckt ein Stück Kartoffel in eine Serviette, wischt sich den Mund ab und reicht Hertha eine Mandeltüte aus seinem Mandelkörbchen. So viel Ordnung muss sein.

Burner wufft zufrieden und reibt sich an Mannes Bein. Das Herrchen keucht nicht mehr, die Schlachter-Hertha ist da, das wird ein guter Tag.

»Der Erwin is auch hier«, sagt Hertha. »Geht's sonst so weit, oder soll ich was besorgen?«

Der Erwin fährt Arzneimittel von Aachen nach Rostock und hat immer alles am Mann, das weiß Manne und drückt Hertha gleich noch eine Tüte Mandeln in die Hand. Für Erwin, der nicht so gern aussteigt, weil er Mannes Gewicht bei zwanzig Zentimeter Größe weniger trägt.

»Na, Hertha, auch mal wieder im Lande?«, sagt Manne und steht auf, um zu zeigen, dass alles wieder in Ordnung ist mit ihm. Aber dann fällt ihm etwas ein, und er nimmt Hertha die Erwin-Tüte wieder aus der Hand. »Ich mach das schon«, sagt er, »und danke für deine Hilfe.«

Hertha nickt, wendet sich Burner zu, holt eine zweite Tüte aus ihrer Trucker-Weste und kniet sich zum schwanzwedelnden Burner hin. Schlachtabfälle sind da drin, das weiß Manne. »Is noch Kartoffelsalat da, und Buletten gibt's auch noch«, sagt Manne, »bedien dich.« Und Hertha nickt, und Manne stapft zu Erwin ans andere Ende des Parkplatzes. Erwin spricht nicht viel, so wie Chantalle, und er kann schweigen wie ein Grab, das weiß jeder hier und Manne sowieso.

Der Wind lässt den Müll tanzen, und Manne sieht, dass er lang nicht mehr aufgeräumt hat. Egal, das muss warten. »Tach, Erwin«, sagt Manne, streckt dem Brummifahrer die Tüte entgegen und sieht ihm fest in die immer leicht glasigen Augen. »Ich brauch deine Hilfe.«

Erwin hört zu, nickt dann, fragt erst gar nicht, sondern steigt aus, langsam und mühselig, lässt die Rampe runter, steigt drauf, fährt hoch, verschwindet im Inneren des LKWs, kommt nach einiger Zeit wieder heraus und drückt Manne ein Päckchen in die Hand, auf dem »Warenprobe« steht. »Hm«, sagt Erwin, und Manne versteht: Das wird reichen. »Danke«, sagt Manne, und

Erwin nickt: »Passt schon«, sagt er, fährt die Rampe wieder hoch und ächzt zurück in seine Kabine. »Bis die Tage dann, Manne.«

Die ganze Nacht zermartert Manne sich das Hirn, bis schließlich eine Frage Gestalt annimmt. Eine Sache, die er wissen muss, bevor er eine Entscheidung fällen kann. Als Pia am Morgen auf dem Weg zur Arbeit vorbeikommt, stellt er sie, die Frage. Ganz theoretisch nur; nicht konkret, versteht sich. Und Pia, die sich mit so was auskennt, ist nicht überrascht; das wundert Manne. »Das wäre bestimmt schön«, sagt sie. »Aber ... Pfuh!« Sie mustert Manne von Kopf bis Fuß, runzelt die Stirn und schüttelt schließlich den Kopf. »Ich glaube nicht, dass das dem Jugendamt gefallen würde«, sagt sie dann langsam und mit gesenktem Kopf. Weil sie sich schämt, und vielleicht auch, weil sie darüber wirklich traurig ist. »Ich meine: Du wärst bestimmt ein Super-Vater. Aber so ein Kind, das braucht eben ein Zuhause ohne Räder. Geordnete Verhältnisse. Tut mir leid.«

Manne nickt. Das hat er sich schon gedacht.

Jetzt steht er fest, sein Entschluss. Und am Abend, als alle gefahren sind und der Parkplatz leer und verlassen daliegt, macht Manne sich ans Werk. Macht neue Mandeln, einen ganzen Korb voll. Und eine ganz besondere Tüte, mit Schleife diesmal, und nicht in der üblichen Brotbeuteltüte, sondern in einer, die er auf dem Parkplatz gefunden hat. Dreieckig mit lilafarbenen Herzchen, vom Rummel, im Müll. Stülpt eine Plastiktüte über die Hände, als er sie säubert und glättet, füllt dann die Mandeln hinein, macht die Schleife drum. Bürstet

Burner das Fell und wirft das Auto an. Fährt duschen, achtzehn Minuten, zur Raststätte Lichtendorf-Süd, füllt Wasser und Sprit auf; fährt ins nächste Gewerbegebiet und kauft Vorräte, Kleidung in XS, ein Kissen von Shawn das Schaf, einen Schlafsack. Und eine Topmodel-Zeitschrift. Dann fährt er zurück zu seinem Parkplatz, macht Blaubeermuffins, mit Blaubeeren aus der Dose diesmal, stellt Bank und Tisch wieder raus und die Muffins darauf, geht zurück in den Wagen – und wartet.

Jetzt ist es dunkel, und nieseln tut es auch. Kalt ist es geworden, und Manne zündet Teelichter an, für die Wärme. Er muss nichts sehen; er wird wissen, wann sie kommt. Weil Burner dann rausgehen wird, langsam und ohne Eile, weil der, der dort kommt, und die Blaubeermuffins stehlen will, auch dem Hund lieb und teuer ist.

Und dann, um zehn nach elf, ist es so weit. Burner steht auf, trollt sich zur angelehnten Tür, stupst sie auf, tapst die kleine Treppe hinunter.

Und Manne, der auf seiner Bank sitzt, sagt ruhig und mit fester Stimme in die Nacht hinaus: »Komm rein, Chanti. Wir fahren ans Meer. Du, Burner und ich.«

Draußen klirrt es; der Teller mit den Blaubeermuffins fällt zu Boden.

Burner wufft tadelnd.

Manne wartet.

Schaut auf die Uhr.

Zwei Minuten. Drei. Acht.

Manne löscht die Teelichter. Jetzt ist es dunkel.

Dann geht die Tür auf. Langsam.

Er spürt es nur am Windhauch, denn die Stufen knarren nicht unter ihrem Gewicht. Aber dann riecht er es auch. Duschen muss sie. Dringend, das steht fest. Aber das hat Zeit. Viel Zeit. Erst mal muss sie bleiben wollen.

»Wie lange?«, flüstert ihre Stimme in der Finsternis. »Wie lange bleiben wir dort ... am Meer?«

»Solange du willst«, sagt Manne. »Sechs Jahre vielleicht.« Dann ist sie 18. Ein gutes Alter. Eines zum eigene Entscheidungen treffen. Ohne Heime. Ohne Psychologen. Ohne Angst. Und lange genug her, dass sie gefunden werden kann.

»Gut«, sagt sie, »ich komm mit.« Einfach so, ohne Zögern.

»Gut«, sagt Manne und holt tief Luft, denn jetzt kommt der schwerste Teil. Aber er hat gut darüber nachgedacht, und er findet, dass sie es selbst entscheiden muss. Deshalb hat er seinen Plan geändert. Ist nicht mit den Mandeln mit der Schleife zu der Straße gefahren, die in dem Artikel genannt worden ist, ist dort nicht die Klingelschilder abgegangen, um den Namen des Mannes zu finden, für den er die Mandeln gemacht hat. Die mit der Schleife, die besonderen. Den Mann aus dem letzten Absatz des Artikels: Hans Knobloch. Bordellbesitzer. Wohnhaft bei Peggy Schulz, arbeitslos. Letzteres hat er erwartet. Ersteres nicht. Aber verstanden hat er. Die BHs. Der Lippenstift. Die Schlabberpullis. Chantis immer schlimmere Anfälle. Und dann kein anderer Ausweg mehr als untertauchen, unsichtbar werden, ganz weit weg, soweit die Füße einer 12-Jährigen tragen. Bis zu Mannes Parkplatz. Und darüber hinaus. In das geheime Versteck. Den Schuh und das

Handy, damit sie für die Welt verschwunden ist. Damit man nicht hier nach ihr sucht, sondern anderswo. Damit man sie, weil man ihre Leiche nicht finden kann, niemals findet. Drei Monate, denkt Manne. Drei Monate, und keiner hat nach ihr gesucht. Nicht einmal dieser Onkel Hans. Nicht mal der.

»Der Hans«, sagt Manne und hört, wie sie zusammenzuckt. »Ich hab ihm Mandeln gemacht. Besondere Mandeln. Zaubermandeln.« Er macht eine Pause, holt rasselnd Luft, dann fährt er fort: »Ich könnte sie ihm bringen«, sagt er. »Ich tät das gern für dich.«

Die Chantalle schweigt. Atmet langsam, ruhig, bedächtig.

»Gut«, sagt sie dann. »Und danach, da fahren wir ans Meer. Nur du, Burner und ich.«

Manne nickt. Dann räumt er den Tisch und die Stühle ein. Lässt den Blick über den Rastplatz schweifen, den dunklen. Stellt den Korb voll Mandeln hin mit einem Zettel darin: *Bin weitergezogen. Man sieht sich.* Weil er weiß, dass in einer Stunde Stefan kommen wird, der jeden Tag um diese Zeit von Köln nach Dortmund fährt. Obst ausliefern. Weil Stefan verstehen und die Nachricht weitertragen wird, dass Manne nicht mehr warten will. Dass es ab heute keine Mandeln mehr geben wird, hier, auf Mannes Parkplatz. Und weil der Stefan, da ist Manne sich sicher, lächeln wird, wenn er die Nachricht liest. So wie Manne jetzt lächelt.

Dann steigt er ein, der Manne, vorn diesmal. »Schnall dich an, Chanti!«, ruft er nach hinten, »und den Burner auch. Es geht los.«

Und dreht den Zündschlüssel.

Mannes Mandeln
(ohne Zauberwirkung)

Zutaten:
200 g Mandeln
200 g Zucker
100 ml Wasser
Ein Päckchen Vanillezucker
Ein halber Teelöffel Zimt (nach Geschmack auch mehr)

Wichtig:
*Die Mandeln sollten idealerweise in einer Edelstahlpfanne
zubereitet werden. Beim Umrühren keine Metallpfannen-
wender etc. verwenden. Dann bleiben auch an der Pfanne
nach dem Spülen keine Schäden zurück.*

Zubereitung:
*Zucker, Vanillezucker und Zimt in einer Pfanne vermi-
schen, das Wasser hinzugeben und die Mischung zum
Kochen bringen. Die Mandeln hinzuschütten und die
kochende Mischung durchgängig auf hoher Stufe weiterrühren, bis der Zucker trocken und krümelig wird. Die
Temperatur unter stetem Rühren leicht herunterdrehen.
Weiterrühren, bis der Zucker erneut zu schmelzen beginnt
und sich nun wieder glänzend um die Mandeln legt. Wenn
alle trockenen Krümel verschwunden sind und sich der
Zucker mit den Mandeln verbunden hat: Die Mandeln auf
ein Backblech schütten, mit Gabeln auseinanderziehen und
auskühlen lassen. Zehn Minuten – mehr Zeit braucht es
nicht bis zum Mandelglück.*

Ali oder so ähnlich

EVA KLINGLER

Wer kennt schon genau die Gründe, warum jemand mordet, der bisher ganz unauffällig war. Schlechte Familienverhältnisse. Geldmangel. Leidenschaften, sexuelle Verirrungen. Dramen in seelenlosen Plattenbauten und schmuddeligen Hinterhöfen im kalten Neonlicht der Großstädte. Gewiss. Das Böse blüht jedoch auch inmitten herrlicher Landschaften in einem Postkartenidyll von Bergen, Blumenrabatten, romantischen Schwarzwaldhöfen und blitzblanken Einbauküchen.

Hier wie dort. Überall ist es nicht der Mord alleine, sondern die Geschichte *davor*, die wirklich zählt …

Sie hatten sie zwar Irmhild getauft, aber sie war keine Irmhild geworden.

Ihre Schwestern hatten sich im Schatten der steilen, bewaldeten Schwarzwaldhügel am Fuß des Belchen genau so entwickelt, wie ihre Namen es versprachen: Marianne war eine handfeste Marianne geworden, die mit beiden Beinen auf der Erde stand, und Traudel war zu einer sanften, heimatverbundenen und fraulichen Traudel herangereift.

Diese beiden Töchter des alten Kurt Schnieder fackelten nicht lang und machten sich mit kerzengeraden Schritten daran, so zu leben, wie es sich seit Ewigkeiten in ihrer Welt aus Tannen, Holz, Heu und Fremdenverkehr bewährt hatte: Es wurde geschafft, geheiratet, gebaut und geboren.

Alle drei Schwestern waren jetzt um die Vierzig. Marianne war längst stolze Mama zweier Teenagertöchter, und Traudel hatte zwei Söhne im beinahe gleichen Alter. Ein wahres Spiegelbildglück, zumal die beiden Familien auch Haus an Haus neben dem elterlichen Hof wohnten.

Mariannes Töchter, Joanna und Rita, entwickelten sich zu stämmigen Mädels mit den kurzen dunklen Locken ihrer resoluten Mutter und einem kecken Blick, der bei Rita gelegentlich ins Herausfordernde spielte.

Traudels Söhne, Thomas und Rainer, wuchsen sich zu echten Schwarzwaldbuben aus. Groß und blond mit freundlichen Händen wie Schaufelbagger und einem Körperbau wie zwei starke Tannen.

Eigentlich hätte auch in Irmhilds Leben alles so nett werden können wie in eine Episode aus der Schwarzwaldklinik. Die Herkunft aus dem vorbildlichen Dreimäderlhaus im idyllischen frommen Münstertal mit seinen Höfen, den satten Wiesen, dem dunklen Holz und dem Vieh; ein paar Gasthäuser in den Ortschaften; ein murmelndes Bächlein; das alles überragende Kloster und unaufgeregter solider Wandertourismus.

Sie waren wahrhaftig ein hübsches Trio mit ihren Dirndln: Eine Tochter war schwarzhaarig, eine blond wie Gerste und Irmhild, durch eine Laune der Mendelschen Gesetze von flammendem Rot.

Doch irgendetwas hatte das schöne Bild gestört. Denn Irmhild war schon als Kind anders gewesen. Verträumter. Stiller. Heimlicher. Und sie war auch als Frau anders geblieben.

Die Bauernburschen aus den Nachbarorten hatten sie gelangweilt, das Tal war ihr zu eng geworden, und es hatte sie auf der einen, einzigen Zufahrtstraße hinaus in die helle, weite Rheinebene gezogen. Dorthin, wo die Bahnschienen eine nahezu gerade Linie von Karlsruhe bis ins verlockende Basel und der Rhein die Grenze zum Elsass bildete, der Turm des Straßburger Münsters zu erahnen war und den Blick in eine andere Welt erlaubte. Die Irmhild wollte nach Freiburg, in die Stadt, wollte leben und erleben und wollte sogar studieren.

Seltsam, fanden alle im Dorf und schüttelten die Köpfe. Hier Hof und Haus und dort nur eine Wohnung. Hier die stolze Selbstständigkeit, dort nach verpfuschtem Studium der Biologie nur ein Schreibjob am Institut.

Aber die Irmi war ja immer ein bisschen anders gewesen. So etwas kam von Zeit zu Zeit auch in den besten Familien im Tal vor.

Marianne und Traudel saßen hingegen noch heute einträchtig zu Hause. Nahe den Eltern und manchmal zusammen auf einer Bank am Kloster St. Trudpert. Obwohl es gerade da einen grellen Riss in der Postkartenidylle gab. Die Leute im Ort sprachen nicht gerne über die Legende. Der Mönch Trudpert, Namensgeber des Klosters, sei einst erschlagen worden von seinen eigenen Knechten. Das wollten die Schniedermädels nicht hören, wenn sie da auf der Bank saßen. Hier im Tal war es friedlich. Hier geschahen keine Morde!

Längst hatten sie eigene Anwesen. Die Alten hatten sich zufrieden und mit einem Lächeln auf dem zerfurchten Gesicht aufs Altenteil begeben und das getan, was seit Generationen so üblich war: ab und zu im Betrieb aushelfen, Enkel hüten und Spaß am Hund haben. Die Eier den Hühnern unter dem Hintern wegholen. Tischdecken und Handtücher ausbessern. Und zusehen, wie ihre Töchter glücklich waren.

Marianne und Traudel wohnten jetzt in rückseitig einander zugewandten, schicken Einfamilienhäusern, identisch wie zwei weiße, saubere Schuhschachteln, so wie auch ihre Männer Gundram und Peter einander glichen und ihre Kinder ähnlich gut gelungen waren. In jedem der Häuser konnte man sprichwörtlich vom Boden essen und das Zentrum war natürlich jeweils die luxuriöse Einbauküche.

Und was machten Marianne und Traudel in diesen Küchen?

Das Gleiche wie ihre Vorfahren Generationen zuvor: Sie schabten Spätzle, würzten Braten, brieten Fleischküchle, machten Wurstsalat an. Sie produzierten Brägele und Leberspätzle für die Großfamilie. Ab und zu schoben sie nachsichtig lächelnd für die Kinder eine tiefgekühlte Pizza in den Ofen.

Ja, und genau dort, in einer Küche, wartete Irmhilds Chance, in diesem vorbildlichen Landlust-Leben eine Rolle zu spielen.

Marianne und Traudel buken nämlich erstaunlicher-weise nicht. Sie hatten einfach kein Talent dafür und keinen Spaß daran.

Irmhild aber konnte vorzüglich backen und liebte Süßes seit Kinderzeiten. Sie stellte mit Leidenschaft komplizierte Kuchen, ausgefallene Plätzchen, raffinier-te Törtchen und leckere süße Stückchen her.

Das erstaunte alle. Ausgerechnet die Irmhild buk also hervorragend. Die dritte Schwester, die es zu nichts, was hier zählte, gebracht hatte! Irmhild, die nach Frei-burg gezogen war und dort angeblich mit einem … Türken oder so was Ähnlichem zusammenlebte. Nie-mand kannte ihn, aber alle nannten ihn Ali, auch wenn er vielleicht anders hieß. Er kam an Weihnachten nie mit ins Münstertal, was keiner bedauerte. Er war sowieso nicht eingeladen.

»Meine große Liebe!«, hatte Irmhild behauptet. »Aber es ist nicht einfach. Er hat noch … gewisse Bindungen.«

Also verheiratet. Dazu sagte keiner etwas. Ungehö-rig. Es musste die Einsamkeit sein, dass die sich an so einen kettete. Irmhild sah stets an ihrer Mimik, was sie dachten und ahnte ziemlich genau, was im Dorf über sie geredet wurde.

Und sie hatte recht. Tatsächlich bedauerten alle die Familie. So ein Missgeschick, die Irmhild aus Freiburg, die nicht zu Hause geblieben war, um eine Familie zu versorgen, sondern stattdessen für fremde Leute Briefe schrieb. Das war doch ihr Bürojob?

Dieser Ali würde bestimmt eines Tages abhauen, zurück ins wilde Kurdistan, wie Irmhilds Vater, allge-mein Opa Kurt genannt, scherzte. Und sowieso war

Irmhild, die sich in der Stadt angeblich Hilde nannte, in seinen Augen nur ein spätes Mädchen. Ein Ali zählte nicht an Orten, wo heimische Kerle wie Gundram und Peter ihre Duftmarken gesetzt hatten.

»E armes Ding!«, munkelten die Nachbarn mitleidig.

Unter dem Jahr ging Irmhild dieser engen Tannenzapfenwelt so gut es ging aus dem Weg und ließ sich kaum blicken, doch an Weihnachten fuhr sie trotz allem gerne nach Hause.

Wie es nämlich seit Jahrhunderten Tradition war, verzehrte man zum Fest gemeinsam mit der ganzen Familie ein opulentes badisches Festmahl mit Schäufele und Kartoffelsalat. Die Forellensuppe aus heimischer Zucht stammte von Traudel, das Schäufele von Marianne, der matschige Kartoffelsalat von Opa Kurts Frau, allseits Oma genannt.

Jede der Frauen trug etwas bei, und auch Irmhild, wie immer ohne ihren vermeintlichen Ali eingeladen, fühlte sich an Weihnachten als ein vollgültiger Teil dieser Familie: Sie war nämlich seit Jahren für die Desserts zuständig.

Sie war sich sicher, dass man ihre süßen, herrlich verzierten Nachspeisen liebte und sich auf sie freute. Wurde sie schließlich nicht immer überschwänglich gelobt für ihre köstlichen, oft exotischen Kreationen?

Vergessen waren an diesen warmen, gemütlichen Abenden die Zweifel, die Ängste und die Fremdheit, die sie manchmal in der Stadt überfielen. Es war nicht einfach mit ihrem Freund. Nein. Nicht einfach. Und die einst so ersehnte Freiheit war schal geworden. Wochenenden in der Stadt können einsam sein, wenn man am

Fenster steht und wartet. Auf einen, der viel zu selten kommen kann.

Die ganze Adventszeit hindurch begleiteten sie diese tröstlichen Gedanken an das familiäre Zusammensein unter dem Christbaum. »Ach, meine Schwestern und ihre Familien freuen sich schon auf meine Nachspeise.« Ihre Kolleginnen im Institut lächelten ihrer Schreibkraft dann gutmütig zu. Na, dann hat sie wenigstens was, sprachen ihre Blicke.

Im Wissen um die kleine Welt ihrer Schwestern, hätte Irmhild die Wahrheit eigentlich kennen sollen – wenn sie sie nur hätte sehen wollen. Dass ihre Sippe im Grunde froh war, dass es etwas gab, wofür man sie loben konnte, ohne allzu sehr heucheln zu müssen.

Wie peinlich wäre sie denn sonst? Was sollte man denn zu ihr sagen, was sie fragen, worüber mit ihr reden?

Eine bedauernswerte Existenz, die einsam, älter werdend und wurzellos in Freiburg in einer Einzimmerwohnung lebte. Irgendwie mit einem Türken namens Ali oder so ähnlich. Der sie nicht mal heiratete. Was vielleicht auch besser war: »Die arme Kinner!«, sagten die Leute im Dorf in solchen Fällen.

Aber man konnte immerhin sagen, dass die Irmhild einen ganz netten Nachtisch machte. Zumindest bis vor einiger Zeit. Nun schleppte sie seit mehreren Jahren schon dieses klebrige orientalische Zeug an. Stolz, so, als komme das Gebäck stellvertretend für Ali, den man nicht hergebeten hatte und das auch niemals tun würde. Jetzt machte sie keinen guten, jetzt machte sie einen gerade noch *erträglichen* Nachtisch. Doch auch nur die leiseste Kritik würde Irmhild bestimmt einschüchtern und ihr das letzte Erfolgserlebnis rauben.

Also lobten sie alle Jahr für Jahr und schrecklich übertrieben Irmhilds immer ausgefallener werdende Mitbringsel. Und Irmhild glaubte ihnen. Wollte ihnen glauben! Das war immer so gewesen. Bis zum letzten Jahr …

Letztes Jahr war die Wahrheit offenkundig geworden.

Der Teig wurde zum Sündenbock, so brutal knetete Irmhild jetzt, im Jahr nach der Erkenntnis, die Masse für das bervorstehende Fest.

Sie versuchte, sich wieder zu beruhigen und genau zu planen. Immer wieder warf sie einen Blick auf die kleinen grünen Blätter zu ihrer Linken, die sie fein gemahlen, fast pulverisiert hatte. Dann musste sie ein Lächeln des Triumphes unterdrücken.

Ja, letztes Jahr an Weihnachten hatte sie wenig zu lachen gehabt; dieses Jahr würde sie sich um so mehr amüsieren.

Ohne, dass sie sie aufhalten konnte, wanderten ihre Gedanken noch einmal zurück.

* * *

Pech für die Familie, dass letztes Jahr ein Kollege angeboten hatte, Irmhild auf seinem Weg nach Hause mit ins Münstertal zu nehmen. Die Tupperwareschüssel mit der Zimt-Grießcreme auf den Knien, hatte sie neben ihm in dem kleinen Auto gekauert und sich bedankt, dass er sie das Stück Berg hinauf zum Hof brachte, bevor er dann weiter zu seinen eigenen Leuten am Ende des Tales fuhr.

So war sie seinerzeit früher als geplant bei der Tannenzapfenidyll-Großfamilie eingetroffen.

Während sie jetzt den Teig böse lächelnd in den Händen hin- und herwarf, durchlebte sie alles noch einmal.

Wie der gefrorene Schnee unter ihren Füßen knirschte, als sie sich Mariannes Haus näherte. Die sauber geschleckte Fassade war hell erleuchtet und mit Tannenreisig, verzierten Glaskugeln, Stechpalmen und Lichterketten geschmückt. Durch die Fenster sah sie ins Wohnzimmer, sah die gestikulierenden Mitlieder ihrer Familie.

Leise betrat Irmhild die nie abgeschlossene Vordertür und stand im großzügigen Windfang. Mit ihrer süßen Überraschung unterm Arm, schlich sie zur Wohnzimmertür.

Drinnen erklang die helle Stimme ihrer Nichte Joanna: »Mama, muss ich dieses Jahr wieder so tun, als würde mir das komische süße Zeug von Tante Irmhild schmecken?« Joanna. Noch ein Teenager, aber schon schaffig und stämmig wie ihre Mama. »Ja, sie hört es halt gern, und an Weihnachten macht man bekanntlich allen Menschen eine Freude.«

»Das Zeug schmeckt immer zum Kotzen.« Das war Traudels Sohn. Welcher von den beiden, war eigentlich egal. Sie waren ohnehin austauschbar.

»Der Bub hat recht. Des kann mer net esse.« Irmhilds Vater, der Opa Kurt, hustete.

Irmhild hörte, wie ihre Mutter ihm hohl auf den Rücken schlug.

»So besser, Opa? Jetzt lasst ihr halt die Freude. Sie hat doch sonst nichts im Leben zustande gebracht. Was glaubt ihr, wie unangenehm mir das im Kränzle immer ist. Immer noch net verheiratet. Und mit emme Türk zamme?«

»Wenn mer halt sonst nix hat!« Traudel seufzte. »Schad. Aber en Türk, ne, des hat se net bei uns glernt.«

»Trotzdem. Ich kann des Zeug net esse. Des macht fett. Zucker von de falsche Sort. Und dann krieg ich keinen ab, so wie die alte Jungfer.« Das musste Ria mit ihrem frechen Mundwerk und dem frühreif herausfordernden Blick sein.

»Ich verstehe euch, Kinder. Aber es ist Weihnachte. Ihr kriegt jeder zehn Euro, wenn ihr lobt, was die Tante Irmhild gebacken hat. Gebt euch ein bisschen Mühe. Wir Erwachsene strengen uns auch an. Morgen ist sie ja wieder weg. Und wir habe wieder unsere Ruh.«

Irmhild stand wie erstarrt. Die Worte drangen in sie ein und verbreiteten sich wie flüssiges Gift. Sie wollte sich umdrehen und gehen, als just der Familienhund, der im ersten Stock schlief, sie entdeckte und wie verrückt bellte, weil er einen Fremden witterte. Und fremd war sie ja wirklich.

Irmhild wandte sich trotzdem um. Wollte nur weg.

Doch ihr vierschrötiger Schwager Gundram erwischte sie gerade noch an der Haustür.

Jovial und in Hochdeutsch wie zu einer Touristin: »Irmhild, bist du gerade angekommen? Schnell hereinspaziert in die Stube. Wir haben den Kamin angemacht. Es ist doch kalt draußen. Alle warten schon und freuen sich auf dich. Komm, zieh deinen Mantel aus. Schick.«

Gundram ging voraus ins Wohnzimmer. »Hallo, alle, schaut mal, was die Katze hereingebracht hat. Die Irmi. Wir dachten, du kommst später. Aber erst mal hallo!«

Marianne stand auf.

»Hallo, Irmi. Wir können gleich loslegen. Mit der Suppe. Der Feldsalat steht da, ja, nun setz dich und trink was. Wir sind alle schon so gespannt auf deinen leckeren Nachtisch. Stell die Schüssel dort auf den Beistelltisch.«

Zwei Stunden später war das Essen vorüber. Alle schnatterten, alle lachten. Großeltern, Eltern, Kinder, Enkel. Wärme. Geborgenheit. Geborgenheit für alle, dachte Irmhild mit Tränen in den Augen, aber nicht für mich.

Für mich ist alles Lüge, ein Trugbild.

Sie lächelte mühsam, um ihre wahren Gefühle nicht zu zeigen. Die Enttäuschung. Nein, es war mehr. Es war Hass. Kalter Hass. Und der verdrängte die Tränen. Sie dachte an ihre Einzimmerwohnung in Freiburg, die schwierigen und manchmal allzu seltenen Besuche von Rafi, und ihr Lächeln erstarrte zu einer Grimasse.

»Und jetzt der Nachtisch. Sieht so cremig aus.« Irgendjemand schnalzte mit der Zunge.

»Und ist das Zimt, das Braune da oben. Wie das lecker verläuft. Hast du ihn schon in die schöne Porzellanschüssel umgefüllt, Oma? Schön. Stell ihn mitten auf den Tisch. Hm, das riecht mal wieder gut nach Butter.«

»Was ist das, Irmhild?« Eine andere Stimme.

»Mamuniye. Grießcreme mit Zimt. Aus …« Irmhild erwachte aus ihrer Starre.

»Rezept von deinem Typ, dem Ali? Ganz toll!« Das war Traudels Sohn. »Echt! Lecker.«

»Schmeckt auch toll«, sagte Marianne, die sich eine kleine Portion in eine Dessertschale gefüllt hatte und sichtlich mühsam einen Löffel Creme hinunterwürgte. »Ist da Rosenwasser drin?«

»Süß! Voll süß.« Joanna, Mariannes Tochter grub mit einem Löffel in ihrem gefüllten Schüsselchen herum, aß aber kaum etwas.

Irmhild dachte an Rafi. Rafi, in der Ferne.

Wenn sie Nachspeisen aus seinem Land und seiner Esskultur zubereitete und hierher mitbrachte, war es fast, als sei er dabei.

»Macht satt!«, stellte Gundram fest. »Prima.«

Peter wendete den Löffel mit der süßen Masse hin und her. »Also, die Türken waren uns immer schon voraus mit dem Süßkram.«

»Rafi ist kein …«

»Ach, was! Red net. Exotisch halt! Net von hier«, sagte Mama, erhob sich, ging Richtung Küche und zog dort die Küchenschürze an, um den Abwasch anzugehen. Draußen weiße Schneewiese, kein Vieh auf den Weiden. Tausend Sterne am Himmel. Im Hintergrund grüßten die fernen Silhouetten der Klostertürme. Die Glocken läuteten mit ihrem feierlichen und uralten Klang durch das enge Tal.

»Hört, hört!«, sagten Traudels Söhne Thomas und Rainer unisono. Ria, Joannas Schwester, drapierte wie nebenbei eine Serviette über ihrer fast noch vollen Dessertschüssel. »Schmeckt gut, echt, Tante Irmhild, aber ich kann nicht mehr. Ich esse es später. Hoffentlich lasst ihr mir alle für morgen noch was übrig.«

»Also, deine Nachtische sind echt …«

Irmhild bemerkte, wie sich die Kinder unterm Tisch gegenseitig an die Schienbeine traten. Sie sah das fiese Grinsen in ihren Mundwinkeln. Sie vernahm, wie ihr Vater murmelte: »Gut, Irmhild, wirklich gut. Mal was anderes«. Und wie Traudel ein mühsames Lachen unterdrücken musste.

Dann hatte sich das Gespräch den Kindern zugewandt. Ihren Leistungen in der Schule und auf dem Hof und mit den Tieren …

So war das letztes Jahr also gewesen.

* * *

Irmhild knetete weiter ihren Teig und erinnerte sich noch einmal an die Gesichter ihrer Familie, die sie damals der Reihe nach betrachtet hatte. Miene für Miene. Augenpaar für Augenpaar.

Kühl und ohne Leidenschaft hatte sie sie studiert. Wie sie früher im Studium die Tiere studiert hatte, die sie hatte sezieren müssen.

Und als der Engel auf dem Baum an jenem Abend Frieden verkündete, rief der Teufel in ihrem Inneren nur das Wort *Hass. Hass. Hass.*

Morgen, an Heiligabend, würde sie – das hatte sie lang überlegt – Nazukner ins Münstertal, das Feindesland, mitnehmen. Die gefüllten viereckigen, in der Mitte leicht gewölbten, Hefeteilchen aus Armenien waren sehr gut, sehr süß und sehr schwer. Man würde ihn nicht herausschmecken, den Blauen Eisenhut, den man aufgrund der zerstörerischen Kräfte all seiner Pflanzenteile auch Würgling nannte. Der noch dazu im

Institutsgarten wuchs und in einem leuchtenden Ultramarin blühte. Und den sie zu Hause in einem Erdkästchen zog, weil er ihr so gut gefiel.

Dieses Jahr fuhr sie mit der Bahn. Und dieses Jahr kam sie nicht zu früh.

»Hereinspaziert, Irmhild. Stell es doch ab, dein Tablett. Hmm … Das sieht ja wieder mal superlecker aus.« Traudels Haus war dran mit dem Weihnachtsreigen; es war natürlich ebenso weihnachtlich und perfekt geschmückt wie im letzten Jahr Mariannes Haus. Die Schwestern neideten sich ihre maßgeschneiderten Leben nicht, sie ergänzten einander.

»Kann deine Kreation gar nicht erwarten, Tante Irmhild!«, meinte Joanna nach dem zweitletzten Gang des Weihnachtsmenüs seufzend und verdrehte kurz die Augen in Richtung ihrer Schwester, die ein glucksendes Kichern unterdrückte und ihre frechen Augen zum schneeverhangenen Himmel über dem tief eingeschnittenen Schwarzwaldtal richtete.

»Was ist es dieses Mal? Ich muss ein wenig mit dem Magen …«, sagte Marianne. »Leider. Aber Gundram isst mein Stück bestimmt gern mit. Der ist ja so ein Süßer.«

»Na, komm du mir nach Hause!«, drohte Gundram seiner Frau. »Ich darf auch nicht mehr als ein … oder ein halbes.«

»Nimm eins!«, sagte Irmhild zu Marianne. »Bitte!«

»Na gut.«

»Stell es auf das Sideboard da hinten. Jeder kann sich ja nachher nehmen, Kind!«, seufzte Oma. In diesem Seufzen steckte schlecht verhohlen eine Welt an Kummer, dass ihre jüngste Tochter nichts nettes Badisches buk, sondern immer dieses klebrige Zeug anschleppte. »Wie heißt das?«, fragte Gundram.

»Nazukner. Es sind armen …

»Ja, die Türken lieben Süßes. Wissen wir ja inzwischen. Das Zeug hat bestimmt viel Arbeit gemacht!«, unterbrach Peter und biss in sein Teilchen. »Nächstes Jahr kannst du ja mal aussetzen. Obwohl wir natürlich enttäuscht wären.« Er boxte seinen Vater in die Rippen und warf ihm einen verschwörerischen Blick zu.

Rita maulte noch herum.

»Also, jeder nimmt sich ein Stück und damit Schluss!«, befand Opa Kurt. »Wenn es schon mal da ist. Rita und Joanna, ihr zwei auch.«

Irmhild nahm auf dem Sofa Platz und beobachtete, wie sich alle dem Blech näherten.

Sie wusste es wirklich nicht. Sie hatte die Stücke wie ein Hütchenspieler so oft auf dem Blech hin- und hergeschoben, teilweise mit geschlossenen Augen, dass sie tatsächlich keine Ahnung hatte, in welchem Stück die tödlich-giftige und winzig klein geriebene Eisenhutwurzel steckte. Das Gift würde nicht gleich wirken, dafür aber umso verheerender. Der Tod würde sich als Herzrhythmusstörung oder kleiner Schwächeanfall tarnen. Man lebte hier auf dem Land. Das nächste Krankenhaus war weit weg. Es gab keine Rettung. Es konnte jeden erwischen, der sich ein Stück vom Blech nahm.

Und was das Schöne war: Es würde immer den Richtigen treffen.

So lehnte sie sich zurück und lächelte zum ersten Mal seit langer Zeit. Sie vergaß Rafi und ihre Zweifel und vergaß seine Frau zu Hause und seine Kinder und vergaß ihre Angst, ihn zu verlieren.

»Hat jeder ein Stück genommen?«

»Ja, herrlich! Mmmh.«

»Nicht wahr? Also: Frohe Weihnachten!« Irmhild strahlte.

Alle murmelten was. Irmhild nahm das letzte Stück ihres eigenen Nachtischs, betrachtete es liebevoll und legte es dann ganz sanft zurück auf die Platte. Vielleicht hatten sie Glück und das Gift steckte in diesem Stück. Dann sollte es so sein.

»Ich will euch nichts wegessen. Nein, nichts dem Hund geben! Es ist zu süß und zu schwer. Das verträgt er nicht. Ach, und übrigens: Ali ist kein Türke. Er ist Syrer.«

Nazukner aus Armenien
Ohne Blauen Eisenhut ;-)

Für 6 Personen
Der Teig für Nazukner sollte nach alter Tradition mit den Händen geknetet werden.
Der Teig besteht aus 1,5 Teelöffeln Bierhefe, die in 100 ml lauwarmem Wasser aufgelöst wird sowie aus 2 Teelöffeln Natron, das mit einem Becher Naturjoghurt vermischt wird. Zusammen mit 4 Esslöffeln Crème Fraîche, einem weiteren Becher Joghurt, 2 Teelöffeln Backpulver und der

gleichen Menge Vanillezucker sowie 250 Gramm weicher Butter wird jetzt ordentlich geknetet.

Ungewöhnlich für europäische Süßspeisen: 2 Esslöffel Weinessig werden zum Teig hinzugefügt, bevor die 600 g Mehl daruntergemischt werden. Weiterkneten! Wenn der Teig nicht mehr an den Fingern klebt, in drei große Kugeln aufteilen und sechs Stunden im Kühlschrank kaltstellen.

Zum sehr dünnen Ausrollen den Teig aus dem Kühlschrank nehmen und eine Stunde warten. Währenddessen die Füllung herstellen: 125 g weiche Butter mit 250 g Zucker und 250 g Mehl zu einer sandartigen Masse verarbeiten. Auf Wunsch etwas Zitronenschale, Rosenwasser, Rosinen oder Zimt hinzugeben.

Nun den Teig etwa 1 Millimeter dünn ausrollen, mit einer Mischung aus gesalzenem und zu Schnee geschlagenem Eiweiß sowie einer Eigelb-Milch-Mischung bestreichen. Dann den Teig in Quadrate von 8 bis 10 Zentimetern schneiden, mit der Füllung belegen und die vier Seiten von den Ecken her so zusammenlegen, dass eine geschlossene Tasche entsteht. Tasche jetzt von außen mit der Eigelb-Milch-Mischung bestreichen, mit der Gabel einstechen und auf einem Blech mit Alufolie bei 210 Grad etwa 15 Minuten backen. Danach Backofen auf Grillfunktion stellen und weitere 5 Minuten backen.

Auf dünnem Eis

SUNIL MANN

Plötzlich fegt eine ungestüme Windböe durch die Äste der uralten Eichen, der Zypressen und Rottannen und erfüllt die Luft mit einem mehrstimmigen Rauschen, das die letzten Worte des Pfarrers mit sich reißt. Kurz erschaudern auch die Weißdornbüsche, die den Friedhof zur Straße hin abgrenzen, ein paar trockene Blätter jagen herbstlich knisternd über den Asphalt, danach herrscht Stille. Der Pfarrer hat die Grabrede im amtlichen Hochdeutsch gehalten als wäre Schweizerdeutsch zu niedlich, zu verspielt mit seinem Rollen und Kratzen, der auf- und abtanzenden Sprachmelodie, um tief empfundenes Leid auszudrücken.

Mit gesenkten Köpfen verharren die Trauergäste am Grab, und irgendwie kann ich es immer noch nicht so richtig fassen, dass am Ende eines Lebens nicht mehr von einem geliebten Menschen übrig bleibt als ein Häufchen Asche. Zusammen mit den Habseligkeiten, den Büchern und dem Geschirr, Kleidern, die keiner haben will, und Briefen von Leuten, die man nicht kennt. Und manchmal fällt einem dabei auf, wie wenig man von diesem Menschen gewusst, wie viel man sich gegenseitig verschwiegen hat. Dass man sich trotz aller Nähe stets fremd geblieben ist. Ich zünde mir eine Zigarette an und rede mir ein, dass sie mich beruhigt.

Ein leises Aufseufzen weht zu mir herüber. Mäntel rascheln, Hüte werden zurechtgerückt und Köpfe gehoben, ein älterer Mann schielt unauffällig auf seine Armbanduhr. Viele Leute sind nicht gekommen, es ist auch nicht zu erwarten gewesen. Ein ergrautes Damentrio bewegt sich als Erstes von der Grabstätte weg, zögerlich erst, dann zunehmend zielstrebig, der Leichenschmaus findet in einem nahe gelegenen Gasthaus statt. Jetzt erst wird mir meine unglückliche Position bewusst, nahe am Friedhofstor, in sicherer Entfernung von der Trauergemeinde, wie ich gedacht habe, doch nun muss natürlich jeder hier durch. Ich stehe wie erstarrt, und sie nicken mir im Vorbeigehen zu, mustern mich neugierig, manche strafend. Linkisch wie ein ertappter Schuljunge verberge ich die Zigarette hinter meinem Rücken. Immer wieder packt jemand meine freie Hand und schüttelt sie mit diesem vielsagenden Druck, den sie sich für Beerdigungen aufheben, man flüstert mir tröstende Worte zu und lächelt gequält.

Vaters Blick ist unergründlich, als er mir kurz die Hand auf die Schulter legt, seine knappe Kinnbewegung gibt mir zu verstehen, dass er sich später mit mir unterhalten will. Ich bin zu lange weg gewesen, habe ihn zu lange nicht angerufen, es fällt mir erst in diesem Moment auf. Selbst jetzt habe ich nur diese zwei Tage zwischen einem Auftrag in Singapur, wo ich für ein

Wirtschaftsmagazin einen Schweizer Financier porträtiert habe, und den Miss-World-Wahlen in Venezuela. Wegen meines Jobs als Fotograf verbringe ich kaum noch Zeit in der Schweiz. Aber das ist es nicht allein.

»Jonas!« Sara geht zuhinterst, ihr Gang ist wie immer leicht, beinahe schwebend. Sie lächelt, und ihre kleine Hand flattert wie ein orientierungsloser Nachtfalter hoch.

»Du bist gekommen.« Sie umarmt mich und hängt sich bei mir ein, zieht mich mit, über sie Straße auf den Fußgängerweg, der am See entlang zum Dorf führt. Regenwolken ballen sich vor der Gebirgskette am gegenüberliegenden Ufer, die Farben der Szenerie ausgebleicht wie auf einem uralten Foto, nur die Wasseroberfläche schimmert matt, anthrazitfarbenes Metall.

»Schau nicht hin«, flüstert Sara ängstlich, und ich drehe mich besorgt zu ihr um.

Sie ist blass, blasser als eben noch, ihre Haut ist beinah durchscheinend. Als wäre sie im Begriff, sich aufzulösen. Dieser Eindruck hat sich noch verstärkt, seit ich sie zum letzten Mal im Wohnheim besucht habe.

»Manchmal bin ich mir sicher, sie steht vor dem Fenster. Doch wenn ich nachschaue, ist da niemand. Es ist bloß so ein Gefühl, verstehst du?«

»Ja«, sage ich und vermeide es, nochmals auf den See zu schauen.

»Sie wird immer da sein. Sie wird uns nie loslassen, weißt du? Nie.«

Ich erwidere nichts, doch ich sehe sie mit einem Mal wieder erschreckend deutlich vor mir: das rötliche Haar, das sie zu losen Zöpfen geflochten hatte, die

Sommersprossen auf Nase und Wangen, dieses flüchtige Grün ihrer Augen, der stumme Vorwurf, der in ihrem letzten Blick lag.

Samstags, wenn Mama Ruhe brauchte und sich nach dem Frühstück in den oberen Stock verzog, um es sich mit einem Buch im Bett bequem zu machen, nahm Vater uns mit zum Einkaufen. Wir wohnten in einem schmucken, aber für vier Leute etwas gar engen Chalet direkt am See, ein kleiner Garten gehörte dazu und ein Bootssteg, obschon wir uns kein eigenes Boot leisten konnten. Im Sommer durften wir jeweils das Kajak unseres Nachbarn benutzen, wenn er es selbst nicht brauchte, mehr war leider nicht drin. Vater kannte jeden in der näheren Umgebung, und da sich am Samstagmorgen ohnehin das ganze Dorf im einzigen Supermarkt des Ortes versammelte, traf er auf Schritt und Tritt Bekannte an. Während er sich gern in längere Gespräche verwickeln ließ, langweilten Sara und ich uns schnell einmal. Wenn Vater dann unsere Ungeduld bemerkte – was leider nicht jedes Mal der Fall war – lud er uns als Wiedergutmachung ins gegenüberliegende Café Hofer ein, wo wir immer dasselbe bestellten: Vermicelles-Törtchen. Dicke Vanillecreme in einem Körbchen aus süßem, vor lauter Butter ganz bröckeligem Mürbeteig, darüber aufgetürmt ein Berg von zu spaghettidünnen Fäden gepresstem Maronenpüree. Gekrönt wurde das Ganze von einem Sahnehäubchen und einer knallroten Cocktailkirsche – ein wahr gewordener Kindertraum. Beatrice, die Kellnerin, freute sich jedes Mal, wenn wir kamen, und beschenkte uns mit

Keksen, die für den Verkauf nicht perfekt genug geraten waren. Mit der Zeit ließ uns Vater einfach dort
zurück und ging einkaufen, wohl wissend, dass wir auf
keine dummen Gedanken kommen würden, solange
wir mit den klebrigen Stückchen beschäftigt waren. Ich
liebte diese Samstage mit Vater. Und Sara liebte sie
auch.

Wir bleiben auf dem gekiesten Vorplatz des Gasthofs
stehen, und während ich meine Zigarette zu Ende rau-
che, schmiegt sich Sara mit unerwarteter Heftigkeit an
mich. Ich bin erfreut und gerührt, gleichzeitig will ein
Teil von mir sie wegstoßen, möchte, dass sie mich in
Ruhe lässt und mich nicht immer zurückerinnert an
jenen Samstag vor bald dreißig Jahren. Denn darum
geht es in meinem Leben: diesen Samstag hinter mir zu
lassen. Und obschon ich ganz genau weiß, dass es mir
nie gelingen wird, versuche ich es trotzdem.

Aus dem Lokal dringt Hackbrettmusik, und durch
die halb geöffnete Eingangstür sehe ich eine Kellnerin
mit einer üppig belegten Trockenfleischplatte durch
den Korridor hetzen. Irgendjemand lacht laut. Ich frage
mich, ob Mama jemals Hackbrettmusik gehört hat, ob
sie sie überhaupt gemocht hätte, ich kann mich so
schlecht an solche Dinge erinnern. Die Feinheiten und
Zwischentöne. Aber es ist auch schwierig gewesen,
damals, als sie sich dauernd gestritten haben. Als
Mama die winzige Kammer im Dachgeschoss zu ihrem
Schlafzimmer umfunktioniert hat, und Vater abends
allein mit einer Weinflasche im Wohnzimmer saß und
mit glasigem Blick vor sich hinstarrte. Als sie dann auf-

gehört haben zu streiten und die Stille viel lauter und beängstigender war als jede noch so heftige Auseinandersetzung zuvor. Als Mama, ohne sich von uns zu verabschieden, drei Tage verschwand und erst wiederkam, als es zu spät war.

Wir sitzen an einem Zweiertisch in der Nähe des Ausgangs, obschon uns immer wieder Leute zurufen, wir sollen uns doch zu ihnen setzen und erzählen, man bekäme uns ja sowieso nie zu Gesicht. Die Stimmung ist ausgelassen, Trauer und Betroffenheit sind wie weggewischt, ich habe keine Ahnung, wie die das schaffen. Sie haben uns im kleinen Saal untergebracht, im »Säli«, wie man hier sagt, es wird eifrig Wein nachgeschenkt, und irgendwann fängt einer der Alten an zu singen. Vater sieht verunsichert aus, es freut ihn offensichtlich, dass doch einige seiner Bekannten gekommen sind, wenn auch ein Großteil durch Abwesenheit glänzt. Sie glauben immer noch, er hätte es getan, selbst nach all den Jahren. Er bewegt sich vorsichtig, sein Lächeln ist vage, wie ein Kranker, der zum ersten Mal seit langer Zeit von seinem Lager aufgestanden ist.

Sie hatten wieder gestritten, laut und heftig, und als sich Vater im Café kurz zu uns setzte, um einen Espresso runterzustürzen, bemerkte ich, dass seine Hände zitterten. Sein Lächeln wirkte aufgesetzt und rutschte ihm kurz weg, als er sich von uns verabschiedete. Er käme gleich zurück, Zwiebeln, Waschmittel, etwas für den Sonntag, Eier, Milch und Brot, es dauere nicht lange. Sara sah ihm hinterher, sie war stiller geworden in letzter Zeit, in sich versunken, die Spannungen machten ihr mehr zu schaffen als mir. Sie war zwar zwei Jahre älter, aber trotzdem.

Schweigend nahmen wir unsere Vermicelles-Törtchen in Angriff, und die Süße gaukelte mir einen kurzen Augenblick lang vor, die Welt sei in Ordnung. Ein eisig kalter Tag im Januar, im Radio wurde über das Zufrieren des Sees berichtet. Wenn es weiterhin so kalt bliebe, könne man in ein paar Tagen darauf Schlittschuh laufen, stellte der Sprecher in Aussicht. Dann sah ich meinen Vater in der Telefonkabine vor dem Einkaufszentrum stehen, den Hörer am Ohr, mit der freien Hand fuchtelte er abwechselnd wütend und beschwichtigend herum.

Er war immer noch aufgebracht, als er zurückkehrte. Seine Gesichtsfarbe war gerötet und die Ader, die vom Haaransatz zur Nasenwurzel mitten über seine Stirn verlief, angeschwollen.

»Eure Mutter fährt weg«, stieß er hervor, und Sara blickte alarmiert zu ihm hoch.

»Für ein paar Tage. Sie braucht Zeit, um sich über gewisse Dinge klar zu werden«, schob er als Erklärung nach.

»Gewisse Dinge?« Sara riss die Augen auf.

»Das verstehst du nicht.«

»Ich verstünde es sehr wohl, wenn du es mir bloß erklären würdest!« Empört reckte sie den Hals, die Hände geballt und schon auf dem Weg zur Hüfte.

Vater stöhnte leise und fuhr sich übers Gesicht, Sara überforderte ihn in diesem Moment, es war ihm deutlich anzusehen. Und er wusste, dass sie nicht nachgeben würde, sie konnte sehr hartnäckig sein.

»Ich muss zur Toilette«, zog er sich aus der Affäre und sprang auf, bevor Sara etwas erwidern konnte.

Voller Angst sahen wir uns an. Was wir insgeheim schon länger befürchtet hatten, war jetzt offenbar eingetroffen: Unsere Eltern trennten sich. Mama war weg. Es war, als wachse in Sekundenschnelle eine Eisschicht um mein Herz, die Lust auf Vermicelles-Törtchen war mir ohnehin vergangen.

Wir warteten eine ganze Weile, bang schweigend, doch Vater kam nicht zurück. Schließlich hielt ich es nicht mehr aus und forderte Sara auf, mich zur Toilette zu begleiten. Widerwillig erhob sie sich, ergriff unsanft meinen Arm und zog mich hinter sich her durch das Café, an besetzten Tischen, der Auslage mit der Patisserie und der Kuchenvitrine vorbei, links in einen Korridor hinein, durch den man die Küche erreichte, dann rechts um die Ecke und am Ende war da ein mit Plaketten gekennzeichneter Durchgang. Dahinter ein Zigarettenautomat und gestapelte Kartonschachteln, vor den Toiletten eine angelehnte Tür, die in den Hinterhof führte. Gepresste Stimmen waren zu vernehmen. Sara blieb wie angewurzelt stehen, lauschte, trat einen Schritt zurück und spähte durch den schmalen Spalt hinaus. Ich tat es ihr natürlich gleich. Erst erkannte ich nur einen weißen Lieferwagen, auf dem der Name des Cafés in Schnörkelschrift stand. Dann sah ich Vater, er hielt Beatrices Handgelenke fest und drückte die Kellnerin grob gegen die Hausmauer, die Faust erhoben.

»Das kannst du nicht machen!«, zischte er, und sie sah ihm unerschrocken ins Gesicht, die Lippen zu einem höhnischen Lächeln verzogen.

»Das macht dir Angst, was? Wenn du die Kontrolle verlierst. Wenn nichts mehr so läuft, wie du willst.« Sie flüsterte ihm etwas zu, das ich nicht verstehen konnte.

»Ich werde nicht zulassen, dass du meine Familie zerstörst!«

Beatrice lachte, ein heiseres Husten eher, voller Spott und Herablassung, und ich trat nervös von einem Fuß auf den anderen.

»Du kannst nichts dagegen tun, rein gar nichts. Und das weißt du ganz genau.«

Ehe Vater antworten konnte, streifte ich mit dem Bein einen der Kartonstapel hinter mir, er verrutschte mit einem schleifenden Geräusch. Sara sah mich strafend an. Blitzartig gab Vater Beatrice frei. Sie schüttelte die Handgelenke und strich ihre Bluse glatt, während er auf die Tür zuschritt. Reaktionsschnell packte mich Sara an der Schulter und schob mich vor sich her zu den Damentoiletten, wo wir uns in einer Kabine einschlossen.

»Wo wart ihr?«, fragte Vater, als wir an unseren Tisch zurückkehrten, und wir behaupteten, wir hätten draußen Schulkameraden vorbeigehen sehen. Doch wir hätten uns die Mühe sparen können. Er war so aufgelöst, dass er unsere offensichtliche Lüge nicht bemerkte, nicht sah, dass unsere Jacken noch über den Stuhllehnen hingen.

Er brachte uns nach Hause, ermahnte uns, in der Nähe des Telefons zu bleiben, falls Mutter anrufen sollte, und stieg gleich wieder in den Wagen, um nach ihr zu suchen. Das Haus fühlte sich ohne sie leer an, doch ich war nicht wirklich traurig. Vielmehr empfand ich

Wehmut und hatte ein komisches Gefühl in der Magen-
gegend, wie wenn man nach dem Urlaub fertig gepackt
und die Ferienwohnung geputzt hat und beim Auto
auf die Abfahrt wartet. Sie würde zurückkommen, da
war ich mir ganz sicher. Etwas anderes hätte außerhalb
meiner Vorstellungskraft gelegen.

Wir saßen im Wohnzimmer, Sara las in einem Buch
und ich machte Hausaufgaben, und diese angespannte
Stille fing an, an meinen Nerven zu zerren.

»Da ist sie wieder«, flüsterte ich Sara zu und deutete
mit dem Kinn zum Fenster.

»Wer?«, wollte sie wissen, hatte das Buch aber bereits
sinken lassen und sich umgedreht.

Beatrice ging mit vorsichtigen Schritten ums Haus
herum. Offenbar hatte sie uns noch nicht entdeckt und
schien anzunehmen, das Chalet wäre leer. Vielleicht
hatte sie das Auto wegfahren sehen. Wir duckten uns, als
sie auf die Terrassentür zusteuerte und leise anklopfte,
danach blieb sie eine ganze Weile dort stehen und schaute auf den See hinaus. Endlich rührte sie sich wieder, ihre
Finger strichen über den Holztisch, an dem wir an warmen Sommertagen aßen und der von Weihnachten her
noch mit Tannenzapfen und Zweigen geschmückt war,
danach zündete sie sich eine Zigarette an und schritt
zögerlich über den Rasen zum Bootsteg hin.

Mit einem Mal sprang Sara auf, rannte zur Tür und
riss sie auf.

»Was willst du hier?«, schrie sie, die Wut hatte ihr
Gesicht ganz rot gefärbt.

Beatrice wandte sich langsam um, sie stand bereits
auf dem Steg und erst jetzt sah ich, dass sie geweint

hatte. Ihr Gesicht war aufgedunsen, die sonst so streng geflochtenen Zöpfe hatten sich gelockert.

»Lass unseren Vater in Ruhe!«, brüllte Sara, und Beatrice öffnete den Mund, um etwas zu erwidern, doch Sara herrschte sie an: »Ich will nichts hören! Halt dich einfach von ihm fern!«

Beatrice presste die Lippen zusammen und schüttelte den Kopf. »Das verstehst du nicht.«

»Und ob!«, brach es erbittert aus Sara heraus, Tränen liefen ihr jetzt über die Wangen, ihre Augen quollen hervor. »Geh weg und lass dich hier nie wieder blicken!« Sie schnappte sich etwas vom Tisch und rannte auf Beatrice zu.

»Sara, hör mir doch …«, begann Beatrice, dann traf sie der Tannenzapfen an der Stirn. Der nächste streifte ihre Wange, der dritte knallte hart gegen ihre Schläfe. Sie torkelte rückwärts, die Zigarette fiel ihr aus der Hand. Gerade konnte sie sich noch an einem der Pfosten abstützen, sie balancierte auf der Kante wie ein ungelenker Vogel, dann traf sie ein weiterer Zapfen und sie verlor das Gleichgewicht. Ich rannte hinter Sara her, und als ich am Bootssteg ankam, lag Beatrice rücklings auf dem Eis. Vor Erleichterung lachte sie auf und sah zu uns hoch. Die Eisschicht brach erst, als sie sich aufstützen wollte. Sie erstarrte und vermied jegliche Bewegung. Und so sehe ich sie noch heute vor mir, Beatrice, ihr rötliches Haar zu losen Zöpfen gebunden, die grünen Augen und der Vorwurf, der darin lag. Die Risse pflanzten sich rasch fort und brachten die einzelnen, erschreckend dünnen Eisschollen zum Schwanken. Alles geriet in Bewegung, und dann versank Beatrice mit einem verzweifelten Aufschrei, der See schluckte sie einfach, zog sie in die Tiefe, ihr Haar schwebte noch einen kurzen Moment lang wie eine rötliche Wolke über ihr, dann waren da nur noch dunkles Wasser und Eisstücke, die verloren auf der Oberfläche trieben.

Man hat sie nie gefunden, denn dank der beiden Flüsse, die den See speisen, herrscht eine starke Strömung. Was man gefunden hat, war Beatrices Zigarettenstummel, es gab auch Leute, die bezeugen konnten, sie in der Nähe unseres Hauses gesehen zu haben. Mutter brach zusammen, als sie zwei Tage später heimkam, und damals begriff ich nicht, weshalb sie so untröstlich war, weshalb sie sich nach diesem Vorfall in sich zurückzog, um einen unerträglich langsamen Tod zu sterben. Die Polizei verhörte meinen Vater mehrmals, und obschon er beweisen konnte, sich zum Zeitpunkt von Beatrices Verschwindens am anderen Ende des Sees aufgehalten zu haben, blieb etwas kleben. Bekannte gingen ihm plötzlich aus dem Weg, sogenannte Freunde riefen nicht mehr an, und war er einkaufen, tuschelte man hinter seinem Rücken. Sara und ich hielten dicht, doch es war, als wäre Beatrice nicht im See, sondern in uns verschwunden, sie wuchs und nahm Besitz von uns, sie suchte uns in unseren Träumen heim. Beatrice brachte Sara in die Psychiatrie und trieb mich zur ewigen Flucht.

Auf dem Flug nach Caracas nehme ich die Briefe hervor und lese sie, zum wievielten Mal, ich weiß es nicht. Vater hat sie mir geschickt, als Mama kaum mehr aus dem Morphiumrausch aufgewacht war und niemand mehr Hoffnung hegte. Sie hatten sich geliebt, wirklich geliebt, das sprach aus jeder Zeile dieser Briefe. Sie wollten zusammen weggehen, ein Leben aufbauen, Beatrice und sie. Ich werde Sara nichts davon erzählen, niemals. Genauso wie ich seit jenem Tag nie wieder Vermicelles-Törtchen gegessen habe – allein der schwere Maronengeruch lässt meine Kehle eng werden. Er wird mich immer an Beatrices letzten Blick erinnern, den stummen Vorwurf, der darin lag, bevor sie im eiskalten See ertrank.

Als ich den letzten Brief beendet habe, lehne ich mich zurück und blicke aus dem Fenster. Dunkles Blau, wohin ich auch schaue. Ich denke an Mama und all die Jahre, die wir in dem engen Chalet verbracht haben, und einmal mehr muss ich mir eingestehen, wie wenig ich doch von ihr gewusst habe, wie viel wir uns gegenseitig verschwiegen haben. Dass sie mir trotz aller Nähe fremd geblieben ist.

Vermicelles-Törtchen

Zutaten für 16 Stück:
1000 g frische Maroni oder
500 g tiefgekühlte, geschälte Früchte
1 Stück Vanillestängel
2 dl Milch
100 g Zucker
2 Esslöffel Kirsch nach Belieben
16 kleine Mürbeteigkörbchen vom Bäcker

2 dl Vanillecreme
1 dl Schlagsahne
16 kandierte Kirschen

Zubereitung:
1. Die Maroni mit einem scharfen Messer auf der gewölbten Seite kreuzweise einritzen. In kochendem Wasser 5
Minuten garen; die Schale soll sich ablösen lassen. Die
Früchte dürfen dazu jedoch nicht zu weich sein. Maroni
abgießen und so heiß wie möglich schälen; dazu benützt
man am besten Handschuhe. Die braunen Häutchen ebenfalls entfernen.
2. Geschälte frische Maroni oder tiefgekühlte Früchte in
einen Siebeinsatz geben und zugedeckt über Dampf sehr
weich garen; dies dauert bei frischen Maroni etwa 20
Minuten und bei tiefgekühlten etwa 10 Minuten. Maroni
gut abtropfen lassen.
3. Inzwischen die Milch mit dem aufgeschlitzten Vanillestängel und den herausgekratzten Samen aufkochen.
Neben der Herdplatte mindestens 10 Min. ziehen lassen.
Nochmals aufkochen und den Vanillestängel entfernen.
4. Die gekochten Maroni und den Zucker beifügen und
alles auf kleinem Feuer noch 2–3 Minuten kochen lassen.
Dann mit dem Stabmixer sehr fein pürieren. Sollte die
Masse zu dick sein, noch etwas Milch dazugießen. Das
Püree vollständig auskühlen lassen.
5. Die Mürbeteigkörbchen mit Vanillecreme füllen. Die
Maronimasse in eine Vermicelles-Presse füllen, durchpres-
sen und die Körbchen damit füllen. Mit Sahne und einer
kandierten Kirsche dekorieren.

Lady in blue

ANGELA EßER

Alles war wie immer. Eigentlich.
Es war genau Viertel vor neun am Morgen, als ich die Tür zu meinem Büro aufschloss und die Glocken von St. Jakob läuteten. Trotzdem wusste ich, dass heute irgendetwas in der Luft lag. Etwas, das mir definitiv nicht schmecken würde. Und das war nicht der schwere Lavendel-Geruch, den Yanara gestern Abend hier versprüht hatte, nachdem sie mit dem Putzen fertig war.

Als Vorahnung soll es manchen in den Fingerkuppen kribbeln, anderen juckt eine Narbe. Bei mir kribbelte oder juckte es nirgendwo, und heute früh hatte auch keine schwarze Katze von links meinen Weg gekreuzt.

Wie gesagt, eigentlich war alles wie immer.

Wenn ich heute darüber nachdenke, dann ist eigentlich Oscar an allem schuld.

An diesem Morgen ging ich also wie immer durch den Warteraum in die Küche, schaltete die Espressomaschine an und öffnete die Terrassentüren. Entließ den La-

296

vendel in die Freiheit, und die Räume füllten sich mit
klarer, kühler Luft vom Fluss, vermischt mit dem Duft
von hundertprozentigem Arabica. Ich stand da und
schaute auf meine Stadt, meinen Fluss und konnte mir
keinen besseren Ort für mich vorstellen. Selbst wenn der
Lärm der Straßen bis hier in den 19. Stock heraufgedrun-
gen wäre, ich hätte nichts dagegen gehabt.

Genauso wenig stören mich übrigens die Arien von
Caruso, die mein Nachbar ab Punkt neun Uhr in Dau-
erschleife laufen lässt. Signore Rossi ist ansonsten ein
netter Kerl, wenn auch mittlerweile schwerhörig, und
so trinken wir seit Jahren den ersten Espresso gemeinsam auf der Terrasse. Er auf seiner, ich auf meiner, und
begrüßen so den Tag. Er fragt mich, wie die Geschäfte
gehen, ich antworte mit »bene, bene«, und anschließend erkundige ich mich nach seinen beiden Söhnen,
von denen ich weiß, dass sie strohdumme Schmierlap-
pen sind und ihren Vater ausnehmen wie eine Weih-
nachtsgans. Als Antwort auf meine Frage hebt Signore
Rossi immer nur die Augenbrauen, zuckt kurz mit den
Schultern und schaut dann auf den Fluss. Schweigend
trinken wir den heißen Kaffee, der seit dem vorletzten
Winter immer mit einem Gläschen Grappa von Signore
Rossi an Aroma gewinnt, und plaudern anschließend
noch ein wenig über dies und jenes. Den Schluss unseres Gesprächs bildet ein einvernehmliches Nicken,
denn Signore Rossi muss zu seinem Caruso und ich zu
meinen Geschäften.

An meiner Eingangstür hängt ein kleines Messingschild, auf dem mein Name und das Wort *Investigation*

eingraviert ist, aber dieses Schild hängt nur da, weil Liza es dort hat anbringen lassen.

Jeder hier im Haus hat ein Messingschild an der Tür, und sie war der Meinung, dass es auffallen würde, wenn bei mir keines hinge. Es würde neugierig machen. Außerdem war sie der Meinung, dass kein Mensch den ganzen Tag mit Nichtstun verbringen könne. Und da ich Liza nichts abschlagen kann, hängt eben das Schild an der Tür. Mehr aber auch nicht. Ich arbeite nicht. Oder sagen wir mal so: Wer einmal in seinem Leben den Jackpot geknackt hat, hat Arbeit satt. Schließlich muss Geld sinnvoll verteilt werden.

Aber zurück zu besagtem Morgen. Das Telefon klingelte, und da es die durch Mark und Knochen gehende Sirene eines Martinshorns war, wusste ich, dass es Oscar vom Empfang unten im Foyer war. Jeder Anrufer hat bei mir einen anderen Klingelton. Ich ging ran, da Oscar strikte Anweisung hat, nur im absoluten Notfall anzurufen. Also nur, wenn das Haus in Flammen steht. Alles andere, was meine Idylle stören könnte, wird höflich aber entschieden von ihm abgewiesen. Wenn er gut auf mich zu sprechen ist, wenn meine Gin-Lieferung an ihn pünktlich war und wenn er meinen ausgelesen *Kicker* bekommen hat.

»Wo brennt's?«

»Danke, Ihnen auch einen wunderbaren guten Morgen. Eine Dame, die Sie dringend sprechen möchte.«

Wenn Oscar so geschwollen daherredet, weiß ich, dass jemand unten vor der Empfangstheke steht und hartnäckig ist. Mehr als hartnäckig. Und mit »Dame« will er mir sagen, dass da – in seinen Augen – ein richtig schicker Zahn steht, den man nicht einfach so wieder nach Hause schickt.

»Kein Grund hier anzurufen, wie du weißt.«

»Ja, ich habe der Dame auch schon gesagt, dass Sie leider keine Zeit haben und sehr beschäftigt sind.« Ich sah förmlich, wie er der Unbekannten oscarmäßig zuzwinkerte und dabei noch höflich nickte. »Aber sie meinte, es sei etwas …« – Kunstpause, seine Stimme wurde um einiges leiser – »Persönliches.«

»Oscar … Geht's noch? Wimmel sie ab. Mich interessiert nichts … Persönliches. Auch nicht von einer …« – Kunstpause, meine Stimme wurde um einiges lauter – »Dame.«

»Danke. Ja, ich werde es ihr ausrichten und sie zu Ihnen hochschicken.« Klick.

Ich wählte sofort die 1 für den Empfang und wusste gleichzeitig, dass Oscar meinen Anruf ignorieren würde. Er hatte heute anscheinend einen seiner Spaßtage. Ihm war langweilig. Es war Freitag, und unten war so gut wie nichts los, denn die meisten Hausbewohner waren bei der jährlichen Nachbarschaftsfeier auf einem dieser Ausflugsboote.

Auf den nächsten Gin konnte Oscar lange warten, und das mit dem letzten *Kicker* würde ich mir noch einmal durch den Kopf gehen lassen.

Sie blieb kurz in dem Warteraum stehen und schaute mir direkt ins Gesicht. Sie wusste es nur nicht, denn die Zwischentür hat eine verspiegelte Scheibe.

Sie war wirklich eine Dame. Sah zumindest so aus. Ich musste Oscar recht geben. Ein bisschen Grace Kelly in jungen Jahren. Teuer gefärbte, blonde und am Hinterkopf hochgesteckte Haare. Perfekt geschminkt. Dunkelblaues, eng anliegendes Kleid, darüber ein kurzes Jäckchen mit Stehkragen in der gleichen Farbe. Schuhe, Handschuhe und passende Tasche, so unauffällig wie kostspielig. Sie hätte einem Modejournal entsprungen sein können. Obwohl ich glaubte, sie irgendwo schon einmal gesehenen zu haben, würde ich sie in Jeans, T-Shirt und mit Pferdeschwanz wahrscheinlich nirgendwo wiedererkennen. Ein perfektes Allerweltsgesicht. Und von zwanzig bis knapp vierzig hätte sie jedes Alter haben können. Erst jetzt fiel mir die große Schachtel auf, die sie auf einen der Stühle gestellt hatte. Ebenfalls dunkelblau.

Ich setzte mich hinter meinen Schreibtisch und beobachtete sie. Schloss mit mir die Wette ab, wie lange sie warten würde. Ich tippte auf fünfundvierzig Minuten. Hätte sie es bis zu einer Stunde geschafft, wäre ich in Versuchung geraten und hätte sie vielleicht sogar eingelassen, aber sie gab nach genau zweiundfünfzig Minuten auf. Sie erhob sich, schaute kurz über die Schulter in den Spiegel, lächelte und ging. Und ließ den Karton stehen.

Ich klinkte mich am Computer in die allgemeine Videoüberwachung des Hauses ein und sah sie zu den Fahrstühlen gehen. Ruhig, selbstbewusst. Nicht zu schnell und nicht zu langsam. An Oscar ging sie mit einem kurzen Gruß vorbei, und es hätte mich nicht gewundert, wenn sie wie die Queen ihre behandschuhte Hand gönnerhaft zu einem kleinen Winken gehoben hätte.

Zwanzig Minuten wartete ich darauf, dass die Lady in blue eventuell zurückkam. Aber es geschah nichts, außer dass sich nebenan Caruso mittlerweile mit dem dritten »O sole mio« abmühte. Ich ging in den Warteraum, um die Schachtel zu holen. Sie war nicht sehr schwer. In meinem Büro stellte ich sie auf den Schreibtisch und nahm den Deckel ab. Obenauf fand ich einen in eine kleine durchsichtige Box eingepackten Glückskeks. Die Box war mit einem dunkelblauen Geschenkband verziert, an dem ein kleiner Papieranhänger befestigt war. Mein Name stand in Druckbuchstaben darauf. Der Glückskeks stand mittig in der Schachtel, auf hellem Kartonpapier. Der Inhalt darunter war nicht zu sehen. Ich nahm die kleine Box heraus und stellte sie neben die Schachtel. Für einen Moment überlegte ich, ob unter dem Kartonpapier ein Farbbeutel war, der beim Anheben des Papiers explodierte. Oder noch Schlimmeres. Aber dafür war die Schachtel eigentlich zu leicht. Jetzt hatte sie es geschafft, die unbekannte Lady. Ich beschäftigte mich mit ihr. Ich will mich aber mit niemandem beschäftigen, außer mit denjenigen, die ich mir aussuche. Nicht andersherum.

Ich trug die Schachtel auf die Terrasse und suchte eine halbe Stunde nach einem langem Stock, um den dünnen Karton vorsichtig umzustülpen und zu sehen, was darunter war. Ich fand keinen Stock, sondern musste Lineal, Kochlöffel und Suppenkelle mit festem Paketband aneinanderkleben. Das musste reichen. Vorsichtig stieß ich die Schachtel um. Es fielen jede Menge durchsichtige Boxen heraus. Alle mit Namensschildchen. Alle mit einem dunkelblauen Band verziert. Und in jeder Box ein Glückskeks.

Nachdenklich stand ich auf der Terrasse und dachte nach. Ich hatte keine Ahnung, was ich jetzt tun sollte. Also ging ich hinein und mixte mir einen ordentlichen Drink. Und noch einen, während ich den Glückskeks auf meinem Schreibtisch anstarrte.

Ich las diverse Tageszeitungen, eine Wochenzeitschrift und den *Kicker*, oder versuchte es zumindest, aber ich konnte meinen Blick von diesem verdammten Keks nicht abwenden. Also beschloss ich, erst einmal zu meinem Lieblingsitaliener zu gehen und mich mit Paolos selbst gemachter Pasta zu stärken. Vielleicht auch einem guten Glas Rotwein. Oder zwei. Ich ging zum Lift und glaubte, noch vage ihr Parfum wahrzunehmen. Zeder, Rose, ein klein wenig Zitrone. Aber wahrscheinlich war das nur das neue Raumspray von Yanara. Zumindest redete ich mir das ein. Ich drückte den Liftknopf und wartete. Hörte, wie der Lift nach oben kam. Drehte mich um, ging zurück ins Büro und befreite meinen Glückskeks aus der Box. Brach ihn in der Mitte auseinander und holte das kleine Zettelchen heraus.

Schon wegen der Neugier ist das Leben lebenswert.

Ich lachte und warf den Keks in den Mülleimer. Ich mag diese harten, so künstlich schmeckenden Teile überhaupt nicht, beim Chinesen lasse ich sie grundsätzlich unangetastet. Den kleinen Zettel steckte ich in meine Geldbörse und ging auf die Terrasse. Nahm jede einzelne kleine Box und las die Namensschilder.

Alles Hausbewohner. Nachbarn. Alles mehr oder weniger verachtenswürdige Individuen. Menschen, die anderen Unglück gebracht hatten.

Die Gier war allgegenwärtig gewesen. Auch bei so vielen von ihren Opfern. Die ihr Geld zu noch mehr Geld machen wollten. Ohne darüber nachzudenken, auf wessen Kosten. Aber es waren auch jede Menge gutgläubige, bemitleidenswerte Menschen dabei gewesen, die diesen skrupellosen Vermögensberatern ihr ganzes Vertrauen geschenkt hatten. Die nie auf die Idee gekommen waren, dass sie ihre Ersparnisse auch genauso gut hätten verbrennen können.

Welchen Plan hatte die Lady in blue? Warum hatte sie diese Schachtel bei mir abgestellt? Vor allem: Warum war ich überhaupt einer der Glückskeks-Empfänger?

Ich kam nicht dahinter. Mich verband mit all den anderen nichts. Ich hatte niemanden betrogen, belogen oder hintergangen. Im Gegenteil, ich hatte einigen Opfern, die sich zusammengetan hatten, um gegen diese Aasgeier vorzugehen, anonym Geld zukommen lassen. Das einzige, was uns verband, war dieses Haus. Eines der teuersten, extravagantesten und schönsten der Stadt.

Mag sein, dass Neugier das Leben lebenswert macht, aber in diesem Fall war sie purer Frust, denn ich kam keinen Schritt weiter. Die einzige Möglichkeit, es herauszufinden, war, die unbekannte Blonde zu finden. Und das war unmöglich.

Ich nahm die Schachtel, packte alle Glückskekse hinein und verließ mein Büro. Legte sie vor den jeweiligen Türen ab. Wenn sie von der Nachbarschaftsfeier zurückkommen würden, würden sie die kleinen Präsente finden.

Als ich nach einer Viertelstunde endlich unten angekommen war, drückte ich Oscar die Schachtel in die

Hand und zeigte ihm den Mittelfinger. Er nahm es nonchalant zur Kenntnis.

Weder der Rotwein noch die Pasta schmeckten mir an dem Tag, und Paolo konnte mich mit seinem Spezial-Grappa auch nicht wirklich aufheitern. Ich ging stundenlang durch die Stadt, setzte mich irgendwann auf eine Bank am Fluss und versuchte, diese verrückte Nummer aus meinem Kopf zu bekommen. Vor allem die Lady in blue. Aber jedes Mal, wenn eine attraktive Blondine mein Blickfeld streifte, rasten die Gedanken wieder von vorne los.

Es war schon fast dunkel, als ich wieder in meinem Büro ankam. Ich schaltete den Fernseher ein und zappte mich durch alle Programme, bis endlich das Fußballspiel im Ersten anfing. Setzte meine Kopfhörer auf und machte es mir mit einem Drink bequem.

Ich hörte das Klingeln nicht, auch nicht das Klopfen und Hämmern gegen meine Eingangstür. Von dem Lärm habe ich erst später erfahren. Ich war damals erst aufgeschreckt, als auf einmal zwei Feuerwehrmänner, ein Notarzt und Oscar vor mir standen.

Sie bombardierten mich mit Fragen und wollten mich ins Krankenhaus schleppen. Legten mir auf einmal Handschellen an und brachten mich zu Karl aufs Revier.

»Warum?«, fragte er nur.

Manchmal ist es besser, einfach nur den Mund zu halten. Vor allem, wenn man überhaupt nicht weiß, um was es geht. Und das tat ich. Den Mund halten. Sollte Karl sich doch die Zähne daran ausbeißen. Ich konnte ihn noch nie leiden. Er mich auch nicht. Vor allem nicht, als wir noch zusammenarbeiten mussten. Aber das war lang her. Ich sah sein Grinsen.

»Es wird mir ein Vergnügen sein«, sagte er und verließ den Raum.

Sie fanden nichts.

Weder verdächtige Hinweise auf meinem Computer, in meinem Büro noch sonst wo. Keine Fingerabdrücke auf den kleinen durchsichtigen Boxen, keine Videoaufnahme von den Fluren, die zeigte, dass ich diese Boxen vor die Türen gestellt hatte. Nichts.

Ich hörte förmlich, wie Karl in seinem Büro tobte. Tag für Tag. Ohne Ergebnis. Die früheren Kollegen taten mir leid. Ich würde der Polizeigewerkschaft einen Betrag zukommen lassen. Dem Bund der Kriminalbeamten auch. Anonym.

Elf tote Vermögensberater, drei schwebten noch in Lebensgefahr, vier andere blieben für immer blind. Mehr konnte ich nicht herausfinden, auch nicht, was diese Glückskekse außer einem schlauen Spruch enthalten hatten. Und wenn ich ehrlich war, wollte ich es auch gar nicht wissen. Die Lady hatte mich benutzt, wusste, dass ich all das aushalten würde. Die Toten, die Verletzten, die Verhöre, die Haft.

Die Gierhälse hatten einen Denkzettel verdient! Aber auch den Tod? Ich hätte sie lieber hinter Schloss und Riegel gesehen. Für viele Jahre. Aber das war jetzt nicht mehr zu ändern, und ob es als Abschreckung für andere gelten sollte, war fraglich. Abschreckung hatte noch nie gewirkt. Früher nicht – heute nicht. Die Gier ist größer.

Ich stand wieder auf meiner Terrasse und schaute auf den Fluss.

Alles war wie immer. Eigentlich.

Ich hatte Paolos Pasta im Bauch und genoss die Wärme der Nachmittagssonne. Sah die Boote, spürte den warmen Wind. Dachte daran, was ich auf dem Heimweg gesehen hatte: Signore Rossi in einem Café. Ich hatte ihm schon kurz zuwinken wollen, als sich im selben Augenblick zwei andere Personen zu ihm setzten. Warum ich stehen geblieben war, wusste ich nicht mehr.

Oscar. Und eine Frau. In Jeans und T-Shirt, mit langen Haaren. Hochgebunden zu einem Pferdeschwanz.

Yanara.

Yanara mit ihren wunderschönen dunklen Haaren.

Ich war weitergegangen und hatte vor meiner Bürotür eine durchsichtige Box gefunden. Mit Glückskeks.

Ich brach ihn auseinander.

Der Vorteil der Klugheit besteht darin,
dass man sich unwissend stellen kann.

Glückskekse

Ergibt circa 30 Stück – und die schmecken natürlich viel besser als gekaufte Glückskekse!

Zutaten:
3 Eiweiß
60 g gesiebten Puderzucker

45 g zerlassene Butter
60 g Mehl

Zubereitung:
Auf zwei Bögen Backpapier jeweils 3 Kreise mit 8 cm im Durchmesser zeichnen, Backpapier umdrehen und auf ein Backblech legen.
Den Backofen auf 180 Grad (Ober- und Unterhitze) vorheizen.
Eiweiß so lange schlagen, bis es leicht schaumig ist. Puderzucker und Butter zugeben und glatt rühren. Mehl vorsichtig so lange unterrühren, bis der Teig glatt ist.
Mit der flachen Klinge eines Messers etwa einen Esslöffel des Teigs auf jedem Kreis hauchdünn verstreichen. Circa 5 Minuten in der Mitte des Backofens backen, bis die Teigränder leicht braun sind.
Mit der flachen Messerklinge die Kekse rasch vom Blech nehmen und eine Glücksbotschaft darin platzieren. Den Keks sofort zu einem Halbkreis umschlagen, die Ränder festdrücken und ihn dann über den Rand einer Tasse hängen, damit er den typischen Glückskekse-Knick bekommt. Nicht mehr als 2-3 Kekse auf einmal backen, da sie sonst zu schnell kalt werden und so beim Falten brechen.
Wenn man die Kekse etwas dunkler haben möchte, nach dem Knicken noch einmal rund 5 Minuten in den Backofen geben.

Bitter & zart

Daniel Holbe und Ivonne Keller

Heike betrachtete die dunklen Pralinen vor sich auf dem Tisch und fuhr sich mit der Zunge über die Lippen. Zwölf handgefertigte Stücke, außen hart, innen zart, fein aufgereiht. Die dreizehnte – ein Geschenk des Hauses für sie als Stammkundin – hatte sie schon genascht. Sie liebte diesen dunklen Schokolademantel, der den süßen Marzipankern umgab. Wenn das Bittere auf das Süße traf, wenn die beiden Geschmacksrichtungen sich vereinigten, war das fast so betörend wie ein Kuss von Ralf.

Wie sehr sie ihn liebte.

Sie hatten sich beim Pralinenkauf kennengelernt. Das Frankfurter Pralinenfachgeschäft mit eigener Herstellung in der Nähe des Römers war für sie *die* Adresse für Schokoladen und Konfekt. Regelmäßig gönnte sie sich ein Päckchen ihrer Lieblingsmarke, genoss diese Köstlichkeit nach einem anstrengenden Tag im Museum, wo sie als »Guide« arbeitete.

Damals, als sie und Ralf sich zum ersten Mal begeg-

neten, hatte sie gerade ein Päckchen in ihrer Mittags-
pause gekauft.

Heike schüttelte den Kopf. Besser nicht in Erinnerungen schwelgen, sonst kam sie noch von ihrem Plan ab.
Vorsichtig nahm sie einen der zwölf Trüffel zur Hand
und setzte die Nadel an. Sachte, ganz sachte erhöhte sie
den Druck, sah dabei zu, wie die Nadel sich durch die
harte Schale bohrte, bis es ganz leicht ging und Heike
in ihrer Bewegung stoppte: Ihr Ziel, das Innere des
Kerns, war erreicht. Nun wenige Tröpfchen aus der
Ampulle herausdrücken, dann die Nadel behutsam
wieder herausziehen. Geschafft.

Heute war ihr zweiter Jahrestag. Zwei Jahre Hoffen
und Warten. Sie hatte schon nach den ersten vier
Wochen ihres Zusammenseins auf einen Antrag gehofft,
dann nach sechs Monaten, schließlich hatte sie sich auf
ihren ersten Jahrestag vertröstet. Doch es war kein
Antrag gekommen. Kein Ring für sie. Stattdessen hatte
Ralf schon wieder ein neues Paar Schuhe getragen. Heike
kannte keinen anderen Mann, der so viele Schuhe besaß
wie Ralf. Turnschuhe, Halbschuhe, Stiefeletten, Snea-
kers, Stoffschuhe … Egal was, kein Paar war vor ihm
sicher. Bis auf Sandalen. Sie hatte ihn noch nie Sandalen
tragen sehen, noch nicht einmal im Sommer.

Wenn heute kein Antrag kam, kam überhaupt keiner
mehr, davon war sie überzeugt. Allein der Gedanke,
dass Ralf sie eines Tages verlassen könnte, war ihr
unerträglich. Wenn *sie* ihn nicht bekam, soviel stand für
Heike fest, dann sollte ihn keine haben.

Er war buchstäblich in ihr Leben gestolpert, damals,
vor zwei Jahren. Sie hatte direkt vor dem Ausgang des

Pralinengeschäftes Halt gemacht und die Packung geöffnet, um sich vor der Führung einer Schulklasse eine seelische Stärkung zu gönnen. Er, beseelt allein vom *Anblick* seiner geliebten Schokotoffees, war ungebremst in sie hinein gerannt. Die Inhalte der beiden Packungen hatten sich prasselnd über den Bürgersteig verstreut. Einige waren über den Bordstein hinweg in die Rinne der Straßenbahn gekullert, um wenige Sekunden später, von einem Klingeln der Tram begleitet, überrollt zu werden. Ein unscheinbarer Schokoladestreifen war alles, was übrig blieb. Heike war für einen kurzen Moment übel geworden. Ralf hatte sie besorgt angesehen, den Rest ihrer Einkäufe in Windeseile aufgesammelt, und gemurmelt: »Da ist doch nichts dran. Ich kaufe Ihnen selbstverständlich neue.« Später hatten sie einander in die Augen gesehen und sie hatte gesagt: »Die schmelzen so herrlich im Mund.«

»Nicht nur dort«, war seine Antwort gewesen.

Sie hatte geahnt, dass er dabei an den Bauchnabel dachte, an was auch sonst. Das mit dem Bauchnabel hatten sie bald darauf ausprobiert, aber Ralf war längst nicht so innovativ gewesen, wie gedacht. Eher so der zurückhaltende, vorsichtige Typ. Erst später hatte er ihr gestanden, dass er seit seiner Jugend an Herz-Rhythmus-Störungen litt und Medikamente einnahm. Doch das war kein Grund für sie gewesen, ihn nicht mit aller Macht zu lieben. Im Gegenteil. Seither wartete sie darauf, dass auch er sich gewahr wurde, was sie miteinander verband.

Nun, die Vorliebe für Schuhe war es jedenfalls nicht – das wäre auch allzu abwegig gewesen. Nein, neben den Defekten, die sie nun mal beide mitbrachten, liebte Heike nicht nur zart schmelzende Schokolade, sondern auch die Kunst. In gewisser Weise war auch Ralf Künstler. Als Webdesigner realisierte er die Wünsche und Vorstellungen seiner Kunden für ihren Internet- auftritt in perfekter Weise. Er brachte es fertig, dass selbst Autoreifen *sexy* aussahen.

Ralf selbst war eigentlich nicht so sexy. Mit seinen Einsfünfundsechzig war er nicht besonders groß, aber was sollte das für sie für eine Rolle spielen? Sie hatte ihm Zeit gegeben. Zeit, sich für sie zu entscheiden; Zeit, Nägel mit Köpfen zu machen. Er hatte sie nicht für sich genutzt. Und bevor ihn eine andere bekam – Singles Mitte dreißig waren heiß begehrte Ware – würde sie seinem Leben ein Ende setzen. Und zwar noch heute, wenn er ihr anstelle eines Rings bloß wieder ein Paar neue Schuhe präsentierte.

* * *

Es fehlte nicht viel, und Ralf hätte sich am Schaufenster des Schuhgeschäftes die Nase platt gedrückt wie ein kleiner Junge vor der Auslage eines Legoladens. Wan- derschuhe, Golfschuhe, Joggingschuhe. Nylon und Leder. Diese Lederslipper dahinten erinnerten ihn an dunkle Schokolade. Ralf warf einen Blick auf die Ten- nisschuhe an seinen Füßen. Sie hatten auch was, keine Frage. Allein der Anblick von Schuhen brachte sein Herz in Wallung – was nicht immer gut war. Er hatte gelernt, sehr genau auf den pulsierenden Muskel in sei- ner Brust zu achten. Dabei kamen die Ausreißer normalerweise sehr selten. Heute waren es bereits mehrere gewesen, was vermutlich mit seinem Vorhaben zu tun hatte. Heute brauchte er keine Schuhe.

»Sondern einen Ring.«

Ralf merkte an dem irritierten Blick einer neben ihm stehenden Passantin, dass er laut gesprochen haben musste. »Du brauchst einen Ring«, bekräftigte er und nickte entschlossen. Dann löste er sich von dem Schaufenster und lenkte seine Schritte in Richtung Römer. Zuerst aber die Schokolade. Ohne Schokotoffees war er noch nie zu ihr gegangen.

Während er den Zebrastreifen überquerte, machten sich Zweifel breit. Brauchte es überhaupt einen Ring? Was, wenn er nicht passte? Was, wenn sie den Antrag ablehnte? Ralf biss sich auf die Unterlippe. Er hätte den Ring im Internet bestellen sollen. Vierzehn Tage Rückgaberecht, im Onlinebusiness kannte er sich aus. Wie gerne hätte er genau jetzt die Sicherheit von Bits und Bytes gespürt. Einen Kosmos aus Einsen und Nullen, ohne Grauzonen. Eins oder null. Würde sie ja sagen? Ja zu ihm? Er musste wissen, wie sie zu ihm stand. Die Qual der stetigen Ungewissheit gegen die Qual der Überwindung eintauschen.

Ob mit oder ohne Ring, würde er einfach dem Zufall überlassen. Sollte zwischen all den Handyläden und Bäckereien ein Juwelier auftauchen, würde er es tun. Ansonsten nicht. Eins oder null.

Er lächelte. Falls sie ja sagte, brauchte er auch neue Schuhe. Hochzeitsschuhe.

In Ralfs Augenwinkeln tauchte das Schokoladengeschäft auf.

»Zweimal hunnerdfuffzisch Gramm, wie immer?«

Ralf nickte lächelnd.

»Die Frau Mertens war heut auch schon hier«, plapperte der Confiseur weiter. Er kannte Heikes und Ralfs Geschichte. Wie sie sich kennengelernt hatten. Die über den Boden kullernden Toffees. Seitdem waren sie häufig dort gewesen, zwei Stammkunden, die einzeln oder gemeinsam kamen. Er kaufte Schokotoffees mit Karamellkern. Sie dunkle Marzipantrüffel.

»Frau Mertens war da?«

»Vorhin, ja.« In der Miene des Mannes lag plötzlich ein betretener Ausdruck, als vermutete er, sich verplappert zu haben.

Warum Heike heute Pralinen gekauft hatte, konnte Ralf sich denken. Zwölf Pralinen für die letzten zwölf Monate. So hatte sie es auch beim letzten Jahrestag gemacht. Er hatte ihr zuliebe die Hälfte davon gegessen, auch wenn er eigentlich kein Marzipan mochte.

Wenn Heike wüsste, was er heute noch vorhatte, hätte sie jedenfalls keine zwölf Trüffel gekauft. Die würde sie ihm wahrscheinlich um die Ohren hauen.

* * *

»Sind die für mich?«

»Ja, meine Liebste«, säuselte er.

»Warum schenkst du mir rote Rosen?« Sie schien ganz und gar nicht erfreut.

In dieser Sekunde war Ralf erleichtert, dass er keinen Ring dabei hatte. »Darf ich das denn nicht?«, fragte er.

»Du hast es noch nie gemacht, und es ist auch nicht nötig.«

Ralfs Herz machte schon wieder einen Hopser. Diesen Dialog hatte er sich ganz anders vorgestellt.

»Heute ist aber ein ganz besonderer Abend«, überwand er sich zu sagen.

Katja schenkte ihm ein nachsichtiges Lächeln.

»Ist es das? Na, wenn du meinst. Danke jedenfalls.«

Schon griffen ihre Hände nach dem Strauß, und sie legte ihn achtlos beiseite. Ob sie das mit einem Ring auch getan hätte? Beschämt sah Ralf zu Boden, dabei traf sein Blick die dunkel glänzenden Spitzen der neuen Lederslipper an seinen Füßen. Er hatte sie nach dem Kauf der Pralinen einfach haben *müssen*. Ein Juweliergeschäft war weit und breit nicht zu entdecken gewesen.

Offenbar war Katjas Blick seinem gefolgt, denn ihr Zwinkern bestätigte ihm, dass sie die Schuhe bemerkt hatte. Ihre Stimme senkte sich um eine Nuance, sie klang kehlig, als sie weitersprach: »Ich verstehe. Wollen wir?«

Mit diesen Worten warf sie den roten Kimono ab und den Kopf neckisch zurück. Sie war bereit. Bereit für ihn.

Katja und Ralf hatten sich kennengelernt, als er eine neue Webseite einrichtete. Der Kunde: *FetischFreunde-Frankfurt*. Hier traf sich alles, was ein paar Hilfsmittel benötigte, um in Fahrt zu kommen. Es gab viel mehr als Lack und Leder, das die Leute inspirierte. Rasierschaum auf Nylon kam bei einigen gut an, oder Sprühsahne unter den Achseln. Die Webseite war längst programmiert, da trieb er sich noch immer in den Foren herum und stieß auf *sie*. Lady Majestra (sie war eindeutig zu jung, um sich mit diesem Namen auf *Masters of the Universe* zu beziehen), Herrin, Sklavin, Meisterin des Fetischs. Nach einigen verstohlenen E-Mails, in denen er sie unbeholfen ausgefragt hatte, war Katja direkt auf den Punkt gekommen: »Worauf stehst du denn nun?«

Erst widerwillig, dann immer mutiger, hatte Ralf begonnen, seine geheimsten Bedürfnisse auszuplaudern. Plötzlich fühlte er sich von einer Last befreit. Und er musste dabei niemandem in die Augen blicken, außer seinem vertrauten Monitor.

Er stand auf Schuhe. Eigene oder fremde. Nur groß genug mussten sie sein, am liebsten eine Nummer größer als seine Füße. Und Schokolade. Am liebsten tiefbraune Toffee-Pralinen. Ralf liebte es, ihnen beim Schmelzen zuzusehen. Langsam zu rühren, den Finger hineingleiten zu lassen. Verstohlen zu lecken. Die Schmelzmasse vom Herd zu nehmen, gerade heiß genug, um flüssig zu sein aber nicht so heiß, dass er sich daran verbrannte. Wenn sich der Strom in den Schuh ergoss, begannen seine nackten Zehen auf dem kalten Küchenboden bereits wollüstig zu zucken. Er schob immer den linken Fuß zuerst hinein. Der große Zeh tauchte ein, dann der Rest des Fußes. Die heiße Schokolade auf der kalten Innensohle. Eine warme, schmierige Einlage, ähnlich einer Fangopackung. Dann der rechte Fuß. Manchmal quoll etwas über den Rand. Dann bückte er sich und wischte es ab. Leckte sich den Finger. Zwischen seinen Lenden pulsierte das Blut. Es roch nach Zartbitter und Karamell. Während im Topf die Schokladereste aushärteten, wurde es auch in seiner Hose hart.

All das gestand er Katja bei diesem Chat. Da kannte er Heike schon ein knappes Jahr, und sie ahnte nicht das Geringste. Zwei Wochen später hatte er Katja zum ersten Mal getroffen. Niemals hatte er sich bis dato vorstellen können, sein Geheimnis mit jemandem zu teilen.

Sie war so anders als Heike. So verständnisvoll.

»Zu Hause bieder, woanders im Mieder.« Lady Majestra machte ihm keinerlei Vorwurf.

Eigentlich wurmte es Ralf, dass er seine Freundin mit Katja betrog. Doch er hatte sich oft genug gesagt, dass es eine Dienstleistung sei, die er in Anspruch nahm. Und Heike erfreute sich eines ausgeglichenen Partners. Den Rest brauchte sie nicht zu wissen, hatte er gedacht. Doch dann war ihm irgendwann klar geworden, dass er das Ausleben seines wahren Ichs mehr liebte, als Heike.

»Heirate mich!«

Es war einfach aus ihm herausgeplatzt. Die Toffees warteten im Wasserbad auf dem Herd.

Katjas Kinnlade klappte eine Etage nach unten. »Bitte was?«

»Ich möchte dich heiraten. Ich habe mich total in dich verliebt. Es ist mir wirklich ernst.«

Ralf trat auf sie zu, seine Knie fühlten sich an wie ein Karamellbonbon, das im warmen Handschuhfach vor sich hinschmolz. Er wollte sie umarmen, doch Katja hob schützend ihre Hände.

»Ralf, Ralf – stop! So geht das nicht.«

Nun war es sein Mund, der aufging. Was sagte sie da?

»Was denkst du dir denn?«, fragte Katja.

»Ich denke nicht, ich fühle. Fühlst du es denn nicht auch?«

Ein Akt der Verzweiflung. Er kannte die Antwort, noch bevor Katja den Kopf schüttelte. In diesem Moment wäre Ralf am liebsten ein Schokotropfen gewesen, der zwischen den Dielenritzen verschwindet. Nicht anders fühlte er sich.

Sie streichelte ihm über den Arm. »Es ist Business. Hast du das vergessen?«

»Aber uns verbindet doch so viel!«

»Ein Job. Tut mir leid. Ich mag dich wirklich gern, aber …«

Er wusste, was sie dachte: *zu klein, zu zaghaft, zu kränklich*.

Unschlüssig betrachtete er die Pralinenpyramide im Topf. Sie begann gerade abzusinken. Er dachte an Heike. An seine neuen Schuhe. Die Gedanken rasten wie ein Karussell unter Starkstrom. Funkelnd, laut, schwindelerregend.

* * *

Sie sah ihn schon von Weitem. Er parkte seinen Wagen an der Straße, die sie von ihrem Küchenfenster aus einsehen konnte. Ralf schloss das Auto mit einem Klick ab und flitzte über die Kreuzung, am Schild der U-Bahn-Haltestelle vorbei zu ihrem Hauseingang. Gerade war sie mit dem Präparieren der sechsten Praline fertig geworden und platzierte diese in der Verpackung. *Wenn* es dazu kam, würde das herzwirksame Gift, dank Ralfs medizinischer Vorgeschichte, einen unverdächtigen Tod herbeiführen. Die andere Hälfte der Marzipantrüffel war unversehrt, Heike hatte sie lediglich mit einem kaum sichtbaren Punkt weißer Schokolade versehen, die sie in einem Topf angeschmolzen hatte. Immerhin musste auch sie von den Pralinen essen, sonst würde er vielleicht Verdacht schöpfen. Als sie die Trüffel am Morgen kaufte, hatte sie noch überlegt, ob sie nicht *seine* Sorte kaufen sollte, um sicher zu gehen, dass er sie auch wirklich aß. Schon letztes Jahr hatte er sich schwer damit getan.

Aber dann hatte sie Zweifel bekommen: Er würde doch sicher bemerken, wenn seine geliebten Schokotoffees auch nur eine Nuance anders schmeckten als üblich. Und eine von beiden Sorten musste es immerhin sein zu ihrem Jahrestag.

Sie blickte auf die Uhr. Er war eine Stunde zu früh dran. Dabei hatte sie ihn doch gerade so überreden können, sich heute überhaupt für sie Zeit zu nehmen. Mittwochabends war er normalerweise in der Tennishalle – was seine Vorliebe für Tennisschuhe erklären mochte – und sie legte keinen Wert darauf, ihn dorthin zu begleiten. Im Museum kamen die Leute gut mit ihrem Zustand klar; ihr Chef war sogar der Meinung, dass die Besucher ihr besser zuhörten, als jedem anderen Führer. Bis auf die Schulklassen natürlich. Die kannten keine Gnade vor niemandem.

Sie öffnete die Wohnungstür in dem Moment, in dem er aus dem Fahrstuhl gegenüber trat. Er verbarg etwas hinter seinem Rücken. Wenn es eine Tüte mit Schuhen war, würde sie schreien.

»Du bist früh dran«, sagte sie. Für die Kälte in ihrer Stimme konnte sie nichts. Sie musste sich irgendwie gegen das Bevorstehende wappnen, sollte es tatsächlich eintreten. Vor fünf Jahren, als sie Ralf noch nicht gekannt hatte, sondern mit Bernd zusammen gewesen war, hatte sie sich nicht wappnen können. Die Straßenbahn hatte sie auf ihrem Weg zu ihm – ganz in Gedanken an einen Heiratsantrag zum zweiten Jahrestag versunken – einfach geschnappt und wie einen alten Sack mit sich gezogen. Mit der herbeigesehnten Hochzeit hatte es dann nicht mehr geklappt. Bernd konnte das alles nicht.

Heike lenkte ihren Rolli zurück in die Küche und rief über ihre Schulter hinweg: »Was hast du denn da mitgebracht?«

»Blumen«, antwortete er zu ihrer Überraschung und hielt ihr einen Strauß roter Rosen entgegen. In der anderen Hand trug er eine Tüte, doch ein Schuhkarton schien nicht darin zu sein. Sie sog die Luft ein und nahm den Strauß sprachlos an, versenkte ihre Nase in den Blüten. Ihr Herz schlug mit einem Mal ganz schnell. *Beruhige dich, du dumme Kuh. Es gibt auch Männer, die schenken Rosen, wenn sie ein schlechtes Gewissen haben.*

Ralf unterbrach ihre Gedanken. »Ich habe im Laden gehört, Du hättest Pralinen gekauft.« Er deutete auf das Päckchen mit den präparierten Teilen auf dem Tisch.

»Erwischt. Weißt du auch warum?« Dass sie klang wie eine Lehrerin, hörte sie selbst. Sie konnte sich einfach nicht zusammenreißen, zu groß war die Anspannung in ihrer Brust. Was hatten die Rosen zu bedeuten?

Ralf sah Heike unsicher an. Ahnte sie etwas? Dass er Schokolade gar nicht so gern aß, weil er viel lieber andere Dinge damit anstellte?

Er fasste sich ein Herz. »Ich muss dir etwas gestehen«, sagte er und nahm ihr die Blumen ab, legte sie auf die Küchenanrichte. Langsam hob er seine Hosenbeine an und zeigte seine nagelneuen Lederslipper. Die flüssige Schokolade war an den Seiten herausgetreten, inzwischen erkaltet und fest geworden. Es war nicht leicht gewesen, so Auto zu fahren, eine ganz neue Erfahrung.

Wenn er ihr würde zeigen können, wie er wirklich war … Allein der Gedanke erregte ihn.

»Ich … verstehe nicht«, sagte Heike, die Augen groß wie Teller. »Was ist das für ein … Zeug?«

Er nahm ihre Hände in seine. »Vertraust du mir?«

Sie nickte.

»Dann zeig ich dir jetzt mal was.«

Er griff nach der Tüte, die er mitgebracht hatte, und holte zuerst das zweite Päckchen Schokotoffees hervor, dann die Tennisschuhe. Beides stellte er bereit.

Heike konnte den Blick nicht von ihm wenden. Die Art und Weise, wie er ein Schokotoffee nach dem anderen in die Schüssel im Wasserbad gleiten ließ, und wie aufmerksam er der Schokolade beim Schmelzen zusah – so hatte sie ihn noch nie erlebt. Selbstsicher. Groß. Einer, der wusste, was er tat.

Als die Toffees geschmolzen waren und er die flüssige Masse in die Schuhe gleiten ließ, hielt sie sich die

Hand vor den Mund. »Ist das nicht zu heiß?«, flüsterte sie. *O mein Gott, wie großartig,* dachte sie. Wie sehr sie wünschte, es ihm gleich zu tun. Was natürlich völlig unmöglich war.

»Willst du mich heiraten?«, fragte er und kniete vor ihr nieder. Er umfasste ihre Knie, die gab es immerhin noch. Dann begann er, die Innenseite ihrer Schenkel zu küssen. Genau so, wie sie es sich immer gewünscht hatte. Alles war gut. Er liebte sie. Sie würden heiraten. Am Nachtischbuffet ihrer Hochzeitsfeier würden sie einen Schokoladenbrunnen aufstellen und diesen für die Hochzeitsnacht aufs Zimmer bringen lassen.

»Ja«, hauchte Heike, »ich will.«

Als Ralf den Kopf hob und sich aufrichtete, rechnete sie fest mit einem Kuss. Sie schloss die Augen und reckte sich ihm entgegen, wartete darauf, dass seine Lippen ihre berührten. Stattdessen hörte sie ein kurzes Kraschpeln neben sich auf dem Tisch und anschließend ein leises Schmatzen.

Benommen öffnete sie die Augen und sah, dass er an etwas kaute. O nein. Er würde doch nicht freiwillig …?

Unendlich verklärt sah er sie an, seine Hand auf dem Herzen. Ganz so, als wollte er den Puls des Augenblicks spüren. Als fehlten ihm die Worte für das, was er für sie empfand.

»Marzipan«, murmelte Ralf. »Nur für dich.«

Muffin-Versuchung
mit geschmolzenem Kern

Anstelle dessen, was unser Held Ralf mit geschmolzener Schokolade anstellt, hier eine etwas schmackhaftere Verwendung für Toffees.

Zutaten:
12 Toffees (zum Beispiel Stork Riesen oder Rollo)
2 Eier
100 ml Öl
150 g Zucker
1 Päckchen Vanillezucker
200 ml Milch
250 g Mehl
2 Teelöffel Backpulver
3 Esslöffel Backkakao (schmeckt auch ohne Kakao
oder als Marmorteig!)
1 Prise Salz

Zubereitung:
Mehl und Backpulver in eine Schüssel sieben. Prise Salz hinzu. Die Eier mit dem Öl, Milch, Zucker, Vanillezucker und Kakaopulver verrühren. Dann das Mehl hinzugeben. Die Festigkeit des Teiges kann über die Milchmenge angepasst werden.
Den Teig in die Muffinform gießen. Dann je ein Toffee pro Muffin mittig im Teig versenken. Möglichst tief, aber nicht

bis zum Boden. Das Teigloch darüber gut verschließen!
Bei 180 Grad ohne Umluft gut 20 Minuten backen, her-
ausnehmen und kurz abkühlen lassen, bevor man die Muf-
fins aus der Form löst.
Schmecken warm, mit geschmolzenem Kern, am allerbesten.
Zusammen mit Schlagsahne oder Vanilleeis.

Tipp:
Die Kunst besteht darin, die Toffees nicht zu tief und nicht
zu hoch im Teig zu platzieren. Sonst quellen sie entweder
hervor oder bekommen nasse Füße. Auch der Zeitpunkt
des Herausnehmens ist Übungssache. Der Kern soll flüs-
sig, aber nicht vom Teig aufgesogen sein. Wir wünschen
ein gutes Händchen!

Mamas achtzigster Geburtstag

PETRA BUSCH

Mama liebte Windbeutel.

»Püppiii«, rief sie begeistert und drückte mir einen trockenen Kuss auf die Wange, als ich den Jaguar vor dem berühmten kleinen Windbeutel-Hotel parkte. »Dass ich das noch erleben darf!«

Schwer schnaufend hievte ich mich aus dem tiefen Ledersitz, und sofort rief Mama besorgt: »Püppi, du solltest wirklich ...«

Ich verdrehte die Augen, steckte mein XXXL-Hemd, das aus der Hose gerutscht war, wieder in den Bund, schlug die Fahrertür zu und ging um den Sportwagen herum auf die Beifahrerseite. Die Julisonne trieb mir den Schweiß auf die Glatze, die jetzt garantiert mit dem Wagen um die Wette glänzte. Ich hatte Mamas Liebling heute früh extra poliert. So, wie sie es liebte. Mehr noch liebte sie die Blicke der Nachbarn, wenn ich sie darin herumkutschierte. Ich mach wirklich gern den Chauffeur für Mama. So, wie ich alles für Mama tu. Nur eines nicht: schlank werden.

Mit einem Lächeln half ich ihr samt ihrer Hauch-von-Dior-Wolke aus dem Wagen. »Dein Geburtstagsgeschenk, Mama. Ein Wochenende im weltweit einzigen Windbeutelspezialitätenhotel!«

»Du bist so ein guter Junge, Püppi!«

»Ja, Mama.« Ich umarmte sie vorsichtig. Ihr Körper war zerbrechlich wie der einer Fliege. Meiner glich einem Walross. Dabei aß Mama, was immer sie auf den Teller bekommen konnte. Bei mir dagegen sprengt schon der Gedanke an Essbares den nächsten Hemdknopf ab. Ich bot Mama meinen Arm an und geleitete sie zur Rezeption. »Du wirst im siebten Himmel schwelgen. Windbeutel mit Erdbeersahne, Windbeutel mit Kokosmousse, Windbeutel mit Krimsektcreme ...« Mir lief das Wasser im Mund zusammen. Schon als Kind hatte ich Konditor werden wollen. Geworden bin ich Gemüseverkäufer. »Und obendrein wird es morgen, an deinem Achtzigsten, eine Führung durch die eigene Manufaktur geben.«

»Ach, Püppi.« Mamas altrosa geblümtes Seidenkleid raschelte bei jedem Schritt. Wir checkten ein. Als ich ihre Suite aufschloss und sie strahlend zu dem Bett mit Spitzenüberwurf trippelte, warf sie mir eine Kusshand zu. »Danke, mein Junge.«

Es war einer der seltenen Momente, in dem ich glaubte, etwas richtig gemacht zu haben. Lange hielt mein Glücksgefühl nicht an.

Als um sechzehn Uhr der offizielle Empfang der Wochenendgäste auf der Terrasse stattfand, hatte die Hitze ihren Höhepunkt erreicht. Ich hatte geduscht, kam fünf Minuten zu spät und entdeckte Mama mit einem jungen Paar unter großen Sonnenschirmen sitzend, daneben stand eine mollige, elegante Frau mit hochgestecktem, blondem Haar. Weiß und violett blühende Pflanzen rankten an verschnörkelten Gittern um die Terrasse, die Luft duftete honigsüß, und das leise Summen der Bienen versetzte mich sofort in glückliche Kindertage. In eine Zeit, in der ich noch nichts begriffen hatte. »Wollen Sie einer älteren Dame nicht einschenken?«, sagte Mama gerade zu der Blonden, als ich mich zu der Gruppe setzte – vor mir auf dem Tisch mindestens zwanzig Windbeutel. Auf jedem saß in einem Klecks Sahne ein kleines Marzipanschweinchen.

»Sie müssen … Püppi sein«, sagte der junge Mann und grinste, während die üppig ausgestattete Blondhaarige Mama Orangensaft in ein hohes Glas einschenkte. »Haben Sie auch das Arrangement *Windbeutel-Wochenende für zwei* gebucht?«, fragte der Mann mit noch breiterem Grinsen und küsste die zierliche Brünette neben sich.

So sieht Glück aus, dachte ich, starrte auf Mamas faltigen Hals unter den kurzen, wasserstoffblonden Haaren und sagte laut: »Holger Dickmann.« Ich konnte das unterdrückte Lachen des Paares förmlich fühlen.

»Sven und Berit Kramer. Wir starten hier unsere Hochzeitsreise.«

»Rosalia Westenhoff«, stellte die blonde Frau sich vor. »Genannt Rosi. Inhaberin des Hotels und der Manufaktur und Ihre persönliche Betreuerin.«

»So ein schönes Paar«, flötete Mama und beugte sich zu den Kramers vor, ohne weiter auf die Hotelchefin zu achten. »Ich wünschte, mein Sohn würde auch endlich heiraten. Aber«, sie griff nach einem Windbeutel samt Schweinchen und schielte kurz zu mir, »so wie es aussieht ...«

»Auf die nächsten achtzig Jahre Glück!« Rosis Stimme war tief wie die eines kettenrauchenden Kerls. »Und auf einen guten gemeinsamen Weg.« Sie nickte den Kramers zu.

Mama klatschte in die Hände und lud sich einen zweiten Windbeutel auf den Teller. »Ich muss einfach ... Ich liebe diese Dinger! Und die Schweinchen ... Sieh doch mal Püppi, genauso rund wie du! Goooldig!« Dabei mochte Mama Schweine überhaupt nicht. Nicht einmal aus Marzipan.

»Nur keine Hemmungen. Wir haben genügend Windbeutel hier.« Rosi sah mich an, und ihr einer Mundwinkel zuckte. »Alles inklusive.« Sie verschwand.

Klar, dachte ich, bei zwölfhundert Euro pro Person kein Kunststück. Einen Monat schuften im Gemüseladen. Aber ich mach's *wirklich* gern für Mama. Und irgendwann würde ich ohnehin alles erben. Ihre Villa, in der ich bis heute in der Einliegerwohnung lebe, ihre Schiffsanteile, Aktien, Fonds und den Jaguar. Den würde ich allerdings durch einen geräumigen Mercedes tauschen.

Ich streckte die Hand nach dem silbernen Tablett aus. Ganz links, der Windbeutel mit der vanillefarbenen Creme, die mir förmlich entgegenlechzte ... Ich fuhr mir mit der Zunge über die Lippen. Schielte zu Mama. Windbeutel waren das Einzige, was uns wirklich verband. Ansonsten hatten wir nichts gemeinsam.

»Püppi!« Sie kaute.

Ich hielt in der Bewegung inne.

»Das tut dir nicht gut! Denk an die runden Schweinchen!«

Ich zog die Hand zurück.

Die Kramers warfen sich einen Blick zu.

»Café crème?« Rosi stand neben mir, jetzt mit vier großen Tassen auf dem Tablett. Ich hatte sie nicht zurückkommen gehört. Sie duftete nach frisch gerösteten Kaffeebohnen und einem Hauch Mandel. Ich roch nach Meersalz-Duschgel vom Discounter. Sie mochte kaum älter als ich selbst sein – etwa Mitte fünfzig – und führte diesen Luxusladen. Ich fühlte mich umso mehr als Versager.

»Gibt es auch Eistee?« Ein warmes Rinnsal lief über meine Schläfe. Ich zog ein Taschentuch aus meiner Hosentasche.

»Selbstverständlich!« Rosi ging wieder.

Ich trank den Rest des Nachmittags Eistee und sah zu, wie Windbeutel für Windbeutel in Mama und den Happy-Kramers-Schlunden verschwand. Mama erzählte detailreich die Geschichte ihres Lebens und erfolgreichen Ehemannes, dem Manager, der sich für seine Familie aufgeopfert hatte und von einem Herzinfarkt viel zu früh dahingerafft worden war. Wenigstens war ihr Püppi geblieben. Natürlich war Püppi nicht der Sohn, den sie sich gewünscht hatte. Ihm fehlte der Ehrgeiz des Vaters, seine hohe aristokratische Stirn und eine Ehefrau, die der Familie würdig war.

Während Mama redete, lehnte ich mich zurück und faltete die Hände über meinem Bauch. Egal. Es konnte ohnehin jeder sehen, wer ich war. Ein kleiner, fetter Loser, dessen Lebensaufgabe darin bestand, Mama alles recht zu machen und dabei zu scheitern. Als Rosi frischen Eistee brachte, erwähnte Berit Kramer – Mamas Erzählpause nutzend –, dass sie Maklerin war. Mama sprang sofort darauf an. »Ach, das ist ja interessant! Ich hatte auch einmal mit einer Maklerin zu tun.« Sie biss von einem Windbeutel ab, und in ihren Mundwinkeln sammelte sich erdbeerfarbene Creme. »Sie hieß auch Kramer.«

Ich fuhr hoch. »Wie bitte?«

Sie blickte zu mir, den Mund mit dem Windbeutelmatsch geöffnet. Ich würgte. »Also doch!« Ich schnaubte und ging auf mein Zimmer.

Dort warf ich mich aufs Bett. Starrte den Kronleuchter an. Dachte an Laila und meinen Traum vom Konditorenberuf. Laila war meine erste und bisher einzige Freundin gewesen. Fünfunddreißig Jahre war das jetzt her. Lailas Eltern gehörte das Café im arabischen Viertel der Stadt. Ich war im ersten Lehrjahr als Konditor, und Laila und ich hatten schon einen Besichtigungstermin für eine gemeinsame Wohnung.

Es klopfte an der Hotelzimmertür. »Püppiii!«

Ich zog das Kissen über den Kopf.

Heiraten, Lehre abschließen, drei Kinder. Später das Café von Lailas Eltern übernehmen. Das war unser Plan gewesen. Die Familie aus dem Libanon hatte mich mit offenen Armen empfangen. Als wir zum vereinbarten Besichtigungstermin vor dem Haus standen, kam die Maklerin nicht. Ich rief Frau Kramer an. Sie war erstaunt. Der Termin sei doch abgesagt worden und die

Wohnung mittlerweile anderweitig vermietet. Ich verstand nicht. Fragte nach alternativen Wohnungsangeboten. Kramer bedauerte. Das sei eine Ausnahme gewesen. Ein Glücksfall. Die meisten Eigentümer wollten keine Ausländer. Aber wenn sie wieder etwas hereinbekäme … Natürlich bekam sie nichts mehr herein. Und heiraten ohne Wohnung war für Lailas Familie undenkbar. Laila gab mir, gedrängt von ihrem Vater, den Laufpass. Kurz danach verlor ich meine Lehrstelle. Wegen eines Hustens. Der Meister behauptete, es sei eine Mehlstauballergie. Er kenne sich da aus. Und er könne es nicht verantworten, die Backwaren mit meinen Bakterien zu verseuchen. Mama tröstete mich. »Es gibt doch genügend Frauen. Und du hast es doch gut bei mir. Dann sind wir beide nicht allein.« Ich trauerte. Mama besorgte mir den Job im Gemüseladen. »Salat und Brokkoli und Karotten sind sowieso besser für dich! Woher du das nur hast mit dem Schweinchenbauch. Dein Vater war so schlank, er war ein so schöner Mann. Versteh mich nicht falsch, Püppi, ich bin nur um deine Gesundheit besorgt.«

Maklerin Kramer! Mama hatte den Termin abgesagt! Und garantiert steckte sie auch hinter der Sache mit der Lehrstelle!

Ich drehte mich auf die Seite. Erinnerte mich, wie ich als Kind krank im Bett gelegen und sie mir Suppe gebracht hatte. All ihre Mühen mit mir und ihre Sorge. Ich war vier Jahre alt gewesen, als sie und ich allein dastanden. Sie hatte alles für mich getan. Mich nie allein zum Kindergarten gehen lassen, meine Kleidung gewaschen, mit mir gespielt. Und sogar jetzt noch putzte sie meine Wohnung. Und stellte die Sessel immer so hin, dass es hübsch aussah. Das konnte doch nicht alles Egoismus sein?

»Püppiii!« Dumpf hörte ich durch das Kissen das Klopfen. »Bitte mach deiner alten Mutter die Tür auf.«

In dem Moment hasste ich sie. Wie sie jammerte. Wie sie sich in mein Leben einmischte. Ich schleuderte das Kissen zu Boden, ging zur Tür und riss sie auf. »Du warst es! Kramer. Die Wohnung!«

»Aber das ist doch schon so lange her, Püppi.«

»Ich heiße Holger!« Ich spürte das Pulsieren meiner Halsschlagader.

»Aber du konntest doch nicht diese libanesische …«

Die Aufzugtür am Ende des Flurs schob sich auf, und Rosi trat heraus. »Champagner? Als Aperitif zum Abendbuffet? Es gibt pikante Windbeutel! Käse-Chili-Kräuter-Creme, Kaviar …« Sie schob einen Servierwagen mit mehreren Sektkühlern an Mama und mir vorbei ins Zimmer. Augenblicklich fühlte ich mich ein wenig mit der Welt versöhnt. Sie stellte eine Flasche auf meinen Nachttisch. »Sie auch?«, fragte sie Mama und schob sie samt Servierwagen in den Flur zurück. Bevor sie die Tür schloss, deutete sie mit den Händen irgendetwas an, was ich nicht verstand. *Keine Sorge? Nicht aufregen?*

Ich trat mit der Flasche ans offene Fenster. »Prost, Laila! Prost, Rosi!«, murmelte ich und trank auf ex.

Als ich aufwachte, war es dunkel, und ich hörte das Brummen irgendeines Generators, das Zirpen von Grillen und das Knurren meines Magens. Mir war übel. Mein Kopf wollte platzen. Ich tastete nach meinem

Handy und schaltete das Display ein. Dreiundzwanzig Uhr fünfzig. Im Zimmer war es warm, weil ich die Klimaanlage nicht angestellt und das Fenster offen gelassen hatte. Im Bad schaufelte ich mir ein paar Hände kaltes Wasser ins Gesicht. Wie ein grinsender, bleicher Vollmond, dachte ich, als ich in dem Neonlicht über dem Spiegel mein aufgequollenes Gesicht betrachtete.

Mama hatte mich manipuliert. Meine Liebe und meinen Traumberuf zerstört. Und mit so einer alten bösen Frau lebte ich, Holger Dickmann, dreiundfünfzig Jahre alt, noch immer unter einem Dach. »Versager! Mamasöhnchen!«, raunte ich meinem Spiegelbild zu und beschloss, mir gleich nach unserer Rückkehr eine eigene Wohnung zu suchen. Ich konnte Mamas weinerliche Stimme schon jetzt hören: »Ich lebe nur für dich, Püppi, ich mache alles doch nur, weil ich dich so liebe. Und jetzt willst du mich verlassen, du willst mich einsam sterben lassen ...« Mein Magen brannte. Ich musste etwas essen. Das würde helfen.

Leise verließ ich das Zimmer und schlich das Treppenhaus hinunter. Das Hotelrestaurant hatte um diese Zeit schon geschlossen. Und ein paar Erdnüsse an der Bar würden mich kaum satt machen. Außerdem wollte ich keinesfalls den Kramers begegnen nach meinem ruhmreich-beleidigten Abschied am Nachmittag. Ich brauchte eine Kneipe. Pommes vielleicht. Ein Bier.

Unten angekommen, schlich ich zum Notausgang hinaus – und stand in einem Hinterhof. Er wurde auf zwei Seiten von dem L-förmigen Hotelgebäude begrenzt. Auf der dritten Seite lagen die hohen vergitterten Fenster der Windbeutel-Manufaktur. Die vierte

Seite bestand aus einem hohen Zaun. Aus der Manufaktur drang schwaches Neonlicht heraus und warf lange Schatten auf den Asphalt und fünf Container, die bis unter die Balkons der Hotelzimmer aufgereiht standen. Bis auf zwei Fenster brannte nirgends mehr Licht. Ich ging geduckt wie ein Verbrecher Richtung Manufaktur, weil ich dort den Ausgang vermutete.

Da roch ich es. Sahne. Die Butter des Brandteigs. Puderzucker! Ich schnüffelte. Der Duft kam nicht aus der Manufaktur. Er kam – aus einem der Container. Verstohlen schob ich ihn auf. Und sah: Windbeutel! Fast bis an den Rand! Etwas lädiert, aber frisch. Wieder knurrte mein Magen. Ich beugte mich ächzend über den Kunststoffrand. Schnupperte wie ein ausgehungerter Hund, sah vor meinem inneren Auge all die köstlichen Windbeutel, die Mama und die Kramers heute Nachmittag verschlungen hatten – und griff zu. Leckte an der Füllung. Blaubeersoufflé! Köstlich! Gierig stopfte ich den Windbeutel in mich hinein, und noch während ich kaute, griff ich erneut in den Container. Ich schlang den zweiten Windbeutel hinunter, Baileys-Cappuccino, kaute, schlang, hielt schon den dritten in der Hand und hoffte auf pikante Käsefüllung – als ein spitzer Schrei mich in der Bewegung erstarren ließ.

»Püppiii!«

Ich ließ den Windbeutel fallen. Es klatschte leise.

»Was machst du da?«

Ich sah nach oben, noch immer halb im Container hängend. Auf dem Balkon über mir stand sie. Aus ihrem Zimmer fiel Licht auf das weiße Spitzennachthemd. Verdammt! Wie konnte ich so ein Volltrottel sein! Ich hatte doch gewusst, dass Mamas Zimmer hier liegt! Versager, ich! Mama hatte recht.

»Dass du dich nicht schämst! Ein Sohn anständiger Eltern!« Ihre Stimme wurde lauter. »Und stiehlt das Essen aus dem Müllcontainer! O mein Gott, mein Gott, womit habe ich das verdient!«

Eine Kirchturmuhr schlug entfernt. Mitternacht.

»Mein Sohn ein Müllschlucker, ein Dieb, und das an meinem achtzigsten Geburtstag, dass ich das noch erleben muss, mein Gott …«

»Pst, Mama! Bitte, schrei doch nicht …«

»Ich bin nicht mehr deine Mutter!«

»Aber Mama, ich …«

»Lieber sterbe ich, als die Mutter eines verfressenen Schweines zu sein!«, schrie sie, fuchtelte wie wild umher – und kippte über die Balkonbrüstung. Es klatschte laut.

Ich starrte an mir hinab. Mein Hemd war mit hellen Flecken bespritzt. Ich fuhr mit dem Finger darüber und leckte ihn ab. Himbeersahne an Eierlikör. Dann blickte ich in den Container. Aus der Windbeutelmasse ragten Mamas dürre Beine, ruderten haltlos in dem süßen, blubbernden Meer. Mein Herz schlug hart gegen meine Brust. Hatte jemand die Szene beobachtet? Ich wartete, während das Rudern langsamer wurde und Mamas Beine immer weiter versanken. Nach dem letzten *Blubb* war alles still. Nur der Generator brummte leise vor sich hin. Ich schob den Deckel des Containers zu. »Alles Gute zum Geburtstag, Mama.«

Am nächsten Morgen eilte ich in die weiß gefliese Halle, wo neben einem Gestell mit rund zwanzig Lagen großer Backbleche die Teilnehmer der Führung versammelt waren. »Hat jemand meine Mutter gesehen?«, fragte ich außer Atem. »Wir hatten ja gestern Streit … und … Und seither kann ich sie nirgends finden.«

»Verschwunden? Aber dann müssen wir die Polizei rufen!« Rosi wandte sich zum Ausgang. Rasch packte ich sie am Arm, viel zu fest. »Nein, nein, lassen Sie die andern nicht warten.«

»Keine Panik, Püppi.« Kramer grinste. »Die kriegt sich schon wieder ein.« Er ging um die Bleche herum zu einem riesigen Edelstahltrog, in dem ein Rührarm langsam eine luftig-weiße Masse durchkreiste. »Also los, unser Flieger geht in vier Stunden. Fidschi-Inseln.«

»Fangen Sie nur an, Frau Westenhoff«, sagte ich und dachte: Fidschi-Inseln, gute Idee.

Rosi führte uns durch die Produktionsstraße, vorbei an Walzen, Trögen und Öfen, stellte die Konditoren und Helfer vor, und als sie die Teig- und Füllungsherstellung erklärte, bemerkte ich die beiden Grübchen auf ihren Wangen. Ich träumte von der Sonne auf Fidschi, Palmen, Meer und Rosi im Bikini neben mir. Unentwegt sah ich sie an, endlich frei und froh, das alte Scheusal los zu sein. Ich betrachtete das Spiel von Rosis Grübchen, registrierte ihre besorgte Miene, als sie mich immer wieder anlächelte und ich den Kopf senkte – demonstrativ krank vor Angst um Mama. Ich dachte an die Villa, die Aktien, folgte im Glückstaumel einfach der kleinen Gruppe durch eine Tür – und fand mich neben den Containern wieder.

Meine Knie wurden weich.

»Ausschuss kommt hier hinein.« Rosi klopfte auf *den* Container.

Das Blut schoss mir in die Wangen, ich keuchte, packte sie erneut am Arm. »Aber … die Hitze … und … Wenn Sie den jetzt öffnen …«

Rosi machte sich los und schob den Container auf.

Ich schloss die Augen.

»Im Sommer werden die täglich um sechs Uhr früh geleert.«

Ich öffnete die Augen. Leer. »Und was … passiert mit dem … Ausschuss?«

»Kommt mit Weizen, Gerste, Sojaschrot, Rohfett und anderem in den Häcksler.«

Ich würgte. »Und dann …?«

Rosi schloss den Container. »Verleiben sich's die Schweine ein.«

Mama. Windbeutel. Schweinefutter.

Da begann ich zu lachen. Das Glucksen drang aus meinem Bauch durch die Kehle hinaus, unaufhaltsam, wurde lauter und lauter, ich tat, als schüttle mich ein Weinkrampf und rannte aus dem Hof in eine angrenzende Wiese, lachte und lachte, bis ich keine Luft mehr bekam und erschöpft ins Gras sank.

Ich setzte das letzte Marzipanschweinchen auf die Spitze des fünfschichtigen, tortengroßen Windbeutels.

»Genauso rund wie du.« Rosi lachte und küsste mich. »Ein Meisterwerk!«

Es war fast ein Jahr her, dass Mama vom Balkon gestürzt war und ich sie hatte sterben lassen.

»Schade, dass deine Mutter unsere Hochzeit nicht mit uns feiern kann. Dass es immer noch keine Spur von ihr gibt.«

»Ich versteh's auch nicht.« Stolz ging ich um unseren Hochzeitswindbeutel herum.

»Du verstehst einiges nicht.«

»Bitte?«

»Als ich dir damals den Champagner gebracht habe, hab ich dir ein Zeichen gegeben. Ich wollte dich um Mitternacht treffen.«

Ich lachte auf. »Im Ernst? Ich dachte, du wolltest mich nur beruhigen, weil Mama so sauer war.«

»Sie hat dich behandelt wie ein Stück Dreck.«

»Dennoch … Sie fehlt mir so.« Ich sollte meine zukünftige Ehefrau nicht belügen. Doch die Wahrheit würde die Hochzeit womöglich platzen lassen. Inklusive meines neuen Lebens als Windbeutel-Konditor.

»Ich bin um Mitternacht in dein Zimmer gekommen. Du warst nicht da.«

Ich schluckte. Der dunkle Innenhof. Mama auf dem Balkon. Das Spitzennachthemd. Die blubbernde Windbeutelmasse. Hatte Rosi das alles auch gesehen? Von *meinem* Balkon aus?

»Da bin ich zum Zimmer deiner Mutter. Dachte, ihr sprecht euch vielleicht aus. Ich wollte dir zur Seite stehen.«

Das war das Ende. Das Ende meiner einzigen Leidenschaften: Rosi und die Windbeutel.

»Ich habe sie schreien gehört. Dich beschimpfen. Ich bin in ihr Zimmer, zur geöffneten Balkontür, und ich wusste: Du wirst nie frei sein, wenn sie nicht …«

Ich blickte auf die Schweinchen auf dem Riesenwindbeutel. Wie sie dort hockten, rundum, mich anstarrten, klein und rund und rosa. Ich blickte auf Rosis Grübchen, die mit ihrem Lächeln ganz tief wurden. Da überkam mich wieder dieses irre Lachen, das ich nicht abstellen konnte. Rosi hatte Mama gestoßen!

»Ich hab dich auf den ersten Blick geliebt!« Rosi stimmte in mein Lachen ein. »Runde Schweinchen sind mir die liebsten!«

Windbeutel

Windbeutel schmecken sowohl süß als auch pikant gefüllt köstlich. Der Phantasie und Experimentierfreude sind keine Grenzen gesetzt. Auch wie groß und rund die Windbeutel werden, bleibt dem Gusto des Konditors überlassen ;-)

Zutaten Brandteig (8-12 Windbeutel, je nach Größe):
125 ml Wasser
25 g Butter
75 g Mehl
15 g Speisestärke
2 Eier
1 Messerspitze Backpulver

Zutaten Früchtefüllung (süß):
300 ml Sahne
2 Päckchen Vanillezucker
1 Päckchen Sahnesteif
Früchte nach Belieben
(z. B. Erdbeeren, Kirschen oder Blaubeeren)
etwas Puderzucker

Zutaten Frischkäse-Paprika-Füllung (pikant):
50 ml Sahne
100 g Frischkäse
1 Esslöffel frische Kräuter und gehackte Paprika
etwas Salz und Pfeffer
Früchte (z. B. Erdbeeren, Kirschen oder Blaubeeren)
etwas Puderzucker

Zubereitung Teig:
*Wasser, Salz und Butter in einem kleinen Topf auf dem
Herd aufkochen. Sofort von der Kochstelle nehmen. Während des Aufkochens Mehl und Stärke verrühren und auf
einmal in die heiße Flüssigkeit geben. Mit einem Kochlöffel
verrühren, dann etwa eine Minute unter ständigem Rühren erhitzen (»abbrennen«). Es entsteht ein Teigkloß, der
sich vom Boden löst. Im Topf bleibt eine feine weiße Teig-
haut zurück – dann ist's prima. Teig in eine Rührschüssel
geben und etwas abkühlen lassen. Mit dem Knethaken auf
höchster Stufe des Mixers erst eines, dann das zweite Ei
glatt unterrühren. Backpulver erst dann einrühren, wenn
der Teig ganz kalt ist. Der Teig muss glänzen und beim
Hochziehen Spitzen bilden.*
*Brandteig in einen Spritzbeutel mit großer Sterntülle fül-
len und Rosetten auf ein Backblech – mit Backpapier aus-
gelegt – setzen. Dabei Abstand lassen, da sie noch aufgehen.
20 Minuten bei 200 Grad Ober-/Unterhitze backen. Backofen während des Backens nicht öffnen, sonst fallen die
Windbeutel zusammen.*
*Sofort nach dem Backen von jedem Windbeutel einen
Deckel abschneiden und das Gebäck auf einem Kuchenrost
erkalten lassen. Die kalten Windbeutel süß oder pikant füllen.*

Zubereitung Früchtefüllung:
Sahne steif schlagen, Vanillezucker und Sahnesteif zugeben. Zerkleinerte/gemixte Früchte unterheben. Mit dem Spritzbeutel in die Windbeutel füllen. Kaltstellen. Kurz vor dem Servieren mit Puderzucker bestäuben. Zum Geburtstag oder an Silvester: Marzipanschweinchen in einem Sahneklecks oben draufsetzen.

Zubereitung Frischkäsefüllung:
Sahne steif schlagen, Frischkäse, Kräuter und Paprika unterrühren, mit Salz und Pfeffer abschmecken. Mit dem Spritzbeutel in die Windbeutel füllen. Kaltstellen.

Tipp: Windbeutel lassen sich gefüllt oder ungefüllt sehr gut einfrieren.

Backe, backe Kuchen, der Mörder hat gerufen!

RALF KRAMP

Wer will seinen Opa backen,
Muss ihn in den Ofen packen.
Eier und Schmalz,
Strick um den Hals,
Weg ist die Luft,
Lockt ein feiner Kuchenduft.

Wer will seine Tante backen,
Muss sie erst in Stücke hacken.
Zucker und Ei,
Gift in den Brei,
Röchelt sie noch,
Schieb sie in das Ofenloch!

Wer will seinen Schwager backen,
Nimmt die Säge mit den Zacken.
Löffel und Topf,
Kugel im Kopf,
Säg ihn schön klein,
Knusprig wird der Schwager sein!

Wer will den Direktor backen,
Lässt ihn in die Wanne sacken.
Butter und Milch,
Rein mit dem Knilch,
Quillt er schön auf,
Fertig ist der Chef-Auflauf!

Die Autorinnen und Autoren

Mischa Bach (alias Dr. Michaela Bach) handelt nach dem Motto »Besser gut erfunden als schlecht erinnert.« Sie zieht es vor, Kurzkrimis, Erzählungen und Romane, Theaterstücke oder Drehbücher statt Autobiografien zu schreiben. Und für die hat sie zahlreiche Nominierungen und Preise erhalten. Wenn Mischa Bach nicht schreibt, malt sie. Oder sie unterrichtet, es sei denn, sie treibt sich im Theater herum. Oder sie liest, gut und gern auch vor. Manchmal übersetzt sie, hauptsächlich aber lebt sie. Und zwischendrin isst sie den einen oder andern Pfannkuchen ;-) mischabach.wordpress.com, schreibarbeiterin.wordpress.com

Ulrike Bliefert, geboren 1951, studierte Germanistik, Anglistik, Schauspiel und Theaterwissenschaften. Seit 1974 arbeitet sie als Schauspielerin, Sprecherin und Romanautorin. Sie ist verheiratet, hat eine Tochter und lebt abwechselnd in Berlin und einem kleinen Dorf in Mecklenburg. www.ulrikebliefert.de

Nadine Buranaseda, Jahrgang 1976, ist gebürtige Kölnerin, Wahl-Bonnerin und wurde während ihres Deutsch- und Philosophiestudiums im Hörsaal entdeckt. 2005 veröffentlichte sie ihren ersten Krimi – einen Jerry-Cotton-Roman, dem bis heute mehr als ein Dutzend folgten. 2010 und 2012 erschienen ihre beiden Bonnkrimis »Seelengrab« und »Seelenschrei«. Die

Autorin wurde 2007 für den *Agatha-Christie-Krimipreis* nominiert, erhielt 2011 das *Tatort-Töwerland-Krimisti-pendium* und war 2014 Mitglied in der Jury des *Frie-drich-Glauser-Preises* (Sparte Debüt). Seit fünf Jahren lebt sie vegan und belegt mit ihrem köstlichen Kuchen-rezept, dass Tierschutz und Genuss einander nicht aus-schließen. www.nadineburanaseda.de

Petra Busch, geboren 1967, schreibt Kriminalromane und Thriller für einen großen Publikumsverlag und kriminelle Stückchen für den KBV-Verlag. Die freie Autorin, Herausgeberin und Journalistin hat in einem früheren Leben Studienabschlüsse in Mathematik, Informatik, Literatur- und Musikwissenschaften gesammelt und in Mediävistik promoviert. Ihre Roma-ne und Publikationen wurden mehrfach ausgezeichnet, unter anderem mit dem *Friedrich-Glauser-Preis*, in des-sen Jury sie später Mitglied war. Wenn sie backt, pas-siert das stets mit Hilfe ihrer sechs Katzen und unter Ausschluss tierischer Zutaten. Sie liebt es raffiniert und ohne Gift, mal humorvoll-süß, mal bitter, oft skurril, meist aber psychologisch abgrundtief – und literarisch tödlich. www.petra-busch.de

Angela Eßer wurde in Krefeld geboren, studierte The-aterwissenschaft und war am Theater tätig. Seit vielen Jahren gibt sie mörderische Kochkurse, bei denen die Ess- und Trinkvorlieben von Privatdetektiven und Kommissaren aufgedeckt werden. Außerdem ist sie Organisatorin von Krimifestivals, Initiatorin von *Bloody Cover*, Moderatorin, Herausgeberin von Krimianthologien und Autorin der *Menüthek - ein perfekter Themen-abend*. Als Sprecherin vertrat Eßer viele Jahre das *Syndikat*, die Autorengruppe deutschsprachiger Kriminalliteratur. www.angelaesser.de

Peter Godazgar, geboren 1967, studierte in Aachen Germanistik und Geschichte und besuchte unter anderem die Henri-Nannen-Journalistenschule in Hamburg. Er arbeitet als Redakteur bei der *Mitteldeutschen Zeitung* in Halle (Saale) und lebt seine kriminellen Phantasien in Romanen und einer stetig wachsenden Zahl von Kurzgeschichten aus. Aktuell ist bei KBV die Anthologie »Der tut nix, der will nur morden!« erschienen. Dass er auch eine romantische Ader hat, bewies Godazgar mit der Liebeskomödie »Willst Du mein Single sein« – darin wird noch nicht mal ein Stück Kuchen geklaut. Seine liebsten süßen Sünden sind Schwarzwälder Kirschtorte und Erdbeerkuchen. www.peter-godazgar.de

Lisa Graf-Riemann kennt sich aus in Salzburg, denn sie wohnt nur wenige Kilometer entfernt im Berchtesgadener Land – zwischen Watzmann und Mozartkugel sozusagen. Sie hat sechs Kriminalromane veröffentlicht, von der »Schönen Leich« bis zum »Hirschgulasch« und »Rehragout«, mehrere Kurzkrimis in Anthologien, einen »Fettnäpfchenführer Spanien« und das Reise-Foto-Buch »111 Orte im Berchtesgadener Land, die man gesehen haben muss«. www.graf-riemann.de

Uta-Maria Heim, geboren 1963 in Schramberg/Schwarzwald, lebt als Hörspieldramaturgin und Autorin in Baden-Baden. Sie studierte Literaturwissenschaft, Linguistik und Soziologie in Freiburg und Stuttgart und debütierte 1985 mit einem Gedichtband. Seither 28 Buchveröffentlichungen; zuletzt »Feierabend« (Meßkirch 2011) und »Wem sonst als Dir.« (Tübingen 2013). Auszeichnungen u. a.: *Deutscher Krimi-Preis, Förderpreis Literatur des Kunstpreises Berlin, Stipendium der Villa Massimo in Olevano Romano, Friedrich-Glauser-Preis, Krimipreis der Stadt Singen.*

Thomas Kastura, geboren 1966 in Bamberg, lebt ebendort mit seiner Frau und seinen beiden Töchtern. Er studierte Germanistik und Geschichte und arbeitet seit 1996 als Autor für den *Bayerischen Rundfunk*. Zahlreiche Erzählungen, Jugendbücher und Kriminalromane, u. a. »Der vierte Mörder« (2007 auf Platz 1 auf der Krimi-Welt-Bestenliste), »Drei Morde zu wenig« (mit Brandeisen & Küps) sowie aktuell der Thriller »Dark House«. Thomas Kastura ist außerdem Herausgeber der KBV-Krimianthologie »Scotch as Scotch can«. Neben einem guten Whisky schätzt der Autor auch die edle Confiserie. www.thomaskastura.de

Ivonne Keller & Daniel Holbe leben beide in der Wetterau. Neben Kurzkrimis veröffentlicht Ivonne Keller psychologische Spannungsromane und romantische Komödien. Daniel Holbe wiederum hat sich ganz dem Mord und Totschlag verschrieben und führt die Frankfurt-Krimis des verstorbenen Thriller-Autors Andreas Franz weiter. Parallel dazu schreibt er eine eigene Reihe. Gemeinsam gehen Keller und Holbe auf Tour und versuchen sich mit dieser Kurzgeschichte erstmalig auch als Täter-Duo.

www.ivonne-keller.de, www.daniel-holbe.de

Amelie Kirsch, geboren 1976, ist Online-Redakteurin und passionierte Antiquitäten-Sammlerin. Nach einigen Jahren in Wiltshire/Großbritannien und Lehraufträgen rund um den Globus zog sie mit ihrer Familie nach Hamburg ins schöne Schanzenviertel. Immer dabei: ein gutes Buch, das MacBook und Musik von den *Dresden Dolls*. Ihre erste Amtshandlung auf jedem Weihnachtsmarkt: Mandeln essen. Drei Tüten. Mindestens.

Eva Klingler, geboren in Gießen, aufgewachsen in Mannheim. Studium dort, Volontariat beim *SWR* in Baden-Baden. Später verschiedene Tätigkeiten als Journalistin, Dozentin und Bibliotheksleiterin. Sie hat zahlreiche Krimis in verschiedenen Verlagen veröffentlicht, schreibt aber auch Sachbücher und Satiren. Heute lebt sie in Karlsruhe mit Mann, Hund und Katze und hat einen zweiten Wohnsitz in Sélestat, Frankreich.

www.evaklinglerkrimis.de

Ralf Kramp, geb. 1963 in Euskirchen, lebt heute in Flesten in der Vulkaneifel. Für sein Debüt »Tief unterm Laub« erhielt er den *Förderpreis des Eifel-Literaturfestivals*. Seither erschienen mehrere Kriminalromane; darunter auch die Reihe um den kauzigen Helden Herbie Feldmann und seinen unsichtbaren Begleiter Julius, die mittlerweile deutschlandweit eine große Fangemeinde hat. Im Jahr 2002 bekam Ralf Kramp den *Kulturpreis des*

Kreises Euskirchen. Seit 2007 führt er mit seiner Frau Monika in Hillesheim das *Kriminalhaus* mit dem *Deutschen Krimi-Archiv* mit 30.000 Bänden, dem *Café Sherlock* und der Buchhandlung *Lesezeichen.*
www.ralfkramp.de, www.kriminalhaus.de

Tatjana Kruse, Jahrgangsgewächs aus süddeutscher Hanglage, wohnt und arbeitet in Schwäbisch Hall. Wenn sie nicht gerade Bienenstich (wahlweise Schmandkuchen mit roter Grütze oder Johannisbeerkuchen mit Sahne oder Bananencremetorte) nascht, schreibt sie Kriminalromane – um den stickenden Ex-Kommissar Seifferheld (Knaur Verlag) und die schnüffelnde Operndiva Pauline Miller (Haymon Verlag). www.tatjanakruse.de

Sunil Mann wurde als Sohn indischer Einwanderer im Berner Oberland geboren und lebt seit mehr als zwanzig Jahren in Zürich. Er hat seit frühster Kindheit eine Schwäche für Vermicelles-Törtchen, macht aber auch vor Varianten mit Schokolade, Kirschen oder Mandeln nicht Halt. Für sein Romandebüt wurde er mit dem *Zürcher Krimipreis* ausgezeichnet. Mit »Faustrecht« erschien im Sommer 2014 der fünfte Fall für den indischstämmigen Privatdetektiv Vijay Kumar. www.sunilmann.ch

Beate Maxian, Österreicherin mit bayerischen Wurzeln, lebt als Autorin, Moderatorin und Journalistin in Oberösterreich. Ihre in Wien angesiedelten Kriminalromane mit der Journalistin Sarah Pauli sind österreichische Bestseller. Die Autorin organisiert auch das *Krimi*

Literatur Festival.at. Veröffentlichungen: Kriminalromane, Kurzkrimis, Theaterstücke, Sachbücher, ein Kinderbuch für *UNICEF*. Auszeichnungen: *Stipendium Literaturhaus Wiesbaden*, Deutschland und Nominierung für den *Leo Perutz-Preis* der Stadt Wien mit »Tod hinter dem Stephansdom«. Ihre Leidenschaft für Süßspeisen hat sie vor einer Lehre als Konditorin bewahrt – sonst brächte sie wahrscheinlich dreihundert Kilogramm auf die Waage ☺ www.maxian.at

Petra Plaum, Jahrgang 1972, hätte garantiert schon jemanden auf dem Gewissen, wenn sie Frust und Wut nicht Kurzkrimis schreibend, backend und naschend abbauen könnte. Sie ist Journalistin für Medizin und Bildung, gibt Kurse rund ums Schreiben und hat 2014 ihren ersten Kurzgeschichtenband »Punktlandung« veröffentlicht. Petra Plaum lebt mit Mann, Töchtern, Wellensittichen, Hamster und Fischen in Donauwörth/Schwaben. www.petra-plaum.de

Elke Pistor, Jahrgang 1967, lebt als Schriftstellerin in Köln. Pistor schreibt Kriminalromane, Beiträge für Fachzeitschriften und zahlreiche Kurzgeschichten. Für ihre Arbeit wurde sie mit Literaturpreisen und Stipendien ausgezeichnet, zuletzt mit der Nominierung zum *Friedrich-Glauser-Preis* 2015. Backen gehört definitiv nicht zu ihren Stärken, da sie lieber zu Herzhaftem als zu Süßem greift. Deswegen stammt das Rezept zur Prinsesstårta auch von ihrer schwedischen Schwiegermutter, die die Familie zuverlässig zu Geburtstagen damit beglückt. Es ist unbedingt zu empfehlen. Elke Pistor ist Sprecherin des *Syndikats*, der Autorenvereinigung deutschsprachige Kriminalliteratur. www.elkepistor.de

Britt Reißmann wurde 1963 in Naumburg/Saale geboren und wohnte 26 Jahre lang in unmittelbarer Nachbarschaft zum Bundesland Sachsen, wo sie die *Bäbe* quasi mit der Muttermilch eingeflößt bekam. Inzwischen arbeitet sie bei der Mordkommission in Stuttgart, schreibt und veröffentlicht Kriminalromane und Kurzgeschichten und ist Mitglied im *Syndikat* und bei *DeLiA*. www.brittreissmann.de

Regina Schleheck hat sich im Krimi wie in der Phantastik einen Namen gemacht. Unter anderem wurden ihr mit dem *Friedrich-Glauser-Preis* der deutschsprachigen Krimautoren in der Sparte Kurzkrimi sowie mit dem *Deutschen Phantastikpreis* für ein SciFi-Hörspiel die begehrtesten Auszeichnungen beider Genres zugesprochen. Die in der Nähe von Köln lebende Autorin, im Hauptberuf Oberstudienrätin, daneben fünffache Mutter, Referentin und Herausgeberin, veröffentlicht seit 2002. www.regina-schleheck.de

Martina Schmoock wurde 1976 in Hamburg geboren und wuchs in Schleswig-Holstein im Kreis Herzogtum Lauenburg auf dem Dorf auf. Sie ist Vogelliebhaberin und promovierte Tierärztin – und verbindet damit die Liebe zu den Gefiederten und ihren Beruf. Im Sommer zieht sie unzählige, aus dem Nest gefallene Vögel auf, um sie später in die Natur zu entlassen. Ihr besonderes Herzblut gilt den Mauerseglern. Martina Schmoock liebt blutrünstige Geschichten, Krimis und Thriller. Und wenn sie gerade nicht in der Praxis ist oder zu Hause liest, ist sie mit ihrem Hund in der Natur unterwegs. »Ochsenaugen« ist ihr erster eigener Krimi. www.martinasvogelperspektive.de

Christina Striewski hat Allgemeine und Vergleichende Literaturwissenschaft und Philosophie studiert. Sie arbeitete als Assistentin der Verlagsleitung und Lektorin beim *Suhrkamp Verlag* und war Wissenschaftliche Mitarbeiterin von Professor Werner Hamacher an der Goethe-Universität Frankfurt, bevor (es) sie 2013 aufs oberbayerische Land zog. Derzeit feilt sie an ihrer Dissertation über Samuel Beckett und betätigt sich als freie Autorin und Lektorin.

Günther Thömmes, Jahrgang 1963, stammt aus der Eifel, ist gelernter Brauer, Mälzer, studierter Diplom-Braumeister, Bier-Weltreisender, war einige Jahre Inhaber der Erlebnisbrauerei »Bierzauberei« in Brunn am Gebirge und ist seit 2013 als Wanderbrauer unterwegs. Seine Spezialitäten sind obergärige sowie historische und ausgestorbene Biersorten. Der Autor und Herausgeber schreibt Fachbeiträge für renommierte Medien sowie Bildbände und Lexika rund ums Bier und seine Geschichte. Nicht im Rausch, sondern mit klarem Kopf und Plot, schrieb er auch seine bisher vier historischen »Bierzauberer«- und anderen Romane sowie zahlreiche Kurzkrimis, meist mit flüssigem Bezug. Dass Thömmes auch was von fester Nahrung versteht, zeigen »Luthers Brötchen.« www.bierzauberer.info

Ralf Kramp (Hg.)
SCHWARZER TOD

Taschenbuch, 248 Seiten
ISBN 978-3-95441-161-0
9,50 EURO

Diese vierundzwanzig haarsträubenden Kurzkrimis der
besten deutschen Krimiautoren drehen sich alle um mörde-
risch inspirierende Heißgetränke.

Nicht nur der Kaffeegenuss ist immer wieder ein wichtiger
Bestandteil der Kriminalliteratur: Giftige Tröpfchen im
Mokka und dauerschlürfende Polizisten bei der Nachtschicht
finden sich hier zuhauf.

Auch der Tee ist untrennbar mit dem Krimi verbunden. Die
feine englische Art ist es meistens nicht, wenn der Mörder
zuschlägt. Zwischen den Aufgüssen wird tüchtig gestorben.

Und Kakao kann es auch in sich haben, egal, auf welche Art
er serviert wird. Heiß und süß wie ein männermordender
Vamp oder eiskalt wie ein einsamer Killer.

Jacques Berndorf, Anne Chaplet, Ralf Kramp, Egon Olsen,
Regula Venske, Jürgen Ehlers, Carola Clasen, H.P. Karr, Car-
sten Sebastian Henn, Gunter Gerlach und Erika Kroell − alle-
samt Meister ihres Fachs und mehrfach preisgekrönt. Mit
einer heißen Tasse auf dem Schreibtisch haben sie ihren mör-
derischen Fantasien freien Lauf gelassen und haben gemeu-
chelt, gemordet und gekillt. Herausgekommen ist eine höchst
unterhaltsame Mischung von herb bis zart, von mild bis kräftig, von der finsteren Tragödie bis zur heiteren Kriminalko-
mödie.

KBV KRIMINALROMAN

Lirot & Schlueter (Hg.)
MIT SCHIRM, CHARME UND PISTOLE ___

Taschenbuch, 336 Seiten
ISBN 978-3-95441-191-7
9,90 EURO

»Ich verstehe, dass Ihnen Ihr Tod momentan etwas ungelegen kommt, bitte verzeihen Sie.«

Auch bei Mord bleiben die Briten natürlich stets höflich. Gewalt gerne, aber wenn es sich einrichten lässt, bitte nicht zum Fünf-Uhr-Tee. Distinguiert und stilvoll morden in diesem Buch mehr als zwanzig deutsche und britische Autorinnen und Autoren Seite an Seite. Lovely, isn't it?
Mit Stories von Peter Lovesey, Susan Moody, Jean Bagnol, Ralf Kramp, Janet Laurence, Tatjana Kruse, Martin Edwards, Elke Pistor, Thomas Kastura, Karr & Wehner, Regula Venske und vielen anderen Ladies & Gentlemen – unauffällig beobachtet von Lirot & Schlueter.

Für Fans von Sherlock Holmes, James Bond, Earl Grey, Queen & Country, Kate & William, Fish & Chips, Britpop, Miss Marple, Monty Python und Merry Christmas.

KRIMINALROMAN

KBV